講談社文庫

霊感検定

織守(おりがみ)きょうや

講談社

目次 contents

主な登場人物

藤本修司（ふじもとしゅうじ）　大阪から東京にやってきた転校生。九条高校二年。眼鏡。

羽鳥　空（はとりそら）　不思議な空気をまとう少女。九条高校二年。小柄。

伐　晴臣（ばつはるおみ）　空の幼なじみ。九条高校二年。過保護。

夏目　歩（なつめあゆむ）　陽気なムードメーカー。新宿東第一高校二年。あなどれない。

筒井　遥（つついはるか）　欠かせない男。新宿東第一高校二年。いい奴。

清水笛子（しみずふえこ）　図書委員。九条高校三年。クールビューティー。

馬渡先生（まわたり）　九条高校司書。自称心霊研究家。「霊感検定」を開発。

霊感検定

プロローグ
first contact

藤本修司がアルバイト先のラブホテルから出ると、雨が降っていた。

マジか、と思わず呟く。

修司は普段、自宅からアルバイト先まで、歩いて通勤している。しかしこの雨では、徒歩二十分の距離は辛い。

控え室に置き傘があるが、傘を差しても、自宅に帰りつく頃にはデニムの裾が水を吸って冷え切ってしまうだろう。夜のシフトが続いたせいか、ただでさえ体がだるいのだ。疲れた体に冷たい雨はこたえる。

明日から新学期、しかも転校初日だというのに、風邪引きの状態で登校というのはできれば避けたかった。

（しゃあない、バス使うか）

一人暮らしの高校生にとって割増料金は痛いが、深夜バスの最終に、急げば間に合うかもしれない。時刻表通りにバスが来ていたら走ってもギリギリアウトだが、雨の日にはバスは遅れるものだ。

修司は控え室からとってきたビニール傘を開き、早足で歩き出した。

風俗店や飲み屋のある短い通りを抜け、バスの停留所へと急ぐ。

深夜だというのに、人通りは少なくなかった。

傘が他人に当たらないよう気を付けながら歩き、停留所のほうを見ると、長い列ができていた。やはりバスが遅れているらしく、一台に全員乗り切れるか、微妙なくらいの人数が並んでいる。

舌打ちしたくなったが、次に来る最終バスに乗るしかない。小走りに駆け寄って、最後尾に並んだ。

大分窮屈な思いをすることになりそうだが、とにかく間に合った。

ほっと息をついて首を左右に倒すと、ぽきぽきと骨が鳴る。

体に疲れが溜まっているのだろう、首から背中のあたりまでがどんよりと重く、肩こりもひどかった。

学校が始まったら、深夜のバイトは控えたほうがいいかもしれない。

それ以前に、確か校則でバイトそのものが禁止だったような気がするが、親元を離れて生活をしている身だ。実入りのいい仕事をそうそう手放すわけにはいかなかった。この東京砂漠で、高校生が一人生きていくためには犠牲も必要なのだ。

（あかん、頭痛までしてきた……）

眼鏡の下から指を入れ、目頭を押さえた。こめかみのあたりも痛む。

早く帰りたい、バスはまだか——と思ったとき、ぱしゃぱしゃと水をはねさせながら近づいてくる足音が聞こえた。

最終バスの乗客がまた一人増えたらしい、そう思って顔もあげずにいたが、

「だめ」

すぐ近くで声がして、傘を持っていないほうの腕を、誰かにつかまれる。

驚いて目を向けると、髪の長い、小柄な少女が、修司の腕を両手でつかんで立っていた。

「……え？」

誰だ。

「こっち」

少女の手が、腕を引く。

華奢な体と腕の間に挟まれていた傘がかしいで、柔らかそうな髪に雨粒が当たっ

た。それでも気にする風もなく、彼女は修司の腕から手を放そうとしない。

「来て。こっち」

困惑した。

初対面の相手に理由も説明せず、こんな行動はあきらかにおかしい。かといって、ふざけているようにも見えなかった。

どこかで会っただろうか、思い出せない。

しかし、相当可愛かった。

「えっと、……あんな、俺、バス待っとって」

「だめ。早く」

見上げてくる大きな目からは、感情が読み取れない。

譲らない声と目に負けて、引っ張られるように、バス待ちの列から抜け出した。

少女はぐいぐいと修司を引っ張って、数メートル離れた銀行の前まで連れていく。

角を曲がれば、タクシー乗り場だ。

どんどんバス停から離れ、さすがに慌てる。時刻表通りであれば、バスはとっくに来ている時間だ。すでに十分近く遅れているのだから、もういつ来てもおかしくない。

「なあ、自分、何なん。理由くらい……あ」

バス停を振り返ると、ちょうど、最終バスが着いたところだった。並んでいた人たちが、次々と乗車口に吸いこまれていく。

「バスや。俺あれに乗らんと……」

ぐ、と、少女の手に力がこもった。少女の水色の傘が水たまりに落ちる。真剣に見上げてくる大きな目に気圧(けお)され、修司は思わず口を閉じた。

「あのバスには、乗っちゃダメなの」

乗車口のドアが閉まる音がする。

本日最後の乗客たちを詰め込んで、バスは発車した。

華奢な彼女の手を振りほどくことは簡単だろうが、何故(なぜ)かできなかった。呆然(ぼうぜん)と、乗り込むはずだったバスを見送る。

バスがすっかり見えなくなるとやっと、腕から彼女の手が離れた。

（あーあ……）

今さら放してくれても遅い。

見知らぬ少女と取り残され、修司は肩を落として息を吐いた。

何のつもりだと怒鳴るくらいしてもよさそうな状況だったが、相手は女の子。そして修司は、十六年間、目立たず、波風を立てずに生活することをモットーとして生きてきた人間だった。

彼女に怒っても仕方がない。それでバスが戻ってくるわけでもない。もともとあきらめは早いほうだった。

修司はもう一度ため息をつくと、腰を屈め、持ち手を上へ向けて転がっている水色の傘を拾い上げる。

「……濡れるで」

修司の出方をうかがうように黙っている少女へ、差しかけた。

少女は傘を受け取り、

「ありがとう」

小さい声で言った。

謝罪の言葉はない。しかし、悪気がないらしいことはわかった。

「……怒っとらんよ。怒っとらんけど」

東京人に、関西弁は強く聞こえることがあるということはわかっている。あまり目つきのいいほうではないと自覚もあるから、怖がらせないよう声の調子に気をつけ、言葉を選んだ。

責めるつもりのないのが伝わったのか、少女は両手で傘の柄を握り、じっと修司の言葉を待つように黙っている。

何故こんなことをしたのかを訊こうと口を開きかけたとき、どこかで素っ気ない着信音が鳴った。

あ、と少女が着衣のポケットを探り、携帯電話を取り出して耳にあてる。

なんとかくん、と電話の相手の名前を呼んだようだが、聞き取れなかった。

「大丈夫。もう終わったから。……うん。うん」

あまり抑揚(よくよう)のない、静かな声。

知人に対してもこんなしゃべり方なのか。おとなしそうな子だ。そう思うと、ますますさっきの行動の意味がわからなくなる。

「大丈夫。……うん。タクシーに乗る。今乗り場にいるから。すぐ、乗るから」

少女は話しながら数歩進んで、タクシー乗り場に立った。

修司も、思わず追うように二、三歩前へ出る。

まだ、意味不明な行動の理由を聞いていない。

しかし修司が声をかけるより早く、少女は携帯電話を切ると、待ち構えていたかのように近づいてきたタクシーに乗り込んだ。

ドアを閉める前に修司に顔を向け、

「気をつけて、帰って」

そんな一言(ひとこと)だけを残す。

ばたんと目の前で扉が閉まり、タクシーは走り去った。

「……はあ!?」

何だそれ。

もう完全に声の届かない距離まで離れていたが、思わず叫んだ。

理不尽すぎる。

もはや怒るというより、脱力する。

何の説明もなく去られてしまったことに加え、わずかな躊躇（ちゅうちょ）もなくタクシーを使えるようなセレブぶりにも。

立ち尽くしていると、次のタクシーが滑（すべ）り込んできて、目の前で止まった。

手をあげた覚えはないぞと一瞬怪訝（けげん）に思ったが、気が付いてみれば、修司が今立っているのはタクシー乗り場だ。当然のようにドアが開き、乗車を促（うなが）した。

「どうぞ。どちらまで？」

違うんです乗るんじゃないんです、と言おうとしたまさにそのタイミングで、運転手が振り向いて声をかけてくる。

「えと、あの」

目が合ってしまった。

全開になったドアから、後部座席に雨が降り込んでいる。

観念するしかなかった。

「……北町四丁目までお願いします……」

言いながら乗り込んだ。

座席の左側は、降り込んだ雨で湿っている。修司が右側に寄ると、すぐにドアが音をたてて閉まった。

「四丁目、どの辺まで行けばいいですかね？　バス停のあたり？」

車を走らせながら、運転手が気安い調子で訊いてくる。

シートにもたれ、息を吐きながら、こっそりメーターを確認した。深夜割増料金二割、と表示がある。ここから自宅までなら、千円くらいだろう。

「街道沿いに走ってもらって、右手に消防署があると思うんですけど。その手前でお願いします」

「はいはい。なんだお客さんしっかりしてるね。酔っぱらってるのかと思ったけど。それとも、彼女さんに怒られて酔いが覚めたかな」

高校生が酔っぱらっていたら問題だ。

はあ、と適当に返すと、

「あそこのバス停のとこに立ってたでしょ。もうバス終わってるのにさ」

話し好きなのだろう、運転手はハンドルを切りながら朗らかに笑った。

「雨でバスが遅れとったみたいで……」

「遅れてないよ、時間通りに来たよ。あそこで客待ちしてたから見てたんだけどね」

赤信号で止まった。

何と答えればいいかわからなくて、修司は黙る。

言われた言葉の意味がわからない。

あのとき修司の他にもバス待ちの客は列を作っていたし、実際に、バスは遅れてきた。この目で見ているのだ。

「そしたらお客さんが、何か変な歩き方しながら来て、後ろのほう、端っこのほうに突っ立ってるからさ。あーこりゃ酔っぱらってるんだなって。他に誰も並んでないバス停に、わざわざ回り込むみたいにしてさ」

「はい？」

変な歩き方など、した覚えはない。人が多くて歩きにくかったが、普通に歩いて、普通に列の最後尾に並んだだけだ。

修司が眉(まゆ)を寄せても、運転手は気づいた様子もなく続ける。

「でも、彼女さんが連れに来てくれてよかったね。あのまま一晩中あそこに立ってたら、風邪引いちゃってたよお客さん。彼女さん、怒って先帰っちゃったみたいだけど」

「…………」

よく、わからない。

何だか不穏(ふおん)なことを言われた気がするが、それがどういう意味なのか、うまく頭で処理できなかった。この運転手こそ酔っているのか、それとも、雨で見間違いでもしたのか。いずれにしろ、突き詰めてもいいことはなさそうだ。

修司は黙って窓の外を見た。人気(ひとけ)は全(まった)くと言っていいほどない。

深夜料金千二百円を払って、タクシーを降りる。

出費は痛かったが、新学期しょっぱなから風邪を引かずに済んだのだからいいとしよう。

この夜のことは、忘れることにした。

第一章

1.

私立九条高校への転校初日。

職員室に寄って担任への挨拶を済ませた後、教えられた教室へ行き、黒板に書かれた席順通りに着席する。

二年生に進級した初日ということで、皆どこかそわそわと落ち着きがない。きゃあきゃあと同じクラスになれたことを喜ぶ女子の声を背後に聞きながら、修司は軽く肩を回してみた。こっているのは相変わらずだが、一晩眠ったら、身体のだるさは消えていた。

今日もシフトが入っているが、深夜勤ではないし、新学期初日ということで勤務時間も短くしてもらった。これなら出勤できそうだ。

担任の若い男性教師が入ってきて、挨拶をする。出席をとった後、一人一人自己紹介をさせられた。

「大阪から来ました」と修司が自己紹介したときは、そのイントネーションの違いに多少クラスがざわめいたが、おおむね反応は好意的なものだった。

斜(なな)め前の席に座っていた女子が、「関西弁しゃべって！」とやじを飛ばし、「しゃべっとるやろ、今」と修司が返すとクラスが沸(わ)いた。「すげえ、本物だ」。関西人がそんなに珍しいのだろうか、平和なクラスだ。

学年の替わり目だったことが幸いして、転校生である修司も自然に溶け込むことができた。

休み時間になると、早速(さっそく)席の近い生徒たちから話しかけられる。

「高校で転入って珍しくね？　親の仕事？」

「いや、親は京都におんねんけどな。俺だけこっち。ちょっと前までは親と大阪におったんやけど、京都でじいちゃんらと同居することになって、ほんなら俺は東京出るわー、って」

「え、一人で来たの？　今一人暮らし？」

「ていうかよく親許したよな！　京都と東京って遠いって」

「ほんまは一人暮らししたかっただけやねんけどな。東京の学校で勉強したい言うたんや」

「すげー！　いいなー超羨ましいんだけど一人暮らし！」

他愛もない会話だ。部活は何をやるつもりなんだとか、好きなテレビは何だとか。転校生への質問攻めはお約束だが、どうせすぐに飽きる。適当に答えて、悪い印象だけ残さないようにしておけばいい。

「なぁ吉本って観たことある？　やっぱお笑いとか好きなの？」

関西人が皆お笑い好きだと思わないでほしい。

「やっぱアレ？　阪神ファン？　六甲おろしとか歌えんの？」

関西人が皆トラキチだと思ったら大間違いだ。

「大阪の奴って、一人一台たこ焼き器持ってるってマジ？」

「なんでやねん！　って言ってみて？」

「俺の従兄も関西にいるんだけどさー、オチのない会話って許さないんだよな」

「なぁ今度お好み焼き食いに行かね？」

「あ、賛成ー！　藤本くんに焼いてほしー本場の味ー」

関西人が皆社交的でノリがよくてひょうきんだと思うなこれだから東京の若い奴らは。

……そんな本音は、もちろん表に出すことはしない。

「ええよ？　そんな大したもんやないけどな」

何にでも愛想よく答えて、こういった要所要所で、笑っておけば問題はない。

女生徒たちが嬉しそうにした。あまりいい人すぎてもつけこまれるから、誰にどこでどう話を合わせるかは気をつけなければいけない。

これから一年間このクラスで、二年間この学校で。こうやって適当に笑いながら過ごしていくのだ。なんて簡単。虚しいけれど、簡単だ。もともと、人にはあまり嫌われない。

大阪にいたときと何も変わらない。

結局は自分がこういう人間だから、どこにいても同じなのだ。

予鈴が鳴ると同時に、教室の後ろのドアが開いた。何気なく見やって、あ、と思う。

一人の少女が、教室に入ってくるところだった。

その顔に見覚えがある。昨夜自分をバス停から引き離した、彼女だ。昨夜は暗かったが、間違いない。

一時間目にはいなかった。出席をとったとき、一人だけ答えなかった、その名前を覚えている。

(確か、羽鳥)

「はとり」の次が「ふじもと」で、だから記憶に残った。羽鳥、羽鳥空。欠席か？と、教師が連呼して、それで三つ向こうの列の、前から三番目の席だけが空いていることに気づいた。まさか初日から遅刻してくるとは思わなかった。

羽鳥空は机に鞄を置き、のろのろと席につく。頬杖をつくと、長い髪が、机のふちから流れるように落ちて揺れた。

不思議な雰囲気のある少女だ。遅刻してきて悪びれる風もなく、ぼんやり虚空を眺めている。

(クラスメイトやったんか……)

つかみどころのない表情のせいか小柄な体軀のせいか、昨夜初めて見たときは、年下だろうと思ったのだが。

すぐに教師が入ってきて、皆が自分の席に戻る。話し好きのクラスメイトたちが、遅れてきた彼女に声をかける暇もなかった。

教科書を開きながらこっそりと観察していると、ふいに彼女が顔をあげ、こちらを見た。

目が合いそうになって、修司は慌てて黒板へ向き直る。

(何やちょっと、苦手かも)

まだろくに言葉を交わしたこともないのに、そんなことを思った。

+++

駅の南口を出て、カラオケやらホテルが乱立する通りを抜け、歩くこと三分。神社の前を通りすぎてすぐのところに、修司のアルバイト先「ヴィラ・ディアナ」はある。

いかにもラブホテル、といった外観ではなく、「休憩2500円~5000円、宿泊7000円~15000円」と記されたボードもスモークドゴールドでちょっと小洒落た字体で書いてあって、品のある内装が自慢のホテルだ。そのくせ受付のある入り口はエレベーターを使った二階にあって、外から中は全く見えないため、人目を忍ぶ大人の逢引にも最適。秘密のアルバイトにも最適(こう言うといかがわしいか)。

一年ほど前にオーナーが替わって改装されたばかりだそうで、従業員の控え室などの設備も整っているし、職場としては悪くなかった。客との接点が最小限で済む点も、修司にとっては有難い。

高校生のアルバイトは修司一人だけで、他は全員が年上で、そのうちほとんどがフリーターだった。彼らと親しくなっていたこともあってか、夜勤を減らしてほしいという頼みもすんなり受け入れられた。この調子なら、これからも続けていけそうだ。

シフト表に来月分の予定を書き込みながら、修司はほっと息をついた。


「で、どーよ新しいクラスは」

同じ男性スタッフの田山が、監視カメラの画像を切り替えながら話を振る。高校生だということはオーナーには伏せてあるが、田山は知っていた。

「どうって何ですか。いや普通ですよ。大阪と変わりませんよ」

「可愛い子とかいたか？」

言われて羽鳥空のことを思い出したが、

「……別に。まだ初日なんで顔とか覚えてへんし、わかりません」

「なんだよーなんでおまえはそんなやる気ねーんだよー」

ちくしょーいいなぁ、高校生かよ青春かよ。田山はわけのわからないことを言いながら伸びをする。三階の廊下で、自販機を蹴っている男がカメラに映っていたが、その程度のことはトラブルとも呼べない。放っておく気らしかった。

修司が見ているうちに、男はさっさとカメラのフレームから外れて歩いて行ってしまった。望みのものが売り切れだったのだろう。

夜勤はホテル内の見回りが必要で、危険なことも起こり得るので、男性のスタッフが常時二人以上はいるようにシフトを組んである。修司はこのバイトを始めてまだ一月もたっていないが、長く勤めていると、痴話喧嘩どころではないトラブルにお目にかかることもあると、田山は言う。

「あー、この男、前違う女と来てたよなぁ」

「よく覚えてはりますね、そんなこと」

「常連だからこいつ。前さぁ、彼氏が他の女とこのホテルにいるはずだって、怒鳴りこんできた女とかいてさぁ」

「ドラマですね」

部屋で首を吊った女がいただの、刃傷沙汰になっただの、嘘か本当かはわからないが、噂だけはいくらでもある。オーナーが替わったのも、事件があったせいだと聞いた。が、修司はいっこうに気にしていない。バイト代をもらえれば、誰がオーナーだろうと関係ないし、自分に害が及ばないなら、客がどれだけ揉めようが知ったことではない。

「……あ、この女の人。前も来てましたね」

「ん？　どれ」

一番端のモニターに映っていた、女に見覚えがあった。上から映しているので顔はよく見えないが、毎回同じ服を着ているのでいい加減覚えてしまった。

「白いワンピースの人。俺先週も見ましたよ、カメラごしですけど」

「美人か？　どこどこ」

田山が乗り出してモニターをのぞくが、すでに廊下には人影がない。

「もうどっか行っちゃいましたよ。部屋に入ったんじゃないですか」

なんだよと、田山はまた口を尖らせる。

内線電話が鳴った。田山の横から手を伸ばして受話器をとると、ルーム係のチーフからだ。

『藤本くーん？　ごめんねえ、リネン室来てくれる？　荷物運ぶの手伝って』

「わかりました」

ルーム係は、ベテランのおばちゃんを筆頭に女性が中心だが、風呂場を洗ったりゴミ捨てをしたり、荷物を運んだりの作業は修司たちも手伝う。田山に断って部屋を出ると、ちょうど、鍵を受け取ったカップルがエレベーターから降りてくるところだった。

客とは目を合わせるな、自分は空気だと思え、と先輩たちから言われている。そそくさと通りすぎる二人から、意識的に目を逸(そ)らした。

うつむきかげんにリネン室へ向かう途中で、また客とすれ違う。

(あ、)

白いワンピース。

顔を見ないようにすれ違った後で、不自然さに気がついた。カメラごしに見かけたときから、ずっと一人でうろついているのか？

部屋がわからなくなって、迷っているのかもしれない。こういう場合には声をかけたほうがいいのだろうか。

そっと振り向いてみたが、角を曲がったのか部屋に入ったのか、もう姿は見えなかった。

2.

肩こりはすでに慢性化してしまっている。肩を回しながら歩いていた修司が、通学路の途中にある児童公園を突っ切ろうとしたときだった。

遊具のそばに、しゃがみこんでいる背中に気づいてしまった。

ブレザーを着こんだ小さな背中を覆う長い髪と、その横顔に見覚えがある。

間違いなく、羽鳥空だった。

あの夜以来、口をきいたことはない。そもそも、あの雨の夜のことを彼女が覚えているのかもわからなかった。あれが修司だったと、彼女は気づいていないかもしれない。修司のほうから申し出るのも、妙な気がした。

しかし、それはさておいてもクラスメイトなのだから、無視するのは不自然だろう。気づいてしまったからには、挨拶くらいはするべきだ。しかし、何か……どこがどうとはわからないが、彼女は苦手だ。

向こうがこちらに気づかないなら、気づかないふりをして通りすぎるというのも一つの、大変魅力的な選択肢だったが、とりあえず公園を通り抜けるためには、彼女の後ろを通らなければならない。彼女が振り向きませんようにと祈りながら近づく。

「……そう。でも、いつまでもここにいても、きっと変わらないから」

話しかける声が漏れ聞こえた。子犬か子猫でもいるのかとのぞいてみたが、何も見えない。

膝を抱えるようにしてしゃがみ、羽鳥空は何もない空間に向かって独り言を言っていた。

（おいおい……）

危ない人だ。やはり、うかつに声をかけなくて正解だったかもしれない。

「……うん。それは、わたしにもわからない。……え？」

空が顔をあげ、すい、と肩ごしに振り向いた。

タイミングの悪いことに、修司は彼女の真後ろに差し掛かったところだった。

下からと上から、もろに視線が合う。

「……あー……羽鳥、やろ？　おはようさん」

「………………」

仕方ないので挨拶をしたが、返事は返ってこない。空は、じっと修司を見上げている。

独り言を聞かれた気まずさとは無縁の、まっすぐな視線にたじろいだ。ひどく居心地が悪い。表情を作り、取り繕う言葉を探した。

「……えーと……何しとったん？　学校行くやろ？」

「……だめ」

「え？」

「だめだよ。ついてきちゃ」

今度は、はっきりした声で言った。

声は聞こえたが、意味がわからない。

困惑する。

問い質そうとしたとき、誰かに名前を呼ばれた。

「あ、やっぱ藤本だ。藤本!」

「……楡山」

クラスメイトだった。公園の前を通って、修司に気がついたらしい。

「何寄り道してんだよ藤本ー。遅刻するぞー」

救いの声だ。今行く、と返事を返して、空に視線を戻した。

「俺、行くから。羽鳥も、今日は遅れんと来ぃや?」

空はまだ、しゃがみこんだままだ。視線も外さない。修司は逃げるように、彼女に背を向けた。

+++

空は遅刻することなく登校したが、相変わらずぼんやりしていた。眠いだけかもしれないが、表情が固まらず、授業中も上の空の感がある。なるべく視線を合わさないようにしていたが、どうにも気になって仕方ない。

現国の授業中、こっそり盗み見ると、空は修司を気にするどころか、全く違う方向を見ていた。意識していたのは自分だけだったようで、拍子抜けすると同時に、理不尽な怒りさえ湧いてくる。

何故、自分がこんな気分にならなければならないのだ。

何も悪いことをしたわけではない、それなのに、わけもなく、罪悪感のようなものに襲われる。彼女に見つめられると、落ち着かない。

表情と反応が読めないのも、その大きな理由の一つだろう。他のクラスメイトたちのように、うまく合わせてくれない。だから合わせることもできない。難しい。

まだまともに口をきいたこともない相手だというのに、すでにそう感じていた。

(顔は可愛いんやけどな……)

あの目がよくない。大きくて、さえざえとした黒い目がまっすぐ自分に向けられていると、何もかも見抜かれているような、どこか深い場所へ吸い込まれそうな気分になる。

……逃げたくなる。

(ついてきちゃ、だめ)

どういう意味だ。

ついていきたがっていた? 自分が。どこへ。誰に?

あの雨の夜のこともある。彼女の言葉は意味深で、わざと相手を困惑させようとしているのではないかと、疑いたくなるほどだった。

気にしなければいいだけのことなのに、気になる。わからないまま抱えているのが、気持ち悪かった。

面倒ごとは嫌いだが、確かめよう、と決める。

休み時間のたび、声をかけようとして決心がつかなかったけれど、今度こそ。

ホームルームが終わって、終業のベルが鳴る。手早く荷物をまとめながら目を向けると、空が担任に何か言われて一緒に教室を出ていくのが見えた。

荷物を教室に置いているということは、戻ってくるということだ。すぐに戻ってくるのなら待ってもいいが、今日は、六時からシフトが入っていて、あまり時間に余裕がない。

少しだけ待って様子を見、時間がかかるようなら今日はあきらめるしかない。

何だか振り回されているような気がするが、それも自分一人で勝手に振り回されているだけなので虚しいことこの上ない。

もう癖（くせ）のようになっている動作で肩と首を回すと、ばきばきと怖いような音が鳴った。

五分待って、クラスの八割が帰った後の教室を出る。廊下の先を眺めてみても、空が帰ってくる様子はなかった。担任に用事でも言いつけられたのかもしれない。帰るか、と息をついた。

「藤本くん、また明日ねー」

「藤本、ばいばーい」

「あ。また明日な」

何やら話しながら教室から出てきた女子たちのために道をあけた。

女子たちは、歩いて行きながら、ちらちらと後ろを気にするように振り向いている。

彼女たちの視線を追ってみると、廊下の壁にもたれて、見たことのない男子生徒が立っていた。誰かを待っているようだ。

彼女たちが盗み見ていた理由もうなずける。やたらと整った顔立ちで、垢抜(あかぬ)けていて、人目をひきつける空気をまとった男だった。

腕組みをして、姿勢を崩しているのだが、力を抜いたポーズでも妙に絵になっている。

東京にはこんな奴もおるんやなぁ、と、必要以上に田舎者な気分で感嘆してしまった。

思わず見とれかけて我に返り、腕時計を見ると、もう五時近い。

あきらめて歩き出し、人待ち顔の彼の前を通り過ぎたところで、階段をあがってきた空がこちらへ歩いてくるのが見えた。

ぎりぎりだったが、間に合ったわけだ。ほっとして、歩く速度を緩める。

色男が、壁にもたれていた背を浮かせた。

「羽鳥！　悪い、ちょっとええ？」

声をかける。

空は不思議そうに首をかしげた。何故か、そのとき初めて修司に気づいたようにこちらを見た色男が、ぎょっとしたような顔をする。

距離が縮まり、空は足を止めた。相変わらず読めない表情に苦笑する。まさか自分の顔を覚えていないのではないだろうな、と不安になった。普通ならばちょっと考えられないことだが、彼女ならばありえる、気がする。

「ごめんな。今朝のことやねんけど――」

「空！」

修司の言葉を遮って、男の声が彼女を呼んだ。

挨拶のためにあげた手を、がっとつかまれる。横から、強い力で。

空と修司の間に、彼女を背に庇うような形で、割り込む。

突然のことに、修司は驚いて動きを止めた。

睨(にら)みつけてくる強い目が、真剣だった。

「──触(さわ)るな」

低く殺した声で、一言、告げる。

つかんだ手を、叩(たた)き捨てるように放し、黙ったままの空の背に腕を回すようにして後ろを向かせる。

「行くぞ」

短い言葉に、空は疑問を挟むこともせず素直に従った。鞄を置いているはずの教室に背を向け、歩き出す。

あっけにとられて見送った。

何が起こったのかを把握(はあく)するまでに、時間がかかる。

つかまれた手の強い感触が残っている。

反応を返せずにいるうちに、二人の姿は見えなくなった。

＋＋＋

「──何やねんあれ！」

だん、と控え室のテーブルに両手拳(こぶし)を叩きつけた。

思い出せば腹が立ってくる。

「触るな」？

言うに事欠いて、人をバイ菌のように。

(触ってへんし！)

「めっちゃむかつくわ……！」

声をかけただけで、あそこまで過剰な反応は異常だ。独占欲の強い男の、嫉妬のせいだと納得するには、あまりにも強い視線だった。

彼女に危害を加えようとする相手を、威嚇するような。

どう考えても、あんな目を向けられる謂れは修司にはない。

「どうした青少年ー？　いじめられたか？」

パイプ椅子をぎしりと鳴らして、田山がおもしろそうにこちらを見ている。

「クラスメイトに声かけようとしたら、その彼氏に怒鳴られたんですよ。こいつがまた、ええ男で。東京弁で怒鳴られるん初めてやったんですけど、むかつきますね」

修司が答えると、田山はげらげらと笑い声をあげた。おまえそりゃ、下心が見えたんだよ。可愛かったんだろその子？　彼氏持ちか、残念だったなぁ。

「別に下心なんてありませんて……」

こきこきと首を鳴らすと、すげえ音だな、と田山が目を丸くした。

「若いのに肩こり？」

「何か最近ひどいんですよ……」

疲れたまってんじゃないの、やっぱりそうですかねー、とモニターをチェックしながら無気力な会話をしていると、

「高野くんいる？」

半分開けたドアから、フロント係のベテラン三原が顔をのぞかせた。

「高野くんは？　今日入ってなかったっけ？」

「高野さんは今日六時までですよ。俺と入れ替わりで帰りました」

「あーそうかぁ……しまった。まぁ明日でもいいけど……田山は今週来週、全部夜勤だっけ？　連続？」

「夜シフトと深夜シフト連続っすね」

「……藤本くんは、これからは深夜は入れないんだよね？」

「はい？」

「来週の木曜なんだけど、俺その日実家から妹が遊びに来ることになっててさ……誰か代わりに入れたらお願いしたいんだけど」

深夜のシフトは、見回り要員を含め常時四人、そのうち二人は男性スタッフと決まっていて、田山はほぼ毎回そのシフトに組みこまれている。ペイのよさから修司も深

夜勤が多かったのだが、今週から修司が抜けた分を他のスタッフに割り振ることになったらしい。

そういえば三原には大学生の妹がいて、とても可愛がっていると聞いたことがある。

「ええですよ。全く入れないわけじゃないんで」

「本当か？　助かるよ、悪いな」

年齢を詐称して働いている修司に、よくしてくれた先輩たちだ。自分の勝手でシフトを変えて、すまないと思う気持ちもある。一日くらい大丈夫だろうと修司がうなずくと、三原は嬉しそうに拝むポーズをした。

「あと、３０１空いたから。ゴミ捨てと、シーツ類集めて運ぶだけでいいそうだから」

ルームスタッフさんたち手が空かないみたいで、誰か一人回してくれって。

「じゃあ俺行ってきますよ」

来週のシフト表をコルクボードからはずし、三原の名前を消した上に自分の名前を書き込む。立ったついでにと片手を挙げて立候補すると、働き者だ、と田山が誉めた。

「あの階今何組入ってます？」

「３０３の一組だけでしょ。さっき二組同時に出たから」

ろう。では、今頃は、熟練のルームスタッフたちが掃除とシーツ交換を行っている最中だ

「手伝ってきます」

「いってらっしゃーい」

エレベーターを使って三階へあがり、三階のリネン室からカートを出して各部屋を回る。

掃除中でドアの開いた部屋が二つ、閉まったドアが三つ。そのうち真ん中の303号室は使用中のはずだ。

ルームスタッフたちに愛想を撒(ま)きながらシーツを集め終え、シーツと枕カバーを積み上げたカートを押しながらランドリールームへ向かう。これが終わったら次はゴミだ。

エレベーターを待つ間、何気なく振り返ると、一番端の部屋のドアが開いた。

白いワンピースを着た女性客が一人で出てきて、エレベーターとは反対方向にある階段を下りていってしまう。

女性一人、というのが気になった。

時々いるらしい、相手は後から来ると言って一人で部屋で待って、結局待ちぼうけをくらう客。それがおとなしそうな女性客で、そのうえ何度か続いたりすると、気の

毒で見ていられないと田山がこぼしていた。

客にもそれぞれ事情があるらしく、ばらばらに来て別々に帰るカップルもそう珍しくはないが――今の女性は、がくりとうなだれて、いかにも様子がおかしかった。

何度か見かけたことがあるが、いつも一人でいるような気がする。

エレベーターが来たが、カートを置いて、彼女が出てきた部屋の前まで行ってみる。

もしかしたら中に男性がいるかもしれないのでノックをしてみたが、返事はなかった。ノブを回してみると、簡単に開く。

「……失礼します」

念のため声をかけて入室する。

やはり、誰もいなかった。

それどころか、誰かがいた気配すらない。

髪の毛一本落ちていないし、シーツに皺ひとつよっていないのだ。

普通のホテル以上に清掃は大切なので、髪の毛一本残さないようルーム係は念入りにチェックする。それはプロの仕事だ。だから、その部屋が使用済みかどうかは一目見ればわかる。

どんなに几帳面な客でも、使用した後は当然、多かれ少なかれ部屋は乱れる。ベッドにちょっと腰掛けただけでも、皺がよるのだ。それが、全く乱れていない。あの女性客は、この部屋に一人きりでいて、ベッドに触りもしなかったということか？

そういえば、三階の部屋は、今、３０３号室を除いて全室空いていると、田山が言ってはいなかったか。

ぐるりと部屋を見回して、また廊下のほうへ向くと、すっと女性が部屋の前を横切った。

（あれ）

さっきと同じ、白いワンピースの女だ。

急いで廊下に出てみたが、そこには誰もいない。

「………」

眼鏡をはずして、目をこすった。見間違いだったらしい。

髪の毛を落とさなかったか気をつけて床をチェックしつつ部屋を出て、ドアを閉めてから首をひねる。

「……疲れとんのかな」

首を回しながらカートのところへ戻る。あと一時間であがりだ。

今日は早く寝よう、と思った。

3.

　図書室の蔵書が充実しているというのは、学校を選ぶ上でかなり重要なポイントだった。

　本が好きで、静かな場所が好きな、修司のような人間にとって、図書館・図書室は天国だ。夏は涼しく、冬は暖かく、椅子も机もある。さらに、無料というのがすばらしい。

　九条高校には、校舎の中にある高校生専用の図書室と、敷地内に別館として建てられた高校大学共用の図書館という、二つの図書施設がある。新しいもの好きな生徒たちには、数年前にできた広い図書館が人気のようだが、図書室のほうの蔵書もなかなかのものだ。それに、利用者が少ないおかげで落ち着いて本が読めるというのも嬉しい。

　ほくほくしながら作ったばかりの貸出カードを片手に本棚を物色していると、本棚の裏側から話し声が聞こえてきた。

（この声……）

ほとんど無意識に棚の陰に身を隠し、様子をうかがう。

声は、一人分しかしない。「これ?」と、何かを確認しているような声を最後に、声の主は本棚から離れていった。

やはり、空だ。

図書室でまで出くわすとは思わなかった。

(ていうか、何で俺が隠れとるねん)

空はこちらには気づかない様子で、奥の一番大きなテーブル席に、一人で座る。時々、ちょっと首を傾けて、まるで隣に誰かがいるように、小声で何か話しているようだった。

(不思議っ子や……)

軽々しく笑って声をかけられない、雰囲気がある。

不可思議な言動に目をつぶれば、とても可愛いのに。

「あの、ちょっと。すみません」

数冊の本を抱えて、棚に戻す作業をしていた図書委員らしい女生徒に声をかける。

はい、と振り向いたショートカットのその生徒は、チタンフレームの眼鏡をかけていた。

朝礼のときでもなければ、ほとんどの生徒がはずしてポケットに入れている名札を、律儀（りちぎ）に胸に留めている。清水笛子（しみずふえこ）、と書いてあった。名札の色で、三年生だとわかる。

彼女は修司の顔を見るなり、

「相談ですか？」

と言った。

「え？」

「馬渡（まわたり）先生は今、調査に出ているんですが。伝言があれば言付（ことづ）かります」

「馬渡？」

誰だそれは。

「司書の馬渡先生に、御用では？」

「いや……ちゃいます。あそこの子なんですけど」

「羽鳥さん？」

知り合いらしい。

眼鏡のつるを慣れた手つきで直し、わずかに首をかしげた。

「何か、……何してるんやろな、と思って」

笛子は少しの間黙って、修司と空の間で視線を行き来させる。

空はこちらに気づかない様子で、また、何もない空間に何やら話しかけた。

「親切ですよね。彼女」

突然、そんなことを言う。はい？　と聞き返すと、彼女は本を抱え直した。

「あなたも、人より強いようですが……視えませんか？」

「え……」

何が？

と、聞き返そうとして、口をつぐむ。

何気なく目をやった、空のいるテーブル。

空以外に誰もいなかったはずのテーブル席に、……もう一人。

「……？」

眼鏡をとって、目をこすった。

眼鏡ケースからクロスを出してレンズを拭き、つるを耳にかける。

見直せば、やはりそこにいるのは空一人だった。

（……疲れとるらしい）

壁にかかった時計が、昼休みの終わりが近いことを示していた。そういえば次は教室移動だったような気がする。まだ準備をしていなかった。

「すいませんでした、また来ます」

笛子に断って、足早に歩き出す。振り返ったが、空はまだ立ち上がろうとする気配もない。

図書室の入り口で、男子生徒と入れ違いになった。

一目見たら忘れない、あの派手な顔立ちの色男だ。わざと気づかないふりで通りすぎたが、相手は明らかに修司に気づいた顔をしていた。思い切り、顔をしかめられた。

(何やっちゅーねん……)

予鈴が鳴る。

頭を一つ振って、修司は教室へと急いだ。

＋＋＋

ああ、羽鳥ね。知ってる知ってる。

三時間目の美術の授業中、作業場で隣の席になった楡山に話を振ってみると、彼はあっさりとうなずいた。

「何か、霊感あるらしいよ。俺あんまあいつとしゃべんねえから、よく知らんけど」

「霊感？」

「色々視えるんだって。あ、でもおもしろ半分にからかうなよ？　ちょっかい出すと怖いのがいるんだよ」

　思い当たるふしがありすぎる。

「それって、あれか？　派手な顔した、目つきの悪い、モデルみたいな」

「あ、もう会った？　伐って言うんだよあいつ。伐晴臣。何か幼なじみらしいけど」

「へえ……」

　ただの幼なじみ、と言ってしまうには、あの過保護ぶりは異常な気がしたが。

「名前までモデル系なんやね」

「すげーよ、名前負けしてねえもん。欠点なくてむかつくくらい。こういう奴もいるんだなーって」

「へえ」

　その分人間性に問題があるのではないだろうかと思ったが口には出さず、木製の台の上で粘土をこねながら、相槌を打つ。

「羽鳥もさ、ちょっと変わってるよな。近づきがたいっていうか。でも悪い奴じゃないみたいだし。皆でわいわい騒ぐってタイプでもないけど、仲間はずれとかにもならなかったし……一年のときのクラスの奴らも、無理に遊びに誘ったり、逆に敬遠したりじゃなくて、何か、こう……見守る？　みたいな。そういうポジションだったかなぁ」

「あぁ、何かわかるわ」

　空の今までの不可思議な言動を、思い出していた。

　では、公園や図書室で彼女がぶつぶつ言っていたのは、あれは霊に話しかけていたのだ。修司には視えないものが、彼女には視えていた。そういったものたちと会話することは、彼女にとってはごく当たり前のことなのかもしれない。それにしたって、普通はもう少し人目を気にするものだと思うが。

(バスに乗るんを止めたんも、何か理由があったんやろな)

　突き詰めて考えると怖いが、よくないものを感じて、助けてくれたのかもしれない。

　ついてきちゃだめ、と言ったあの言葉も、おそらく修司ではなく、あの場にいた別の誰かに向けられたものだったのだろう。

「でさ、何か、心霊マニアの先生に気に入られて心霊相談の手伝いしてるらしくて。この先生ってのが、なんつーか……どーもうさんくさいんだけどさ。羽鳥の霊感は本物だってウワサ。本人が、そういうのひけらかすタイプじゃないから、あんまり根掘り葉掘り訊けないんだけどな」

「そういえば、図書室で何か、そんな話を聞いたような……」

　心霊相談となると、とたんに響きがうさんくさくなる。しかし、空に霊感があるというのは、何故か素直に納得できた。

真実なのだろう、と思った。

吸い込まれそうだと思ったあの目も、独特の雰囲気も、すべてが腑に落ちる。

最前列の作業台で、体に合わない大きなエプロンをつけて粘土細工に取り組んでいる空に目をやった。

ぎこちない手つきのわりに、空の手元の粘土は正確に、見本の彫像の形をなぞっている。

「藤本？　ひいた？　いや、信じられないかもしれないけどさ、マジでいるらしいぜ、そういうの視える奴」

修司が黙ったので不安になったのか、楡山が粘土をいじる手をとめて訊いてくる。

修司は、視線を空から楡山に戻して苦笑した。

「いや……信じとるよ」

自分にも覚えがある。

もうずいぶん前だけれど、人に視えないものが視えたことが、修司にもあったのだ。

家族以外は信じてくれなくて、嘘つき呼ばわりされたこともあって、とても悲しかった。他の皆には視えないのだと知って、口に出すことはしなくなった。

いつのまにか視えなくなったけれど。

(あの子にはまだ、視えるんやな)

＋＋＋

放課後、図書室へ行くと、思った通り、空はそこにいた。

四角い大テーブルに一人で座って、ゆっくりとページをめくっている。

そっと近づき、横に立った。気配を感じたのか、彼女は緩やかな動作で顔をあげる。

「何読んどるん?」

そう訊くだけでひどく緊張したが、幸い声は落ち着いていた。

空は無言で、本の表紙を見せてくれる。半年ほど前に発売された、有名な作家の大河ラブロマンス小説だ。

「そういうの好きなん? 何や意外やわ」

「わたしは、あんまり読まない……けど」

空は、修司が立っているのとは反対側、左を向いて自分の肩の上あたりに目を向け、

「……この子が、好きだって言うから」

ね、と確認するように、「その子」に少しうなずいてみせる。そこに、ロマンス小説が好きな誰かがいるのだろう。

修司も目をこらしてみたが、やはり視えない。

「一緒に読んでるん？」

「うん」

こっくりと、幼い仕草でうなずいた。自然、頰が緩む。

「優しいんやな、羽鳥は」

「…………」

空は視線を逸らして、本に向き直った。無視された、というわけではない。

（お？）

どうやら、照れている……らしい。

（可愛えやん）

思わず笑うと、睨むように見あげられた。悪い悪い、と謝る。空はふてくされたよ

うにまた本のほうを向いた。

可愛い。

「俺も、昔は視えたんよ。でも、俺は怖がってばっかりやったなぁ。話きいてあげよ

とか、全然気ぃつかんかった」

空がまた、顔をあげる。

今思えば、あの霊たちは、何かを言いたかったのだろうか。修司に、何か伝えたいこと、わかってもらいたいことがあったのだろうか。

少しくらい、耳を傾けてみればよかった。

柄にもなく、そんなことを思った。

「今でも視える」

「ん？」

「視える。……もう、大丈夫だから」

「何……」

「視えること、隠したり、気にしたり、しなくても」

——この少女には、霊だけじゃなく、人の心まで視えるのか。

いくらなんでもそんなはずはないのに、そんな馬鹿な考えさえ浮かんだ。

（見透かされる）

まっすぐな目から、逃げられなかった。

「誰も嘘つきって言わない。言われても、嘘じゃないって、自分と自分の大事な人たちが、知っていればいい」

「──羽鳥、」

「わたしも、嘘じゃないって、知ってる」

とても、
悲しかった。

視えるものを視えると言った、それを信じてもらえなかったこと。

忘れていた。

あのときこんな風に誰かが言ってくれたら、自分にも、まだ、彼女と同じものが視えていたのだろうか。

「はと……」

口を開きかけたとき、ぐい、と後ろから右肩を引かれた。

抗議の声をあげる間もなく、向きあう形になる。

「近づくなっつったはずだ」

伐晴臣。

間近で睨みつけられるのも二度目となると、美形が睨むと迫力があるな、などと感想を抱く余裕まであった。

「クラスメイトに話しかけて何が悪いねん」

放せや、と手を弾く(はじ)と、嫌そうに晴臣の眉が寄る。触られたことが気に入らなかったらしい。自分から人の肩をつかんでおいて、ずいぶんと勝手な反応だ。

「話しとっただけや。伐、やったか？　羽鳥とどういう関係か知らんけど、そこまで干渉する権利はないやろ」

「おまえは何もわかってねえんだ……！」

ぎり、と歯を鳴らし晴臣が言う。

「理由を言えや」

「……おまえには関係ない」

「何やそれ。話にならんわ」

晴臣の眉間（みけん）の皺が深くなる。不快感だけではない、何か理由があるようだった。

空に、人には視えないものが視えるということが関係しているのかもしれない、とふと思い当たる。

彼女に他人が近づくことを嫌がるのは、彼女が傷つくことを恐れるからではないか。彼女が人と違うせいで辛い思いをしてきたのなら、人との関わりに過敏になるのもわかる。

しかしそれにしても、晴臣の反応は行き過ぎのように思えた。彼女に近づく人間すべてを、こんなやり方で排除するなど常識的に考えられない。興味本位で近づいてくる人間から遠ざけたいと思うにしても、もう少しましなやり方があるはずだ。

とするとやはり、修司個人に気に入らない点がある、ということになる。

しかし、空や晴臣に睨まれるようなことをした覚えはない。心当たりがなければ対処のしようもない。

「なぁ、俺何かしたか？　言ってくれんとわからへん」

「…………」

かなり譲歩して、穏便に話を進めようと言葉を選んだ。晴臣も、下手に出ている相手を問答無用で怒鳴りつけることには抵抗があるらしく黙る。

空が、何か言いたげに晴臣を見上げた。

「羽鳥とは同じクラスなんやし、出席番号も続きやし、班が同じになることやってある。理由もなく、口きくな言われても無理や」

ぴくり、と晴臣の片眉が動いた。

「出席番号が続きだと……？」

そこに反応するとは思わなかったので、あぁ、と気圧され気味に応えると、晴臣は小さく舌打ちをした。

今度はいきなり声を荒らげることもなく、

「……ちょっと来い」

低く言って、先に立ち歩き出す。

突っ立ったまま見ていたら、「何してる」というように振り向いて睨まれた。ついて来い、ということらしい。

　空を見ると、軽く首を横に傾けられた。好きなように、と言っているようにも見えるし、何をしているのと言っているようにも見えた。なんとなく、後者のような気がした。

　距離が開いてしまったので、少し足早に晴臣の後をついていく。

　晴臣はいかにも不機嫌そうに両手をポケットに入れ、ずかずかと大股に歩いて、無人の図書カウンターの中に入った。本を棚に戻し終えてカウンターに戻ってくるところだったらしい、数メートル離れた場所にいたあの清水という図書委員が、修司を見て「あら」という顔をした。

　修司が止める間もなく、晴臣はカウンターの中にあるドアを荒々しく開く。木製のドアが壁にぶち当たり、ばん、と大きく鳴った。

「馬渡！」

　本が積みあがった大きなテーブルに両足をのせてくつろいでいた、無精ひげの男が顔をあげる。

　男はだらしなくネクタイを緩め、腹の上にハードカバーの本をのせて開いていた。よう、と親しげに片手をあげる。

「晴臣。どうした、血相変えて」

どう見ても生徒には見えないが、あまり教師らしくもない。くわえ煙草で本を読んでいたのかと思いきや、くわえていたのは禁煙パイポだった。

後から入った修司がとりあえず軽く会釈すると、「誰だ？」というように晴臣を見る。

「話しただろ。転校生だ」

晴臣は、修司を突き出すように男の前に押しやり、

「憑いてる。空のクラスに、こんなもん背負った奴を放置しておけない」

「……は？」

何か今、とんでもないことを言わなかったか。

(何が憑いてて、誰が何をしょってるって？)

修司が聞き返すより先に、男が「何」と叫んで顔を輝かせた。

嬉しそうだ。禁煙パイポが床に落ちたが、気にならない様子だった。

「でかした、晴臣。それでこそうちの研究員だ！」

怪しい。取り交わされている会話も、この状況も、この男も、研究員という響きも怪しい。

大体何で嬉しそうなのだ。そこは笑うところなのか。それともすべてが冗談なの

か。

清水笛子が入ってきて、先生、机に足のせないでください、と言った。

＋＋＋

その部屋は、本来司書が蔵書整理などの作業のために使う部屋らしいが、それにはふさわしくないようなものが散乱していた。ファイルやらカラーボックスやらが壁にそって積まれ、書棚の半分はオカルト系の本で埋まっている。テーブルの下には、無数のＣＤやカセットテープやＭＤ、数種類のカメラが無造作に突っ込まれた段ボール。他にも、妙なオブジェや古びた燭台、表紙がぼろぼろの大学ノートなど、がらくたとしか呼べないようなものがそこらじゅうにある。

ドアが両側の壁に向かいあうように二つあり、反対側のドアは閲覧専用図書コーナーに続いていた。閲覧専用図書と一般図書のあるコーナーを区切るような形で、その部屋は存在していることになる。もちろん、この部屋を通らなくても、カウンターのまわりをぐるりと回って一般図書の棚から閲覧専用の書棚のほうへ行くことはできるのだが、両方を行き来することの多い司書にとっては、近道として便利なのだろう。

笛子に注意されて素直にテーブルから足をおろした男は、五つある椅子のうち、自分の真向かいにある一つを修司にすすめた。机の上にのっていたものを床へおろし、スペースを空けてくれる。

にこにこと笑いながら、真正面から修司を見、「さて」というように机の上で指を組んだ。

晴臣は、修司から一番離れた席に座り、体を半分外に向けて（つまり修司にはほとんど背を向ける形で）、不機嫌そうに腕を組んでいる。

「ようこそ、えーと、転校生くん？　馬渡だ。よろしく」

「はぁ。どうも……藤本修司です」

「よし藤本。最近、何か変わったことはないか？」

「はい？」

いきなりだ。思わず間抜けな声で返すと、

「頭痛がするとか体が重いとか眠れないとかイライラするとかやる気がないとか妙に肩がこるとか。そういうことはないか？」

「……まぁ」

ありますけど。

修司が言うと、そうだろうそうだろうと、大きくうなずかれる。

ここは図書室だと思ったが、保健室かカウンセリングルームの間違いだったのか？

「あの、それがどうか」

「うん。問題大有りだ。それは霊障だ」

「レイショウ？」

冷笑？　例証？　零賞？

「何も言わずに、しばらくつきあってくれ。悪いようにはしないから。……清水、用紙とってくれ」

笛子が、本棚からファイルを一冊引き抜いて、馬渡に渡す。助けを求めて彼女を見たが、彼女は表情を変えず、シャープペンシルと消しゴムと数枚の紙の束を、修司に手渡した。

「えーと、さっき……伐……くんが、何や言っとったことですけど……」

「それをはっきりさせる。質問は後で受け付けるから。ホチキスで留めてあるそのシート、読んで答えを埋めてくれ。深く考えなくていいから。それから、そっちのカラーのほう。めくってみてくれ。……そう。それも、写真見て、書いてあることに答えて。終わったら清水に渡してくれ。次はリスニングに入るから。はい始め」

あまりの強引さに、怒りより呆れのほうが先に立ったが、つきあう義理はない。悪いが帰らせてもらおうと腰を浮かせかけると、

「俺は外に出てる。終わったら呼べよ」

晴臣のほうが、先に席を立ってしまった。
終わったら呼べ、ということは、晴臣は修司につきあうつもりらしい。どういう風の吹き回しか、……これは、意味のあることなのか。こんな馬鹿馬鹿しい、意味もわからないお遊びとは無縁のように思える晴臣が、わざわざ自分を連れてきた理由がわからない。

席を立つべきか、おとなしく残るべきか、判断がつかない。

「……放っておいたら、肩こりどころじゃ、なくなります」

それまで黙っていた笛子が、近づいてきて、耳元で言った。

「そんなに時間がかかるものでも、ありませんから。だまされたと思って……もしも無意味でも、害はないでしょう？　話の種にはなります」

「話の種、て」

「羽鳥さんが、心配してますから」

それだけ言って、離れる。

修司は無言で、渡された紙束をぱらぱらとめくった。

ぱっと見たところ、心理テストか、アンケートのようだ。生年月日から始まって、趣味や好きな色を書く欄（らん）もあるが、何やら意味のわからない質問も多い。質問の数は多いが、適当に答えていけば、確かにそれほど時間はかからないだろう。

「……埋めればええんですね」

「頼むよ」

一つ息をつき、シャープペンシルを手にとる。

今日は深夜シフトでよかった、と思った。

＋＋＋

1. 名前を教えてください

2. 生年月日を教えてください

3. 家族構成を教えてください

4. 出身地から、現住所まで、住んだことのある場所を挙げてください

5. 視力を教えてください

……

……

20. あなたが一人で歩いていると、道に迷ったらしい老人が、地図を片手に途方に暮れています。あなたはどうしますか

A. 自分から「どうかしましたか」と声をかける

B. 自分からは話しかけないが、訊かれたら答えてあげる

C. 気にせず通りすぎる

21. あなたが一人で歩いていると、道に知らない人がうずくまっています。急におなかが痛くなったらしく、助けを求めています。あなたはどうしますか

A. 救急車や、他人を呼んで、一緒に助ける

B. 救急車や、他人を呼んで、自分は立ち去る

C. 自分で病院に運ぶ、もしくは家まで送る

D. 放っておく

22. あなたが一人で歩いていると、女の人が泣きながら、「指輪がない」と言っています。恋人からもらった指輪を落としてしまったという彼女。あなたはどうしますか

A. 一緒に探してあげる
B. 見つけるのは無理だと彼女を説得し、慰める
C. 警察に届けるように言う
D. 放っておく

……
……

30. 次の写真を見てください

(1) 何人写っていますか
(2) 場所はどこだと思いますか
(3) 季節はいつだと思いますか

（4）彼らの関係を想像してください

（5）この写真を見て、他に気づいたことを書いてください

31．次の写真を見てください

（1）何人写っていますか

（2）場所はどこだと思いますか

……

……

ここからはリスニングです。録音を聞いて、問題に答えてください。わからなくなったら、巻き戻して聞き直して結構です。できるだけ正確に答えてください。

43．

（1）話しているのは何人でしたか

（2）最初に聞こえたのはどんな声でしたか
（3）最後に聞こえたのはどんな声でしたか
（4）一番大きく聞こえたのはどんな声でしたか

44. 録音の声を再現してください
45. 録音の声を再現してください

……

49. この五枚の写真の中から、旅行に行ってみたい場所を選んでください
50. この五枚の写真の中から、好きなものを一枚選んでください

お疲れさまでした。

「できました、けど」

全部を埋め終わったときにはかなり疲れていた。害はないと言われたが、やはりだまされた感がある。

紙の束を差し出すと、馬渡は嬉々としてそれを受け取り、ぱらぱらとめくって全部答えが埋まっていることを確認する。それまで黙って本を読んでいた笛子が立ち上がり、部屋の外にいたらしい晴臣を呼んだ。

「オッケーだ。お疲れさん。じゃあ、あとちょっとだけ、今度は問診な」

馬渡は病院の看護師が持っているようなクリップボードを取り出して、ボールペンの尻でこめかみを掻く。もうどうにでもしてくれという気分になっていた。バイトに間に合う時間までに帰してくれればそれでいい。

晴臣が入ってきて、ドアのすぐそばの壁にもたれる。空も一緒だった。彼女のほうは、晴臣のそばにあった、上段の本をとるための踏み台に腰を下ろす。

馬渡は、笛子を近くへ呼び、小声で何か指示してから、ボールペンをクリップボードに走らせ始めた。

「今、肩こりは？」

「……あります」

「頭痛」

「少し」

「最近眠れない？」

「……ときもあります」

「それは慢性？」

「もともと偏頭痛持ちですけど……」

「幻覚を視るようなことはない？」

「幻覚……ですか？」

「目の錯覚が多い、とか、そういうんでもいい」

「……時々……」

馬渡はうなずいて、また何やらボードに書き込んだ。

「最近、人に恨まれるようなことは？」

「自分では、心当たりはないですけど」

「最近どこかに旅行に行った？」

「先月までは大阪にいて、それから親の実家が京都にあるんでしばらくそこにいて、先々週からこっちに来ました」

「その途中で、変わった体験は？」

「特にないです」

次々新しい質問が提示され、修司は淡々と答えていく。しばらくそれが続いた後、

「心霊体験はある？」

「……え」

一瞬、答えに詰まった。

馬渡が、ボードから目を上げて見ている。

「……あり、ます」

「いつ？」

「昔。小学生の頃。三年とか、四年くらいまでだと思いますけど」

「それっきり？」

「はい……」

空が、じっと自分を見ているのを感じた。

ここまで来ると、全体を通しての質問の傾向から、馬渡の言いたいことの予想がついてくる。

意図を理解した上で答えることには、多少の抵抗があった。そもそも個人情報を人に話すこと自体に、普段ならかなりの抵抗を感じるのに、何故こうして答えてしまうのか、自分でもわからない。

憑いている、と晴臣が言った、あれはやはり「そういう意味」だということか。冗談にしても気持ちのいいものではないが、冗談としては手が込みすぎている。

質問の途切れ目に、笛子が口を挟んだ。

「眼鏡、いつからですか？」

「はい？」

「眼鏡。かけはじめたのは、いつですか？」

「小四からですね」

妙な質問だ、と思いながら答える。

その答えを聞いて、馬渡がまた、何か書き込んだ。

空が立ち上がって、馬渡の横へ来る。

「どうだ？　羽鳥」

馬渡が首だけ動かして空を見ると、空は、考えるように少し首をかしげてから、
たぶん、自殺霊。と言った。

「恨みとかじゃ、なくて……ついてきただけ。たくさん。最初に女の人が一人いて、そこに皆集まってきたんだと思う」

「じゃあ、藤本個人を恨んでる霊はいないわけだな？」

「いない」

馬渡はペンを置いた。

ボードも膝の上に下ろして、修司を見据え、ずばりと言った。

「結論から言うぞ。藤本、おまえは霊に取り憑かれている。……いや、憑依されてるってとこまでは行ってない、まとわりつかれてるだけだから、取り憑かれかけてい る、と言うべきかもしれんが……まぁ、今のうちに手を打てばなんとかなるレベルだから悲観しなくていい」

嫌なことを軽く宣告しないでほしい。

引きつった修司の表情に気づいているのかいないのか、馬渡は笑顔で空と晴臣、笛子を目で示し、

「転校してきたのがこの学校でよかったな。幸いここには人材が揃ってる」

最後に自分の存在をアピールするように、両腕を広げた。

「心霊相談のできる司書がいる学校なんて、そうそうないぞ。これはもう運命だな。おまえは俺たちと、出会うべくして出会ったたってわけだ」

「はあ」

帰っていいですか、と言いたくなったが、真面目な顔の笛子と不機嫌そうな晴臣と、じっと自分を見ている空に気づいてやめた。

「釈然としない顔だな。何か質問はあるか?」

どうやら顔に出ていたらしく、馬渡にそう言われる。

質問なら山ほどあるが、ありすぎて、何から訊いたらいいのかさえわからなかった。

頭を整理する。たった今告げられた不愉快な宣告の真偽も気になるが、まずは基本から。

「まず、えーと……馬渡、先生？　は、霊能者とか……そういう人なんですか？」

「いや、俺はただの心霊研究家だ」

「自称な」

ぼそり、と晴臣が付け足す。馬渡は不満げに晴臣を見たが、晴臣はふいと顔を逸らして目を合わせようともしない。

「世を忍ぶ仮の姿として、この図書室の司書をしている。ついでにこの学校の理事なんてものもやってる。末席だけどな。父親が理事長なもんで、名前だけ置いてるようなもんだ」

「あぁ……」

それで、図書室を利用しての心霊研究などという道楽を許されているわけだ。

「さっき、伐のこと研究員、て呼んではりましたよね？」

「そいつが勝手に言ってるだけだ」

馬渡が答えるより早く、晴臣がぴしゃりと断ずる。

「晴臣は照れ屋さんだからこう言ってるが、もちろん彼も我が心霊現象研究会、通称霊研のメンバーだ。他にもこの羽鳥に清水、他校にも一人いる。皆優秀な研究員だよ」

「いつからそういうことになったんですか？　私は入会した覚えはありませんけど」

「はっはっは、清水の冗談は相変わらずキレがいいな！」

馬渡は膝を打って笑った。笛子の冷ややかな突っ込みにもこたえた様子はない。

空は全く無反応だった。ぼんやりしている。眠いのかもしれない。

「えーと、具体的にはどういった活動を？」

「よくぞ訊いてくれた。西に心霊スポットがあると聞けば調査にかけつけ、東に霊障に悩む市民がいると聞けば手を差し伸べる。インターネット他のメディアを駆使して心霊現象の情報を集めたり、生徒や教職員、その家族などからの心霊相談も広く受けつけている。心霊写真の鑑定なんかもするな。つまり、心霊関係全般、なんでもありってことだ」

「はぁ……」

ますますうさんくさい。

そういえば楡山も、彼と、彼の研究会を、そう評価していた。おそらく一般の生徒たちの反応は似たりよったりなのだろう。馬渡本人は気にしていないようだが、空や晴臣はどう思っているのか。こんな会に所属していれば、奇異の目で見られたり嘘つき呼ばわりされたりする可能性は格段に増加するような気がする。

それでもこうしてつるんでいるということは、それなりに理由があるのだろうが、現時点ではその片鱗（へんりん）も垣間（かいま）見えない。

「取り憑かれてるって、つまりあれですか。俺にも、その」

「それだ。幽霊が憑いてる。心霊体験があるなら、話が早くて助かる。心霊現象全般を真っ向否定する奴もいるからな」

にわかには受け入れがたい話だ。

修司が黙ると、馬渡はひょいと片眉をあげた。

「信じられないか？」

「普通は、そうでしょう」

「まあなぁ」

そうだろうな、とうなずく。もっと熱くなるかと思ったが、意外な反応だ。

「でも、憑いてるんだ。こいつらが言うからには間違いない」

「……わかりました」

本人たちの目の前でそれを根拠として示されると、認めないわけにはいかない。

それに、心当たりが全くないわけでもない。

その事実を前提として認めた上で、残った疑問を整理する。

自分に憑いているもののこと。解決策。空と晴臣のこと。彼らが馬渡に協力している理由。

複雑そうなものは後まわしに、まずは簡単な質問から一つずつ、順を追って。

「さっきのペーパーテストみたいなの、あれで取り憑かれてるとかそういうんがわかるんですか？」

「後半の問診はそうだな。確認のためだ。自覚症状があるかどうかとか。前半のはまた別」

「別って……」

明らかに、そちらのほうが時間も手間もかかっていた。一体何のためにあれだけの数の問題を解かせたのだ、という修司の不審げな視線を受けて、馬渡は待ってましたと言わんばかりに胸を張った。

「あれは、俺が開発した特別な検定試験だ。霊感の強さを測る」

得意げに言い放つ。

「名づけて、霊感検定」

得意げな割に、単純なネーミングだった。

「……俺がそれを受けることにどういう意義があるんか、教えてもらえます？」

「霊感が強い人間は、そういったものに遭遇しやすい。霊の影響を受けやすい人間とそうでない人間がいるし、霊に好かれる人間とそうでない人間もいる。同じ現象でも、その只中（ただなか）にいる人間の霊感の強さによって危険度が違ったりもするわけだ」

「……なるほど」

それは、それなりに納得できる。

「それで、俺の場合は、総合した結果それほど危険じゃない、というわけですね」

「ま、現段階ではな」

修司の反応に、馬渡は満足そうだ。

「こいつらが言うには、おまえにはすごい数の霊がまとわりついてたそうだ。教室でも、晴臣が廊下で見たときも」

それで、あの反応か。

晴臣が顔をしかめた理由がようやくわかった。

「てことは、伐にも、視えるんか？」

「おまえよりはな」

相変わらず仏頂面の晴臣が、つまらなそうに吐き捨てる。

「晴臣は準二級だからな。かなり視える。ちなみに羽鳥は準一級、霊と対話ができるレベルだ」

「……すごいんやな、羽鳥」

「今まで霊感検定を受けた人間の中ではダントツだ」

「おまえが威張るな。それからおまえは気安く呼ぶな空を」

まず馬渡に、それから修司に、二人のほうを見もしないでぴしゃりと晴臣が言う。いっそ清々しいほどの尖り具合だ。そんなに嫌ならここにいなくてもいいのに、この部屋にとどまっているのはひとえに空がここにいるからだろう。なかなか健気だ。腹が立つのを通りこして、おもしろくなってきた。

「羽鳥、て呼ぶ以外にどう呼べっちゅーねん。『空ちゃん』とか？」

「調子に乗ってんじゃねえぞ関西人……！」

ずっと背を向けて座っていた晴臣が、椅子を鳴らして立ち上がる。

「はい、センセー。伐くんが先生にタメ口なのは単に伐くんが偉そーだからですか」

「いい質問だ。それもあるが、俺と晴臣がトクベツなカンケイだからだよ」

「てめえも適当なこと言ってんじゃねえ！」

馬渡のよれたネクタイをつかんで晴臣が怒鳴ったが、当の馬渡は笑っている。馬渡の隣に座った笛子が我関せずでいつのまにか図書カードの整理に没頭しているのを見ると、こういったことは日常茶飯事のようだ。

「喧嘩はだめ」

空が眠そうな顔のまま、のんきな口調で言ったので、晴臣は舌を打ってまたどかりと椅子に座る。案外素直だ。やはり、なかなか楽しい奴かもしれない。

「晴臣の親父さんと、うちの親父が知り合いでな。パーティやら何やらで顔合わせることもあったもんで、司書と生徒として会うより前からの知人なんだよ。羽鳥と晴臣は幼なじみで、俺が羽鳥と知り合ったのもそこから。運命に感謝したね、俺は」

「人生最大の失態だ……！」

空と馬渡を引き合わせたことが、だろう。

晴臣は憎々しげにそう吐き捨て、黙りこんだ。これ以上口を開くと、ますます馬渡を調子に乗らせるだけだと判断したらしい。

「他に質問は？　藤本」

彼で遊ぶことに一区切りをつけて、馬渡が再び修司に向き直った。

「えーと……先生への質問やないんですけど」

これまであまり考えないようにしてきたが、せっかくだから聞いておきたい。

空のほうへ向き直った。

「新学期始まる前の夜、羽鳥と俺、一回会っとるよな？　本町の、バス停のあたりで……俺がバス待ちに並んどったら、声かけてくれたやろ」

晴臣の眉間の皺が深くなったが、見ないふりをして続ける。

「そのときから、霊がまとわりついとったって……俺をバス停から離したんも、それに関係しとるん？　何か視えたんか？」

空は少しの間考えるようなそぶりを見せたが、

「……あのあたり、あの時間はたぶん、人通りがほとんどないの」

やがて、ゆっくりと瞬きをしながら、口を開いた。

「あの夜も、もうバスは終わってて、誰もいなかった。あそこでバスを待ってたのも、生きてる人たちじゃなかったから……」

そこに、修司がたった一人、混じっていたというわけだ。他に誰も並んでいないバス停で、「まるで前に誰か並んでいるかのように」後ろのほうへ回って。

タクシーの運転手の言っていたことを思い出し、背筋が寒くなる。

修司が青ざめるようなことを言いながら、空は表情も変えなかった。

「乗らないほうが、いいと思って」

「……そやね」

彼女の手を振り払って、乗車していたらと思うとぞっとする。

大したことでもなさそうな口調で言う空に、短い言葉を返すのがやっとだった。

「何だ、学校始まる前から会ってたのか？　縁があるな」

空気も読まず、明るい声で馬渡が言った。

確かに、縁があるのかもしれない。それは確実に、修司にとっては幸運だろう。

「……と、それで……今、この瞬間も、ここにおるんよな？　その、取り憑いてるとかいう、霊が」

自分の肩のあたりを示して、「ここ」、と呼ぶ。

空はこくりとうなずいた。

「どうすれば、離れてくれるん？」

「後ろ、向いて」

空が近づいてきて、修司の背中に触れた。修司は少し腰を屈め、言うとおりに背を向ける。ぱらぱらっ、と何か粉のようなものが首すじにかかるのを感じた。

空の小さな手が、ぱたぱた、と修司の肩を叩き、埃でも払うようなしぐさをする。

ふ、と肩が軽くなった。

「おしまい」

「え……こんなんでええの？」

しかし確かに、肩は軽くなっている。

「本体が、ついてきてたわけじゃないから。ただ、残り香みたいに、気配が残ってるの。その気配を感じて、他の霊まで集まってきてただけ。だから、簡単」

「へえ……ようわからへんけど、ありがとな」

痛くも痒くもない。そのくせ、効果はてきめんだ。これであの頭痛や肩こりから解放されるのなら、怪しげなテストを受けさせられたことや晴臣に怒鳴られたことを差し引いてもお釣りがくる。

「でも、……たぶん、またついてくる。本体が、どこかにいるから」

空はゆっくり、現時点でわかることについて説明し始めた。

つまり、修司にまとわりついている霊がいて、今はその霊の本体はどこか別の場所にいるのだが、その霊の気配が修司の体に残っている。それにつられて、他の霊が周りに集まっている状態なので、原因となっている霊さえ離れてくれればそれで解決するという。

逆に言えば、その霊をなんとかしなくてはどうにもならないということだ。

「おまえがその霊を、どこで拾ってきてるかが問題となるわけだ。心あたりはないか？ 通学途中で心霊トンネルをくぐったとか、墓場の裏に住んでるとか」

「いや、いくらなんでもそれは」

「それらしい体験は何も思いつかないか？ 学校に着くまでに薄れてる割に、毎日背負ってくるってことは、おまえが毎日そこへ行ってその霊を連れてきてるってことになるんだが」

「毎日……」

「女の人」

空に言われて、思い出した。

女性。自殺霊。……毎日行く場所。

「バイト先……かもしれへん。白いワンピース着たお客さん、何度も見かけとるんやけど、そういえば見たって言うとるん、俺だけやし」

視界の隅に、カメラごしに、ふっと横切ることが、何度もあった。今思えば、不自然なほど。いつも同じ服だった。うつむいていて、顔が見えなかった。今まで、一度も。

「なんだ、おまえにも視えてたのか？　心当たりどころじゃないな」

「幽霊やとは思わんかったんやけど、言われてみればそうやったんかな、と……」

「俺に言わせりゃ、今まで気づかなかったのが信じられないがなぁ。間違いなさそうか？　羽鳥」

空は、うん、と答える。

「たぶん、その人。その人が憑いてるから、道を歩いてても、他の霊が便乗してきちゃうんだと思う。……歩いてるうちに、どんどん体重くなったり、しない？」

「……経験あるわ」

「すれ違ったり、前を通りすぎたりした霊が、どんどん上にのっかってきちゃうからなの」

「うわ……」

ぞっとしない想像だった。それでは、修司は「肩がこるな」などと思いながら、大量の霊を背負い、さらに歩きながら次々と拾っていたということだ。

「そのバイトはやめるんだな。その霊はもともと場所に憑いてる霊らしいから、おまえがそこに行かなけりゃ済む話だ。ほら解決。よかったじゃないか」

「解決て……」

そう簡単にはいかない。何せこちらは生活がかかっている。

「給料ええんですよ今のバイト。学費と家賃以外は自分でなんとかするって親にも言うてますし、やめる、いうんはちょっと……」

「アホかてめえは。金と命とどっちが大事だ」

やっと会話に参加してきたと思ったら、これだ。見下げ果てた口調で言われ、さすがにカチンとくる。

「バカ呼ばわりよりはましやと思とったけど、東京人にアホ言われるんはそれはそれでムカつくわ……！　こっちかて死活問題や！　高校生のバイトの時給、相場知っとんのか!?　知らんやろ！」

「大体うちの学校はバイト禁止だ！　特例として認めてもらうには申請が必要だって転入手続きするとき聞かなかったのかバカ」

「もうちょっと人に優しいしゃべり方ができへんのかおまえは……！」

「まあまあ落ち着け。一刻も早く辞めるのがおまえのためだとは思うけどな、まぁ一応忠告はした。心霊現象が深刻化し始めたらいずれ気も変わるだろうし、何より俺としては、新しい現象を報告してもらえると有難い。双方利害が一致したところで、今日はここまでだ」

馬渡は、修司の身を案じているというより、心霊現象それ自体に興味があるようだ。むしろ、修司には心霊ホテルでのバイトを続けてもらったほうが、色々と情報が入ってきて好都合、くらいに思っているのがありありと伝わってくる。

「バイト、次はいつだ？　写真とか撮ってこれそうか？」

「……自分で客として来てください、フロントでポラロイドカメラ貸し出してますから」

「いや、カメラは持参だな。ビデオカメラもあったほうがいいか……」

この男なら本当に来るかもしれない。いや、来るだろう。間違いなく。

息をついて立ち上がり、机に手をついた。

「今日夜勤なんですよ。家帰ってちょっと寝てから行くんで、そろそろ帰らないと」

「俺たちの話聞いてやがったのか？　てめえ」

「せやから、そう簡単にはやめられへんねんて……」

「まぁ勝手にしろ。どうせすぐわかる。自分の愚かさを知って泣け。泣きついてこい」

「……色々腹は立つけど、ここは大人になって引き下がったるわ」

「待て」

馬渡に会釈して部屋を出ようとした修司を、座ったままの晴臣が呼び止める。

不遜な態度で、ドアのすぐ横にある棚を示し、「持ってけ」と言った。

何のことかわからず修司が動かずにいると、空が駆け寄って棚から小さな瓶をとり、手渡してくれる。

「……何や？」

「お塩」

喫茶店などでも見たことがある、ごくオーソドックスなデザインの食卓塩のガラス瓶だった。

「中身は、ちゃんとお日さまに晒した粗塩なの。お清めの塩」

「塩……ほんまに効くんや」

「さっき空が使ってただろうが」

「あぁ」

首もとに感じたぱらぱらとした感触は、これだったのか。

「学校に来る前、教室に入る前に体にかけろ。少しは効果がある」

「……優しいやん、伐センセイ」

気色の悪い呼び方をするな、と睨まれた。顔を見るのも忌々しいとばかりに腕を組んであさっての方向を向いていたのが、瞬時にこちらを向く。晴臣を振り向かせるのは意外と簡単なようだ。

「タチのよくねえもんまとわりつかせたまま、空に近づかれるのは迷惑なんだよ。おまえが気づかねえような霊も、空には全部視えるし聞こえる」

思わず空を見る。

空の表情は変わらない。

触るな、と、自分の腕をつかんだ晴臣のあの剣幕を思い出した。

(ただ単に視えるどころではない、霊と対話できるレベル)

自分には、想像することしかできない。しかし、そんな状態で毎日を過ごすだけでも相当の精神力を必要とするであろうことは理解できた。

そんな彼女に対して、彼女より霊感のレベルにおいては下回るという晴臣でも顔をしかめるような量の霊を背負った自分は、ひどく迷惑な存在だったただろう。

極端に聴力の優れた人間の耳元に、大音量のロックを流すスピーカーを近づけたようなものではないのか。

「……ごめんな」

言葉を選ぶ前に、口から出ていた。

謝られたところで、相手は困るだけだと気づいて、瞬時に後悔する。

言った後でしまったと思った、しまったという顔をした、そのことにも空は気づいただろう。

二重に後悔しながら表情をうかがうように目を向けると、彼女は、

――にこ、と笑ってくれた。

初めてだ。

許された。

(うわ)

なかなかの衝撃だった。

(笑った)

「――空」

晴臣が、静かに名前を呼ぶ。一声で、空は彼のいるテーブルの反対側へかけよっ

た。

　呼ばれればそばへ行くのが当たり前のように――いや、事実、当たり前なのだろう。

「じゃ……俺、行きます。どうもありがとうございました」

「おお。何かあったら、ていうか絶対何かあると思うからちゃんと報告に来いよ」

「不吉なこと言わんといてください……」

　晴臣が空に何か言い、空がそれに答えている。小声で、話の内容まではわからなかったが、空がうなずいているのが見えた。

　部屋を出るときにもう一度空のほうへ目をやると、ふ、と何気なく顔をあげた彼女と目が合った。

　ばいばい、というように小さく手を振られる。

　手を振り返した。

　さっさと帰れ、と晴臣の罵声が飛んでくることくらいは覚悟したのだが、予想に反して、晴臣は何も言わなかった。

4.

おかしなものを見たことはないかと、さりげなく田山に訊いてみた。

このホテルに居ついているらしい霊に、取り憑かれかけているらしい、などとは言えるわけもない。これだけ夜勤が多いと、心霊体験の一つや二つあるんじゃないですか、と話を振っただけだ。田山は笑って、ないない、と言った。

「俺はほとんど夜勤ばっかだけど、そういうの全然だな。おまえ、ある？」

「俺は、まだこのバイト始めて日が浅いんで」

笑って言葉を濁す。今現在進行中です、只中にいます、とは心の中だけで呟いた。

スタッフ用の冷蔵庫から出してきたコーラの缶を手渡す。修司は炭酸はあまり飲まないが、田山は飲み物と言えば炭酸ばかりだ。

田山は缶を膝の上に置いて左手を添え、ぷしっ、と気持ちいい音をたててプルトップを空けた。

「ラブホの怪談って、けっこう聞くよな。ある意味、男と女の怨念渦巻く場所だからわからないこともないけど。……ああでも、」

缶に口をつけて、田山が思い出したように言った。

「そういや、前に幽霊見たって言ってた奴がいたなぁ。もうやめたけど」

モニターの横に置いたスナック菓子の袋に手を突っ込んで、ひとつかみを口の中に放り込む。

「幽霊？」

「白い服の女が出るって」

どきりとしたが、顔には出さないよう努力した。

「へえ……」

「何か昔、男に捨てられてホテルの部屋で首吊った客がいたらしくて……首吊る前から、一人でホテルに通って部屋にこもったりして、ちょっと……おかしくなってたらしいけど。その女の霊じゃないかとか、一時期噂になったりしたな。スタッフの中で」

「そうですか」

聞かなければよかった。

烏龍茶をすすりながら後悔した。

「まあでも、害がないならええんやないですか」

「まあな。一時期噂になって客が減ったことがあったらしいけど、オーナー替わって改装して、今はそんなこともないしな」

玄関とフロントと、三階の廊下とエレベーター内部の映像がモニターに映っている。何かが画面を横切りそうで、モニターを見るのが怖かった。

考えても意味のないことなのだから、考えないようにしなくては。振り払うように頭を振った。

怖いと思うから怖いのだ。害はない。……少なくとも、肩こり程度の害しかないのだから。

「そろそろ駐車場の見回り、行って来ないとな」

「そうですね……」

頭を振ったせいか、頭痛がひどくなっていた。どくどくと、こめかみで血の流れる音。眉間を押さえ顔をしかめると、田山が「寝不足か?」と訊いた。

「ええまぁ……偏頭痛持ちなんですよ、俺」

「仮眠とっていいぞ。今日客少ないし」

「あー……でも」

「いいって。俺見回り行ってくるし。フロントに石井(いしい)がいるから、何かあったら呼ぶだろうしさ」

「じゃあ……すいません、十五分だけ寝させてもらいます」

仮眠用のソファの隅に、ブランケットと枕は常備されている。

眼鏡を外してテーブルに置き、横になった。

田山がフロントに声をかけ、部屋を出て行く気配がする。しばらくの間ドアごしに話し声が聞こえていたが、やがて静かになった。

寝付きはいいほうではないのだが、今日は疲れていたのか、すぐにうとうとし始める。

目を閉じていても、まぶたごしに蛍光灯の明るさがわかった。それすら気にならず、意識はだんだんと閉じていく。

短時間でもぐっすり眠れそうだ、と思った。

思った瞬間、ふっと暗くなった。

＋＋＋

田山浩一は、ルーム係が部屋から集めたゴミをまとめて裏のゴミ置き場に出し、そのまま懐中電灯を片手に駐車場を見回った後、エレベーターで最上階に上がった。

深夜のラブホテルとなると、不審者がまぎれこまないとも限らない。カメラは全階に設置されているわけではないから、こうして男性スタッフが定時に見回ることになっている。

最上階から、順番に一階ずつ見回っていく。三階で、仕事中のルーム係と会って少し立ち話をした。ついでにゴミ捨てを請け負って、ふと時計を見ると二時だった。十五分たったら起こしてくれと、修司に言われている。それまでに部屋に戻らなければならない。

階段で二階へ下り、まずは廊下を見通して、端から順に空き部屋も確認する。よそのホテルだが、ホームレスだか家出娘だかが入り込んでいて騒ぎになった、という話を聞いたことがあった。各部屋にテレビもベッドもあり冷暖房完備、冷蔵庫や湯沸しポットにカップ麵まで用意されているとなれば、確かに宿なしにとっては魅惑的なスポットだろう。

(今日なんか、客も少ないしスタッフも少ないし、そういう奴らにとっては狙い目だよなぁ)

もちろん、玄関とフロントには客の顔がわかるようなカメラが設置されているから、そうそう誰かが忍び込むということはないだろうが——そう思ったところで、田山は足を止める。

何か聞こえたような気がした。

(足音)

自分が歩いてきた廊下を振り返ったが、誰もいない。それ以前に、廊下はカーペットが敷いてあり、足音が響くような造りではない。

耳を澄ますと、足音は上から下りてくる。

(……三階の客って、入ったばっかりだったよな)

ルーム係は、もうランドリールームへ下りたはずだ。三階から人が下りてくる、ということ自体が不自然だった。

さきほど見回りをしたときには気づかなかったが、誰かが三階に潜んでいたのだろうか？

可能性を検討する。たとえば、……田山についてきて、田山の後から三階へ下りて、そのまましばらくそこにとどまっていた誰かが、いたとすれば。

ありえないとは、言い切れない。

そういえばゴミ出しをしたとき、裏口の鍵をかけただろうかと急に不安になった。

田山は慌ててあたりを見回し、ちょうど廊下の端にあったリネン室のドアを開け、音をたてずに体を滑り込ませた。

家出娘くらいならともかく、複数のホームレスと取っ組み合いになったとして勝てる自信はない。相手を確認してからでなければ、判断できない。

情けないとは思うが、かっこつけて無理をして、ケガでもしたら目もあてられない。

ドアをほんの少し開けて、様子をうかがいながら、息をひそめて待った。

足音は、ゆっくりと下りてくる。

＋＋＋

目を閉じていても、ふ、と暗くなったのがわかった。あれ、と思う。田山か誰かが、気をきかせて、仮眠中の修司のために電気を消してくれたのだろうか。

ドアが開いた音は聞こえなかった。電気のスイッチの音も。

しかし、人の気配が、いつのまにかそこにあった。

田山さん？　と、尋ねようとして声が出ないことに気づく。

眠気が、すうっと引いていく。起きたほうがいい。起きなくてはいけない。そう思うのに、体が動かない。

真っ暗な中、気配がゆっくりと近づいてくるのがわかった。

ざざあっ、と冷たいものが背中を走る。よくない。よくない、ものだ。

目を開けなければ、と思い、次の瞬間、いや、開けてはいけない、と強迫観念のように思う。ぐ、とまぶたに力を入れた。

おそらく、目を開けることはできる。そうしようと思えば。指先一本動かせないのに、目を開けることはできそうだった。だからこそ、絶対に開けてはいけないと思った。

目を開けたら。

開けてしまったら、視てしまう。

(いる)

足音をたてずに近づいてきた気配は、修司の足もとで止まった。それから、すす、と、今度は枕もとへ。

そこにいるのがわかった。きっと、自分を見ている。のぞきこんでいる。

(今目を開けたら)

視たくないものが視える。

どうしたら。

(これは、……夢なんか)

夢ならば、醒めれば消える。逃げられる。しかし確認するすべはなく、感じる気配と恐怖はあまりにもリアルだった。

目を開けられない、視たくない。けれどこのままでもいたくない。

夢なら、今すぐに目覚めたい。

夢でなくても、夢でも、これが夢でも。

動かない体、必死に力を込めた。

(起きるんや)

飛び起きて、振り払う。これが夢でも、夢でなくても。

振り払う。できるはずだ。動かない体、必死に力を込めた。

(勢いつけて、飛び起きて)

大声を出して。

できる。

振り払え。

(叫ぶ)

ざら、と何か、冷たい感触が、かすかに頬に触れた気がした。触れるか触れないかの曖昧(あいまい)さで、それは、上から。

——自分の顔をのぞきこんでいる女の、垂れ下がった髪の毛が。

(起きろ!)

恐怖をひきちぎるように大声で叫んだ。

飛び起きた。

+++

一段一段、姿の見えない誰かが階段を降りてくるのを、田山は息を潜めて待った。かつかつと響く足音ではなく、ひどくゆっくりとした歩調なのが、何か不気味な感じがする。

ドアの隙間からそっと様子をうかがうが、田山の位置からでは、足音の主を確認することはできなかった。

足音は、二階を通り過ぎ、階下へと降りていく。

鉢合わせはせずに済んだようだ。ほっとひとまず胸を撫で下ろし、リネン室から出る。

一階にはスタッフが、最低でも二人いる。ルームスタッフが戻っていれば三人。足音は一人分だったから、自分もすぐに合流すれば、十分に対応できるだろう。

万が一、本当に危険な侵入者だったら、大変なことになる。のんびりしているわけにもいかない、皆に知らせなければ。

内線を使ってまずはフロントに連絡をするつもりで、目の前の空き部屋のドアノブに手を伸ばす。

そのときだった。

悲鳴が聞こえた。

＋＋＋

大声をあげて飛び起きた。

文字通り、「飛び起き」た。

電気はついたままだ。消えてなどいなかった。そして、部屋には誰もいない。

背中がぐっしょりと濡れて、握り締めた両手のひらもすごい汗だった。

体を折り曲げて、息を整える。

（助かった）

天井を仰ぎ、はー、と、大きく息を吐いた。

どくどくどくどくどく
心臓の音がうるさいほどで、ひどく喉が渇いている。息を吐いたと同時にキンと耳鳴りが始まり、すぐに止んだ。

「藤本!?」

「何だ今の、どうした!?」

ばんとドアが開いて、田山と石井が駆け込んできた。

汗だくの修司を見て、目を見張る。

「……顔色悪いな、大丈夫か？」

「…………」

田山は、何かを探すように、部屋を見回している。

「俺今、足音聞いて。上で、誰かの……おまえ見たか？　藤本」

「いえ……」

やっと、それだけ答える。

田山は石井に、フロントのカメラをチェックするように言い、内線の受話器をとって他のスタッフたちに連絡を取り始めた。

不審者が侵入した可能性がある、スタッフ二人一組でカメラのない場所を見回って、監視カメラに残っている映像をチェックして。慌てて皆に指示を出す田山の声を聞きながら、修司は滲んだ汗を拭う。

見回りをしても、おそらく不審者など見つからない。

「おまえ、さっきの悲鳴何だったの？　侵入者と鉢合わせしたのかと思ったぞ」

「……変な夢見て。すみません。俺も見回り、行きますよ」

ソファから足を下ろし、立ち上がる。

見回りが無駄になることを、修司は知っていた。

あれが夢などではなかったことも、知っていた。

5.

朝一番に図書室へ行くと、笛子が貸し出しカウンターで、図書カードの整理をしていた。

朝も早くから働き者の彼女に軽く会釈だけして通り過ぎ、「心霊現象研究会本部」と、黒板に手書きの看板——昨日は気づかなかった——の掲げられた部屋のドアを開ける。

机に足をのせて本を読んでいた馬渡は、上機嫌で修司を迎えた。

「よう」

「……おはようございます」

「ひどい顔だな。さては出たか？」

「ええもう思いっきり……」

がくりと肩を落として答えると、あははははやっぱりな、と楽しげに笑われた。

「で、何があった？　視えたか？」

「金縛り(かなしば)りと、足音と、めちゃくちゃ近くに気配感じて……俺ソファで寝とったんですけど、明らかにのぞきこまれました上から」

「そこでちょっと勇気出して目を開けたら、幽霊と目が合ったかもしれないのに」

「冗談言わんといてください……」

あのときは本気で怖かったのだ。

あの女の霊（多分）なら何度か見かけていて、そのときは特に怖いとも思わなかったのに。

正体を仄(ほの)めかされ、視覚以外の感覚でその存在を感じると、とたんに恐怖が湧いた。結局昨夜はバイト前に少し眠っただけで、あれから一睡もしていない。

恨めしい思いで、朝からやたらと元気そうな馬渡を見、最も気になっていたことを訊いた。

「今も憑いてますか？」

「俺には視えん」

開け放したドアから、カウンターにいる笛子を見る。笛子は振り向いて、

「憑いてます」

断言だ。

すがすがしい。

修司はがくりと両手を机につき、肩を落とした。

馬渡は豪快に笑って、

「どーだ、バイトやめる気になったか？」

「……さすがに……」

うなだれたまま呻いた。

命と金とどっちが大事だ、と、伏に言われたときは何を大げさなと思ったが、確かにあんなことが続いたら寿命が縮む。

「バイトやめたら、大丈夫なんですよね？　俺が背負っとったのはホテルにおった霊やないって、道歩いとって拾った霊やって、伏たちが言うとったんが気になって」

そこまで言ったとき、ばさ、と肩に粉をかけられた。驚いて振り向くと、不機嫌さを隠そうともしない仏頂面で、晴臣が立っている。その手には、中身が半分ほどに減った食卓塩のガラス瓶。

「登校する前に塩で清めろっつっただろうが。朝から胸くそ悪いもん背負ってんじゃねえ」

「……朝、顔合わせたらおはようくらい言えや」

こんもりと雪が積もったように白くなった肩口を払う。

清めの塩なら、こんなに大量に振りかける必要があるとは思えない。単なる嫌がらせに決まっている。

しかも、よく見ると、瓶の中ぶたが外してあった。陰険だ。

「自殺霊は厄介だが、不幸中の幸いだな、その女は地縛霊だ。おまえのバイト先に縛られてるんだろう。基本的にそこからは動けない。まとわりついてたのは残りかすみたいなもんだ、バイトさえやめれば縁が切れる」

中ぶたを嵌めなおしながら、晴臣が面倒臭そうに説明する。

「歩いてるうちに、同類の匂いにつられて雑多な霊が集まってくるなんてこともなくなる。おまえがまた、不用意に強い霊を拾ってこなけりゃな。ったく、迷惑極まりねえ」

「……そりゃすまんかったな」

とげのある物言いに、いちいち腹を立てるのも面倒になってくる。やる気のない返事を返すと、晴臣は忌々しそうに舌を打った。

「まぁ、あそこのバイトはやめるつもりやから安心しぃ。羽鳥にもおまえにも、迷惑はかけへんから。……また、新しいバイト探さなあかんけど……」

「安心しろ、バイトなら俺が紹介してやる。ていうかおまえ、俺の下で働け」

「「は？」」

唐突な馬渡の発言に、修司と晴臣の声が重なる。

馬渡の言葉の意味を理解したらしい晴臣が、マジかよ、と呟いて額に手を当てた。

「おまえは心霊現象に関するアドバイザーを、俺は霊感の強い人材を必要としている。ギブアンドテイクだ！」

「霊感の強い人材……？」

たまたま何度か幽霊を目撃しただけで、修司には、空や晴臣のような強い霊感はない。

彼らのように、見ただけでそれがどんな霊かを判断する、なんて芸当を披露(ひろう)した覚えもない。

一体何を根拠に、と修司が眉を寄せると、馬渡が笛子に目配(めくば)せをした。心得たもので、笛子はさっとダブルクリップで留めた紙の束を馬渡の手に渡す。

「これを見ろ。俺の目に狂いはなかったな」

その表紙に、見覚えがあった。昨日もここで見た。

「霊感検定」。

馬渡は大威張りで紙束の表紙を修司に示し、高らかに宣言した。

「おまえは三級だ、おめでとう！」

嬉しくない。

むしろ、これから先を暗示しているようで気分がずんと重くなる。

何だかとても、だまされた感があった。

「俺、もしかして嵌められました……？」

「何を言ってるのかわからんなー」

安心しろ、俺は金持ちだ。

と、馬渡が胸を張る。

「おまえも、能力を活かせるバイトのほうがいいだろう？　大丈夫、すぐ慣れる」

「いや、なるべくそういう世界とは関わらずに生きていけたらええなーって……」

「金は出す」

「…………」

お金は欲しいです。

と、修司の中の正直な自分が言う。

何かこれからの人生に関わる選択を迫られているような気がしたが、それ以前に本当に選択肢があるのかどうかすら怪しかった。

アルバイト禁止の学校で深夜のバイトをしていたことを、仮にも理事の立場にある男に知られてしまった時点で。

今までなんとなく視えていても意味がわからなかったものたちの、正体を明かされてしまって、もう知らないふりはできなくなって。しかも自分では、そういったものたちへの対処法が全くわからないという時点で。

生活費が必要で、しかし今のバイトはもう続けられなくて、そこへこうして新しい仕事を提示された時点で、返せる答えなど一つしか。

「霊感ってのはそうそうなくなるもんじゃないからな。これから先、霊と共存していくためには、今のうちから色々経験して慣れといたほうがいいぞ？　うっかり霊に憑かれないように、よく効く魔よけも調達してきてやるから」

だめ押しの一言に、最後の逡巡も消えた。

腹をくくるしかないと悟った。

「……やらせてもらいます……」

「よし。賢明だ」

馬渡が重々しくうなずく。

利害の一致、ギブアンドテイク。自分で選んで答えたはずだ、それなのに。

敗北感を感じるのは何故だ。

朝からすさまじく疲れた気分だ。

肩を落としている修司の脇を抜けて、晴臣はつきあいきれないとばかりに息をつきながら出て行く。

「これからこいつを使うなら、もう空に妙なことやらせんなよ」

馬渡にそんな言葉だけ投げて、さっさと行ってしまった。生贄扱いらしい。

始業時間まではまだ少し間があったが、いつまでもこの場にいても後悔が募るだけのような気がして、修司も教室へ行くことにした。

「じゃ……俺、行きますんで」

「おう、しっかり学んで来い」

笛子にも会釈すると、頑張ってください、と淡々とした口調で言われた。

ただ励まされているのではなく、同情が籠もっているような気がしたのは果たして考えすぎだろうか。

どうもと力なく答えて部屋を出ると、図書室の入り口で、入ってくる空と鉢合わせした。

頭二つ分ほど下の位置から見上げて、おはよう、と、空のほうから声をかけてくる。感情の読めない目と、どこかぼんやりしたしゃべり方は今日も変わらない。

「おはようさん。今日も一緒に本読むん？」

「うん」

荷物は教室に置いてきたらしく、手ぶらだった。本棚ではなく、図書カウンターのほうへ向かう。笛子あたりが、空と、自分ではページをめくれない彼女の友達のために本を取り置いてくれているのだろう。おそらく。

「あー、……羽鳥？」

呼び止めると、振り向いた。

大きな目にじっと見つめられると、やはりどこか、落ち着かないような気持ちになったが。

「えーと……俺もな、馬渡センセのとこで、働く？　ことになってん。まだ、何したらええのかとか、全然わからんのやけど」

照れくさいような気がして、意味もなく頭を掻いてみたりしながら、言った。

「よろしゅう、な？」

うかがうような口調になるのが、情けないとは自分でも思う。

空は、愛想笑いが通用する人間ではないような気がする。まだ知り合って間もないが、それはわかる。行動に予測がつかないので、どんな反応が返ってくるのかと、不安なのだ。

じっと聞いていた空は、よろしくと修司が言ったとき、ようやく反応を示した。

つかみどころのない表情が、ふわりと変わっていくさまに目を奪われる。

にこ、と笑った。

何も言わない代わりに、ただ。

笑顔は二度目だ。

もう背を向けてカウンターへと歩き出した空を見送りながら、少しの間その場に立ったままでいた。

笛子が彼女に気づき、何か声をかけた。馬渡が、修司の受けた霊感検定の紙束を空に見せ、熱心に何か話しているのも見える。

(馬渡といい伐といい、クセのありそな奴らばっかりやけど)

自分の中の常識的な部分が必死で止めるけれど、後で色々と、後悔しそうだとわかっているけれど。

まぁいいか、と思った。

自分らしくもないが、たまには馬鹿げた過ち(あやま)を犯してみるのもいいかもしれない。

霊感少女の笑顔には、何か特別な力でもあるのだろうか——そんな風に思いながら、修司は図書室を後にした。

第一章

1.

後で悔いる、と書いて後悔。

先に立たないというのが、昔からの教訓だ。

有難い先人の教えを嚙み締めながら、藤本修司はそれを顧みなかった過去の自分自身を責めた。

今さら遅い、それはわかっているが、それでもやはり、思う。

どうしてあのとき、と。

「……ありえへんわ」

返却ボックスからかきあつめたＤＶＤを棚に並べる作業をしながら、ぼそりと呟いた。

胸には「研修中」のクリップ。先週から始めたばかりの新しいバイトは、レンタルＤＶＤ店の店員だった。最寄り駅から二駅も先の店をわざわざ選んだのは、もちろん学校に知れるのを警戒してのことだ。

大手チェーンに押され気味で、客がそう多くないところも気に入っている。体力的には少し辛いが、夜勤を増やせば何とか生活していけるだけのバイト料が入る。

（そしたらもう二度と馬渡のおっさんの手伝いなんかせえへんからな！）

今ここにはいない、道楽心霊研究家の顔を思い浮かべて固く誓った。

馬渡の心霊研究を手伝わされて、はや一ヵ月。修司は馬渡を手伝うたび、思い出すのも嫌な目に遭った。

初めて会った日に受けさせられた霊感検定（馬渡のライフワークらしい）の改訂作業の手伝い、くらいはまあいい。大量の心霊写真を見せられたのには辟易したが、安全な屋内で過去の資料を当たるだけなら、さほどの実害はない。

しかし馬渡の心霊研究は、文献調査だけにはとどまらなかった。

霊感の強い人間がその場にいるだけで、霊力の磁場(じば)に変化があるとかで、馬渡は心霊研究のフィールドワークにいちいち修司を伴った。心霊スポットめぐりに連れ回されたおかげで、怪異との遭遇率がぐんと高くなり、何やらそういったものに対しての感覚も敏感になったような気がする。

心霊現象に対する耐性も、多少はついた。行く先々で、背中に目のある女だの、ありえない速さで移動する子供だの、暗闇からじっとこちらを見ている老婆の顔だのを目撃していれば、さすがに少しは慣れてくる。慣れてはくるが、平気になるわけではない。

暗闇の中に「彼ら」を見つければぎょっとするし、一人でいるときに気配を感じれば背筋が冷えるるし、恨みがましい目で見られれば暗い気分になるし、そういった経験に慣れてきている自分自身にも、気が滅入(めい)る。

つい先日同行した、心霊トンネルでのフィールドワークはすごかった。ビデオをまわして音声も録音して、妙な測定器を持ち込んで色々と調べたのだが、その場にいる間ずっと頭痛と耳鳴りが止まなかった。

暗闇の中、トンネルの天井に近い位置に顔が浮かんでいるのを視てしまい、気分が悪くなって、それから後は外で待たせてもらった。記念に一枚、と無理やり写真を撮られたが、後で自分の顔がぐにゃりと歪んだ写真を見せられたときは、さすがに頭を抱えたくなった。

　持って生まれた霊感は放っておいてもなくならないから、共存していくしかないと馬渡は言ったが、それにしたって自分からわざわざ怪異の只中へ突っ込んでいくことはないのではないか。自分はなんとなく他に道がないような気になって、まんまと彼の口車にのせられてしまったのではないか。不信はつのり、しかしどうすることもできないのが現状だった。

　思い返せば、悔やまれてならない。

　逃げ道がないなどと思わずに、何故もっと必死で抵抗しなかったのか。バイトのことを学校に告げられるかもしれないなどとそんなことは気にせずに、うまく誤魔化して陰でこっそりバイトを続ければよかったのではないか（さすがに幽霊ホテルでは続けられなかっただろうが）。

　こうなったら、一刻も早く新しいバイトを見つけて、馬渡の援助なしでも生活ができるよう努力するしかない。

　もちろん、馬渡と、どう交渉するかも考えなければならない。一度目をつけられてしまってから手を切るのは難しいだろう。考えるだけで気が重いが、まずは経済面を何とかするほうが先だ。安定した収入がなければ話にならない。

鬼気迫る勢いで返却済みＤＶＤの種分けをしていたら、先輩のアルバイトに、「よく働くな」と誉められた。

（普通に生活しとったら、そうそう心霊現象になんか出くわさへんはずなんや。さっさと金ためて、あんな研究会は抜けたる。平穏な人生取り戻すんや）

何度も繰り返し自分を鼓舞しながら作業を終え、指導担当の先輩に挨拶をして上着だけの制服を脱いだ。

急げば近所の安売りスーパーの、閉店時間に間に合う。

収入を増やすだけでなく、節約して支出を減らすことが、経済的自立を果たすためのポイントなのだ。

自転車で二駅分の距離を走り、客のほとんどいなくなった店内に飛び込んだ。

百グラム七十八円の豚肉切り落としと、賞味期限が今日までの代わりに五十円引きになっている豆腐をプラスチックの買い物カゴに放り込む。ほうれん草は、少ししなびていたが、「おつとめ品」のＰＯＰが立てられた棚に一束(ひとたば)残っていた。低脂肪乳はサービス品が売り切れていたので、仕方なく通常価格のものを買うことにする。

一つだけ動いているレジへ持って行くと、顔見知りの女性店員が愛想よく迎えてくれた。

すでに閉店準備に入り、店内には蛍(ほたる)の光が流れ始めている。

「すみません、ギリギリで」

「いえいえ、大丈夫ですよ。いつもありがとうございます」

慣れた手つきで、レジを打ってくれた。

修司は大体いつも同じ時間、閉店間際の客の少ない時間に来るのだが、彼女もこの時間帯のシフトに入っていることが多いらしく、よく顔を合わせる。

「低脂肪乳は、来週火曜に特売がありますよ」

いつもサービス品を二本買う低脂肪乳が一本だけカゴに入っているのを見て、そんなことまで教えてくれた。

(男子高校生が、店員に顔覚えられるほど安売りスーパーに通いつめとるっちゅうんも、何や悲しいもんがあるけど……)

微妙な気持ちで店を出る。

自転車の前カゴに買ったものを移したところで、ジーンズの尻ポケットの携帯が震えた。

嫌な予感しかしない。

しかし、出ないわけにもいかない。

恐る恐る二つ折りの携帯を取り出し、開くと、着信画面が表示された。

メールが一件。

発信者の名前を確認して、深く息をついた。

＋＋＋

「休日手当ては出るんでしょうね……」

「おう、まかせとけ。三割増しでつけておいてやる。いや、おまえがいて助かった。晴臣はつきあってくれそうもないし、あいつに無断で羽鳥を連れ出すわけにもいかないし、清水は外出嫌いだしな。もう一人いる研究員も今日はつかまらなくて……ほら、ここだ」

いつもの図書室ではなく、駅の表改札に呼び出された。

フィールドワークにつきあえ、と言われて警戒したのだが、連れて行かれた先は何の変哲もない、怪しげな雰囲気のかけらもない、簡素なワンルームマンションだった。

エレベーターの中で聞いた説明によると、このマンションに住む馬渡の友人が、今回の相談者らしい。

呼び鈴を押すと、馬渡の友人だという男はすぐに出てきて、迎えてくれた。

「悪いな、休みの日に。……こちらは助手の？」

「藤本です。どうも」

「ああ、君もせっかくの日曜なのに来てもらってごめん。そんな大したことじゃないと思うんだが……あ、俺は吉岡っていって、こいつとは大学の頃からのダチなんだ。まぁ、あがって」

二人が来るので片付けたのだろう、ぱんぱんになったゴミ袋が三和土の脇に積んであった。

ゴミ袋の端を跨いで、勧められるままに部屋に入る。

馬渡は早速怪しげな機器を取り出し、調査の準備を始めた。霊感のある人間が撮ったほうが効果があるかもしれないという、根拠があるのかないのかもわからない理由で、修司がカメラを持たされる。

天井付近から壁と床の継ぎ目まで、全体的な部屋の写真を数枚撮ったところで、吉岡がお茶を持ってきてくれた。

「どうだ、藤本は何か感じたか？」

「いえ、別に……特には」

心霊スポットと呼ばれる場所へ行くと、寒気がしたり頭痛がしたり、体が何らかの反応を示すことが多かった。しかしこの部屋には、気持ちの悪いところがない。足を踏み入れたときも違和感はなかった。

磁場だか何だかを測定する機械をいじっていた馬渡も、基準値からそう外れてないな、と呟いて首をひねる。

「まぁ、まずは詳しい話を聞こうか。俺は前にもちょっと聞いたけど、具体的にどんな現象が起こってるのか教えてくれ。あれからまた何かあったか？」

ローテーブル（ちゃぶ台と呼ぶべきか）を挟んで三人で座る。あぐらをかいて座った吉岡は、相変わらずだよ、と頭を掻いた。

「ひどくなることもないけど、ましになることもない。切実な被害はないけどな、やっぱり気持ちいいもんじゃないし、うっとうしい」

二週間ほど前からだ、と言う。

テレビやステレオの音声にノイズが混じったり、どこからともなくパチパチと音がしたり、そういった些細な現象ばかりだが、毎日欠かさずあるのだそうだ。幽霊を見たとか、夢見が悪いとか、そういうことは特にない。最初は、電波障害か何かが原因だと思った、と吉岡は言った。

「それから、……馬渡にはもう話したけど、白紙のＦＡＸが来るんだよ。毎晩同じ時間、一時頃かな。ただの間違いか、故障かとも思ったんだけど……いたずらだとしたら、結構気持ち悪いだろ？　何が言いたいのかわからない感じで。仕事柄、知らない間に人の恨み買ってるってこともあるし、何かそう思うと」

無言電話ならぬ白紙FAX。確かに、気味が悪いといえば気味が悪い。

仕事柄、という言葉の意味を修司が尋ねると、刑事なんだと苦笑気味に答えた。

「この部屋に、おかしな噂はないか？　家賃が妙に安かったとか、近所の人が変な目で見るとか」

馬渡が、いくつも項目のある自作のチェックシートを取り出し、クリップボードに留めてボールペンをかまえる。馬渡オリジナルの心霊鑑定グッズは、霊感検定だけではなかった。どれだけ信憑性があるのかは知らないが、気合が入っていることだけは確かだ。

初診の患者を診察するときの医者のようなポーズだが、修司の知っているどんな医者よりもやる気に溢れている。びしりと突きつけるようにペンで指され、吉岡は「そう言われてもな」と頭を掻いた。

「おかしな噂、っていうと何だ？」

「以前自殺した人がいたとか」

「嫌なこと思い出させせんとってください」

以前いたバイト先のことを思い出して、修司が呻く。吉岡は呆れたように首を振った。

「そんな噂があったら借りるか」

吉岡は生真面目な性格らしく、真剣な顔で少しの間考えてから答える。

「幽霊が出るなんて話も聞いたことはないな。家賃も普通だし、築何年だったか忘れたけど結構新しいから、何か事件があったなら耳に入ってくるはずだし」

「そうか……部屋に憑いてる、ってのが一番よくあるケースなんだがな」

馬渡は測定器の針を確かめ、チェックシートに何やら書き込んでから鞄にしまった。

「呪いかもしれんな。嫌がらせと同時期に霊障が始まってるってことを考えても。生霊、って線も考えられる」

「本人を前にしてよくそういうことが言えるな」

「刑事は恨みを買いやすいって、自分で言ったんだろうが。とにかく、今日は霊障を確認するために俺はここに泊まる。その結果次第だな」

どうも荷物が多いと思ったら、最初から泊まるつもりでいたらしい。修司がちらりと鞄をのぞくと、着替えのシャツと歯ブラシが入っているのが見えた。

「俺が泊まって、この目で確認して、それでも原因がわからなかったら、おまえを学校まで連れてって羽鳥に見てもらう。おまえ個人に憑いてる霊なら、羽鳥に視えるはずだ。羽鳥に視えないなら、イコール、おまえに霊は憑いていない。ＦＡＸは嫌がらせ、ノイズやその他の現象は、そうだな、盗聴器のせいで電波がおかしくなってるとか、そういうことだろう」

何もそこまでしてもらわなくても、と吉岡は慌てた様子だったが、馬渡はやる気満々だ。いいからまかせておけ、と胸を叩いた。

仕方ない。この男のもとに心霊相談などを持ち込んだほうが悪い。しょせん他人事だと、修司はのんきに見物していたのだが、

「俺が泊まっても何もなかったら今度はおまえが泊まるのもアリだな。霊感の強い奴がいたほうが、霊障も激しくなるかもしれんし」

くるりと振り向いた馬渡の一言に、他人事と安心してはいられないことを悟った。今回は楽だと思ったが、甘かった。

「とりあえず今日はもう必要ないんですよね。俺帰ってええですか？」

「おう。明日の結果発表を楽しみにしていろ」

どうかただの誰かのイタズラでありますように。

吉岡と、何よりも自分自身のために祈りながら、修司は立ち上がった。見送ってくれるつもりらしく腰をあげかけた吉岡を、馬渡が引き止める。

「吉岡、おまえはまず、これを受けてみてくれ」

取り出したのは、もちろん、ダブルクリップで留められた霊感検定試験の紙束。

何だそれと怪訝そうな顔の吉岡を尻目に、修司は早々に退散した。

2.

馬渡に呼ばれて図書室へ行くと、空が、本を棚に戻しているところだった。彼女が——彼女たちが、ずっと読んでいたロマンス小説だ。

「読み終わったんや、それ」

「うん」

修司に気づいて振り向き、うなずく。

「もう、行っちゃった。おもしろかったって」

成仏した、ということだろう。読みたかった本を読み終えて。

そうかと修司が言うと、また、うん、と答えた。

「わたしに乗り移って読めば、もっと早かったんだけど、それは危ないからだめだった。わたしが受け入れれば、乗り移らせることはできるんだけど、長い間そのままでいると危ないんだって。いろいろ」

「一緒に読んであげただけで、十分すぎるくらいやと思うで」

「うん……」

空の視線が、図書室のモスグリーンのカーペットの上に落ちている。本を読み終えて消えてしまった少女を想っているのだろう。

面倒ごとが嫌いな修司にしてみれば、空の行動は信じられないレベルの奉仕活動だった。視えるから、聞こえるからといってその頼みを全て受け入れていたのではきりがない。それを、いちいち聞き届け、休み時間のたび図書室へ来て、ページをめくってやって、あげく、もっとしてあげられることがあったかもしれないなどと。お人よしにもほどがある、と思う。

(そんなんしとったら、喰い尽くされんで)

彼女のことが心配になった。

晴臣が過保護なまでに彼女を守ろうとする理由が、少しわかる気がする。

「他人のために何かするんは、ええことや思うけど、そんなん続けとったら羽鳥が疲れてまうやろ。そんな、何でもかんでもしてあげよ思うことないと思うで」

「……おみくんも、そう言う」

おみくん、というのが伐晴臣のことを指すのだと、理解するのに二秒かかった。

「伐は羽鳥が心配なんやろ」

苦笑して、言った。彼女に説教をする晴臣が、目に浮かんだ。

「羽鳥は自分が思うとるより、ずっとすごいことしとるんやで。一緒に本読んであげるて、そんなことそうそう思いつかへん」

少なくとも、自分だったら。

本好きな少女が、成仏できずにこの世にとどまっているのを見て、気の毒だとは思うかもしれない。それくらいは、思うかもしれない。しかし、心残りをなくせるように、自分がページをめくってやろうなんて考えつきもしない。

けれどたとえば、……考えたこともなかったが、自分が死んでしまったとして。

大好きな本の続きも読めなくて、読みたくてもどうしようもなくて、それどころか、誰も自分に気づいてさえくれないような状況でこの世にとどまることになってしまったとしたら。

「嬉しかったやろな、思てん。俺も本好きやからわかるんやけど」

空の存在は、まさしくたった一筋の光のようなものだっただろう。

「読みたかった本読める、言うんは、本好きにとっては、それだけでめっちゃ嬉しいことやねん。けど、それだけと違うて、その……何や、何て言うんやろ。読みたい、言うてる声が届いて、気づいてもらえたこと？　それって、すごい、大きいで」

空は、じっと黙って修司を見ている。床へ向いていた視線があがっただけでも、よかったと思った。見つめられることには、やはり慣れなくて、目を逸らしてしまったが。

「嬉しかったと思うで。声、聞いてもろて」

優しくしてもらって。

たったそれだけが、どんなにか。

——能力の面でも、人格の面でも、それができる人間が、どれだけいるだろう。

うまく伝えられたかどうかわからなくて、気恥ずかしいような気持ちになって、修司は目を泳がせた。柄にもないことを言ったという自覚はある。

「……わたしは、本当は、そんなにやさしくないよ。誰かのためとか、考えてるんじゃない」

空が口を開いた。

わかったようなことを言って気を悪くさせたかと、そっと視線を彼女へ戻す。

「ただ、視えるから……悲しい顔で、泣いているのが、視えるから。わたしが、嫌なだけ。人が泣いていると嫌だから、わたしが見ているのが嫌だから、それだけ」

それでもやっぱり、なかなかできないことだろう。

そう思ったが、黙って聞いていた。

「でも、……ふじもとしゅうじは、やさしいね」

そんなことを言って、空が笑う。

不意打ちをもろにくらって、息を呑んだ。

(うっわ、……あかん)

そろそろ慣れてもいいはずなのに、笑顔一つに心臓が鳴った。

普段とのギャップが激しいせいだ。おそらく。きっと。

少し大げさなくらいに胸を押さえて、息を整える。

「……それ、必殺ワザなん?」

「え?」

「なんでもない……すまん、俺が勝手に萌えとるだけやから……」

「もえ…?」

「そこは突っ込まんといて」

変態でごめんなさい、と誰にともなく謝った。晴臣がここにいたら、間違いなく殴られている。

知り合ったばかりの頃、苦手、だと思ったのは本当だが、これは、何というか。

「……ところで、その『藤本修司』言う呼び方は何やの」

「変?」

「呼びにくいやろ」

「じゃあ、しゅうちゃんて呼んでいい」

「……。……。……」

修ちゃんて。

「だめ？」

「……ええよ」

何だこれは。

混乱して、一瞬頭が真っ白になる。

俺をどうする気だ。

「そうや俺、馬渡センセに呼ばれて来たんやった。ごめんな、もう行くわ」

ようやく通常の機能を回復した頭を一つ振って、外観上だけは極めて冷静に、そう告げた。

空はまた、こくりと音のしそうなうなずき方で顎(あご)を引く。その場に立ったままの彼女に背を向けかけると、

「しゅうちゃん」

たった今、許可を与えたばかりの呼び名で呼びとめられる。

ふざけているわけでもからかうわけでもなく、こんな風に呼ばれるのは何年ぶりだろう。何故か、返事をするのに緊張した。

「……ん？」

「がんばって――――」

「ん。ありがとな」

笑顔を返した。

図書カウンターへと歩き出す。

口元が緩むのを、手で隠して。

3.

ワンルームの自室で一人。

コードでぐるぐる巻きになったＦＡＸの本体を前にして、修司は深くため息をついた。

泊まってみてわかった、あれは霊障だ。

呼ばれて行った図書室で、馬渡はきっぱりと言い切った。

「吉岡が聞いたって言ってた、パチパチ言う音はラップ音だ。俺も聞いた。典型的な霊障の一種だ、間違いない。白紙のＦＡＸも届いた。これだ」

蔵書整理用のテーブルの上に、白紙の感熱紙を滑らせる。

ロールタイプの用紙らしく、両端がゆるく丸まっていた。確かに一番端に受信時間が素っ気無くあるだけで、他には発信者の名前すらプリントされていない。エラーの結果だと言ってしまえばそれまでだが、他の霊障の開始と同時に送られてきたというシチュエーションを考慮すれば、やはり不気味だ。

「俺じゃ、吉岡と同じで、音が鳴ってる、ってことしかわからなかった。おまえらなら、何か気づいたかもしれんが……とにかく、霊障があるってことは確かだ。夜中になると、測定器の針も動いた。磁場に変化があったんだ。すぐ元に戻っちまったが」

馬渡にとっては喜ばしいことに、修司と吉岡にとっては不幸なことに。

奇妙な出来事は心霊現象という線でまず間違いないらしい。

予想の範囲内だったので、あきらめはついた。前回の心霊トンネルのような、どぎついフィールドワークではなさそうなので、まぁ我慢ができないほどではない。

「はぁ、それで、今度は俺に泊まれとか、そういう話ですか」

「いや、今夜も俺が泊まる」

予想に反して、馬渡はあっさり首を横に振り、

「おまえは、これを持って帰ってくれ。おまえの部屋にセットして、一晩置いておくだけでいい。あ、接続とかわかるか？　わからないなら俺がやってやるぞ」

テーブルの下からデパートの紙袋を引っ張りあげて修司の前に置いた。袋の口から、コードで巻かれたＦＡＸの銀色のボディがのぞいている。嫌な予感がした。

「えーと、先生？　それは……」

「霊障の原因として考えられるのは、これが一番可能性が高い。吉岡が言うには、これは最近、中古で安く買ったものらしくてな。霊障が始まった時期とも一致する」

「で？」

わかっているが、続きを促さずにはいられない。

「ラップ音が鳴って、磁場に変化が起きた。それから、ＦＡＸの受信が始まった。霊障は大体、同時に起こったんだ。それまでは何もなかった部屋に、突然霊的な力が満ちた。大体夜の一時頃だ。時間が問題なのか、そうでなければ、ＦＡＸが受信を始めたのに前後して起こったとしか考えられない。もちろん、一時頃になると反応する何らかの要素が、部屋自体にあるのかもしれないし、吉岡にあるのかもしれない。けど、ＦＡＸを部屋に置いたままじゃ、どっちが本当の原因なのか確かめられんだろ」

「つまり、俺はＦＡＸ担当、と」

「その通り」

馬渡は満足そうに大きくうなずいた。

「ＦＡＸのない部屋に俺が泊まって、それでも霊障が起これば、原因はＦＡＸじゃなくて部屋か吉岡にあるってことになる。逆に、霊障が起こらなければ、原因はＦＡＸだった、ということが確認できる」

「俺の家で霊障が起きれば決定打、てわけですね」

「よくわかってるな」

わからいでか。

何かが起こればもちろん、何も起こらなくても、今晩は寝付ける自信がない。こんな日に限って、バイトの研修は九時あがりだ（ちょうど午前一時にシフトが入っていたとしても、家にいて霊障が起こるか確認しろ、と馬渡の指示が出ただろうが）。


「おい馬渡、夏目（なつめ）の奴が――」

何の前触れもなく、開きっぱなしのドアから晴臣が入ってきた。

携帯電話を片手に、何か言いかけて止める。

修司と白紙のＦＡＸ用紙とコードの端がはみ出した紙袋を一瞥（いちべつ）し、

「また何か妙なことやってやがるな」

無遠慮（ぶえんりょ）に顔をしかめた。

少なくとも修司は、好きで関わっているわけではないのだが、しっかり時給をもらっている身では文句は言えない。

「どうした晴臣、夏目が何だって？」

「電話。代われってよ」

シンプルな黒いストラップ（ブランドものと見た）のついた携帯電話を、無造作に馬渡に投げる。

馬渡は、ひょいと受け取って耳に当てた。

「よう夏目。……いや、大丈夫だ、気にするな。新入りが働いてくれてるからな。ああ、今度おまえにも会わせる。これがまた、やる気のない、陰気な感じの、いかにも霊感がありそうな転校生でなぁ」

どうやら自分の話題らしいが、ひどい言われようだ。

聞いたことのない名前だ。修司の表情を読み取ったのか、ちょうど何冊かの本を抱えて入ってきた笛子が、「夏目さんは、新宿東第一高校に通っている、研究員の一人です」と教えてくれる。そういえば、他校にも一人いると馬渡が言っていた。

「何？　……そりゃ素晴らしい。何としてでも勧誘しないとな。今年は新人の当たり年か？　……ああ、今抱えてる案件はだな、吉岡の……」

話が弾んでいるようなので、その隙に逃げ出すことにした。そろりと席を立つと、笑顔の馬渡に袖をつかまれる。

忘れ物だ、とばかりに紙袋を渡された。

逃げるのは、やはり無理らしかった。

＋＋＋

一旦荷物を置きに家へ戻って、バイトへ行って、帰宅した。

そして今、未だ接続していないままのＦＡＸを前に、決心がつかずにいる。

『ただＦＡＸをつないで、一晩過ごせばそれだけでいい。後は何もしなくていい。何かが起こるか、それとも起こらないか、確かめるだけだ』

バイトが終わる時間を見計らったかのように、馬渡から電話があって、補足説明をされた。

簡単だろうと、馬渡は軽く言ったが、冗談ではない。

一人暮らしの高校生に、よくもそんなことを頼めるものだ。自分が心霊マニアで、心霊現象大歓迎の人間だから、霊が視える人間が霊障を怖がるなどとは思ってもいないのだろう。

『霊感検定を受けさせた結果、吉岡は、俺と同じ六級だった』

六級というのは、要するに、ごく平均的な一般人レベル、ということらしい。

特に霊感が強いわけではない人間でも、心霊スポットで幽霊を視たとか、死んだ祖母が夢枕に立ったとか、心霊体験をしたという話はときどき聞く。馬渡が言うには、人間には誰にでもある程度は霊を感知するセンサーが備わっていて、その精度が高いか低いかの違いが霊感の強弱ということになるらしい。霊との相性やタイミングなども関係するので、一概(いちがい)には測れないものなのだそうだ。それを測れる(と製作者は主張する)霊感検定がいかに素晴らしいものなのかを、馬渡はとうとうと説いた後、

『六級でも感知できる霊障だ、おまえがいればもっと激しいかもな』

明るい声でそんなことを言った。

その口調に悪意はまったくなく、それどころか、霊障をダイレクトに感じられる修司の体質を羨ましがってさえいた。本当に、冗談ではない。代われるものなら喜んで代わっている。

とはいえ、いつまでもコードをつながないままのFAXと向かいあっているわけにもいかない。観念して、というより覚悟を決めて、修司はコードをほどき始めた。

＋＋＋

図書準備室からもらってきた清めの塩を、瓶ごと手が届く場所に置いて、朝食後から水につけたままにしていた食器を洗った。宿題が思ったより早く片付いてしまい、することがなくなる。

何もしないでいると、ＦＡＸのランプが気になってそちらばかりを見てしまう。

床に座って、ベッドにもたれて、図書室で借りてきた本を開いた。

本を読み始めると、没頭して他のことを忘れてしまうのは昔からの癖だ。

電話の呼び出し音が聞こえて、はっと我に返った。

ワンコールで、ＦＡＸ受信に切り替わる。

ベッドサイドの時計を見た。

一時を少し過ぎたところだった。

思わず立ち上がり、ＦＡＸを見る。

ランプが受信を示して点滅している。

ヴヴ、と音をたて白い紙が吐き出され始めたその瞬間、照明が落ち、部屋が真っ暗になった。

一瞬心臓が冷えたが、ブレーカーが落ちたのだと気づく。

遮光(しゃこう)カーテンを引いているせいで、外の明かりも入ってこない。ほとんど完全な暗闇で、FAXの赤い受信ランプだけが浮かぶように光っていた。

偶然か、それともこれが霊障なのか。

ヴヴヴヴ、と、FAXが紙を吐き出す音は続いている。止む気配はない。

恐怖を押し殺して、そろりと片足を踏み出した。

赤いランプの位置を頼りに、大体の家具の位置関係と距離を測り、そろそろと壁際まで歩いた。

窓のそばまで行ってカーテンを開けば、少しはましになるだろうが、距離的に窓より玄関のほうが近い。ドアを開ければ廊下の明かりが入ってくるし、何より、ブレーカーは玄関にあるのだ。

馬渡たちが言っていた、パシパシいう音は聞こえなかった。

ただ、途切れることのない受信音に混じって、時々何かが軋(きし)むような音が聞こえる。

いっこうに目が慣れなかった。壁に手をついて、壁伝いに玄関まで歩く。

ぎ、……ぎしっ。

何の音だ。

考えないようにしながら進む。

どこかで聞いた音だ、昔、何かに似ている、いやだめだ考えるな——

（小学校の）

ブランコの音に似ている、と、思ったとき、手が冷たい金属に触れた。ドアにたどりついたらしい。ほっとして、手探りでノブを探す。

音は止まない。

ノブらしきものの手触りを感じた、と同時に不自然さに気がついた。

（ブレーカー落ちとるのに）

ＦＡＸだけが動き続けている。

気づいてしまったその瞬間、ごく近く——耳元で、ぎしりと音が鳴った。

ふ、と空気が揺れたのを感じる。

（あ）

ふいに思い当たった。

（縄の音）

重いものを吊った縄が、軋む音だ。

指先の感覚を頼りにロックを解除しノブを回してドアを押し開いた。

廊下の光が差し込む、差し込んだその瞬間に、一瞬だけ照らし出された。

首に縄を巻きつけ、目を大きく見開いた女の顔が、真横にあった。

4.

目の下に隈を作って登校した修司に、空がその日最初に発した声は、

「自殺だよ」

だった。

修司ではなく、修司が提げていた紙袋の中身に対しての言葉だと、後から彼女が補足した。

「はっきりとはわからないけど、それを前に使ってたのは女の人で、お金をたくさん借りてたみたい。借りた額より高い利息を払えって言われて、返せなくなって、毎日何度も返済を迫るFAXが届いてた。FAXの音が、怖かったんだと思う。それに、恨んでた」

電話なら、登録した電話番号以外の着信を拒否できるサービスもあるはずだが、FAXのそんな機能は聞いたことがない。非通知発信を拒否するサービスはあったような気がするが、番号を通知して複数のFAX機から送られたら拒否できないし、第一定額の使用料が毎月かかる。借金苦の女性にはそれすら負担だったはずだ。

彼女の生前の生活は想像するしかないが、たとえば仕事の関係で必要なものなら、ＦＡＸ機を捨てるわけにもいかなかっただろう。

（だからこそ、嫌がらせとしては有効やったんやろうけど）

追い詰められて、彼女は死んでしまった。

彼女を追い詰めたのは、ＦＡＸ機そのものではなく、彼女にＦＡＸを送っていた人間たちだろうが、彼らに何があったのか、そもそも何かあったのかも、今となってはわからない。

とにかく彼女は、自分を追い詰める言葉を吐き出すＦＡＸに、強い恨みの念を残していた。

それが、霊障となって現れていたというわけらしかった。

空の霊視結果報告を、馬渡は興味深そうにメモをとりながら聞いている。

馬渡が泊まった二日目の夜、ＦＡＸのない部屋では何もおかしなことは起こらなかったそうで、彼はげっそりとした顔の修司を見るなり、「そっちだったか！」と羨ましそうに言ってのけた。空の第一声といい、馬渡のそれといい、自分の周りに誰かまともな感性の人間はいないものかと修司は天を仰いだが、文句を言う気力はない。

もうどうにでもしてくれという気持ちでおとなしく空の霊視結果に耳を傾けていると、晴臣が空を迎えに部屋に顔を出した。

再びコードで巻かれたFAXと並んで、手荒く巻きなおした感熱紙がテーブルに投げ出してあるのを見るなり、

「気分悪いもん置いとくんじゃねえよ」

顔をしかめて吐き捨てた。

行くぞと空に声をかける彼に意味を質すと、嫌々答える。

「おまえ視えてねえのか。女の顔が視えるんだよ、その紙の表面に」

空にも視えていたのだろう、気づかなかったの？　というように首をかしげられた。

思わず紙面を直視してしまいそうになって、慌てて目を逸らした。改めて見れば、視えてしまいそうな気がする。

意図的かどうかはわからないが、だめ押しのダメージをくれて、晴臣は空を連れて行ってしまった。机に上半身を沈めた状態で、空の「ばいばい」に手を振り返し、今度こそ決意を固める。

今日、この一件の報告を終えたら、それで最後だ。明日からは、多少体力的にはきつくても、精神に負荷のかからない普通のバイトで地道に稼ぐのだ。

「さて再開だ。藤本」

「……どうぞ……」

思い返したくもないが、これで最後。そう言い聞かせて、顔をあげる。

「女を視たって言ってたな。首に縄がかかってたって？」

「……はい。受信音に混じって、縄がぎしぎしいう音も聞こえて……」

「借金の取り立てを苦にして首吊ったってわけか……なるほど。あとは白紙のＦＡＸが来たのと、ブレーカーが落ちたのが霊障か。結構一気に来たな」

「ブレーカーあげて電気が戻ったら、部屋中ＦＡＸの紙がうねってました……一ロールまるまる使い果たす勢いで」

「部屋中紙の海か。そりゃ壮観だっただろうな」

「他人事だと思って軽く言わんといてください」

テーブルの上に投げ出された感熱紙をぐるぐるとたぐって、一番端に受信時間だけが印字されているのを馬渡が確認する。

深夜一時というのは、その女性が亡くなった時間なのだろうか。それとも、彼女の生前、借金とりからのＦＡＸが送信されて来ていたのがその時間帯だったのだろうか。

一瞬だけ視えた、差し込んだ明かりに照らし出された彼女の顔は、安らかとは言えないものだった。ＦＡＸを処分しても、彼女が救われるわけではないだろう。そういったことは、修司にはよくわからないが。

「……それ、どないするんですか」

「ん？　使い続けるわけにはいかんだろうな。吉岡がそれでいいってんなら返すが、まぁ御祓いしてもらうことになるだろ。知り合いの寺に引き取ってもらうさ」

そうですか、と応えた。少しだけ安心する。

修司は霊に対しては、空とは違い、同情よりも恐怖のほうを強く感じていた。今でもそれは変わらない、関わりあいにはなりたくないし、実際もうこれきりにするつもりだけれど、できるなら。

辛さに耐えられず命を絶ったのに、その後もまだ苦しみ続けるなんて、悲しすぎると思うから。

「いや、ご苦労だったな藤本。予想以上の結果だ。俺がその場にいなかったのが残念だが」

「お役に立てて何よりですわ。ほな、俺はこれきりっつうことで」

「ん？」

テーブルに手をついて立ち上がり、わざと事務的な口調で言った。

「大変言いにくいことなんですけど。今日でバイトの研修も明けるんで、忙しくなりますし。なかなかお手伝いできなくなるんやないかなーと」

「なんだおまえ、またバイト始めたのか？　懲りないな」

「……。普通に生活しとる分には、問題ないわけですし」

心霊現象になど、そうそう頻繁に遭遇するものではない。はずだ。

わざわざ自分から関わるようなことさえしなければ。

「心霊現象も、長く関わってると奥深さがわかってきて癖になるぞー？」

「そこまで長く関わりたくないんで」

「嫌でも関わることになるって」

「それが嫌だからやめるって言っとるんです」

「まぁ、おまえがそう言うなら、それでもいいけどな」

引き止められることを予想していたのだが、意外にも馬渡はあっさりとした反応を返した。いささか拍子抜けして見返すと、

「おまえは霊感が強い上に、霊に影響を受けやすいからな。どんなバイトしてたって、どんな生活してたって心霊現象はついてまわるぞ？　どうせ逃げられないなら、きちんとした対処法を学ぶべきだし、いざってときに頼れる人間や理解者が身近にいたほうがいいと思うがなぁ」

「また不吉なことを……」

「ま、好きにしろ。しばらく仕事は回さないようにしてやるから」

しばらく、という言い方がひっかかったが、すんなり話が通ったのは喜ぶべきことだ。これ幸いと修司は鞄をつかみ、会釈をして部屋を出る。

「また明日なー」

片手をあげてそんな挨拶を投げられた。あっけなさに、逆に不安になるのを気にしないふりでハイと応えた。

図書カウンターで本を読んでいた笛子が顔をあげ、

「また明日」

馬渡と同じ言葉をかけてくる。

また、明日。

ただの挨拶なのに、何か含みを感じてしまうのは被害妄想だろうか。

複雑な気分で、愛想笑いだけ返した。

+++

返却されたＤＶＤを棚に戻す作業をしながら、修司は片手でジーンズの尻ポケットをさぐり、携帯を引き出した。時刻を確認する。もうそろそろ一時を回るところだった。

　あと一時間で、研修は終わる。明日からはバイト料が三割増しになる。やっと、という気持ちが胸に湧き上がった。

　駅の裏の路地にある、こんな小さな店だ。古い邦画や特撮ものなど、マニアックな品揃えが豊富なため常連客でもっているらしく、休日などは比較的混むことがあるが、基本的に客は少ない。特にこの時間帯は、一時間に一組か二組来ればいいほうだった。

　よって、暇だ。一つの仕事をだらだらとやっても、すぐに終わって店番をする以外することがなくなる。

　客が来ないのをいいことに、店番をしながら宿題も終わらせた。次からは夜勤のときは本を持って来ようなどと思いながら、棚から美少女アニメのＤＶＤケースを引き抜いた。ケースから「貸し出し中」のプレートのついた輪ゴムをはずして、返却されてきたＤＶＤを戻し、また棚へしまう。

　そうだ、アルバイトというのは本来こういうものだ。

　淡々と仕事をこなして、時々適度に手を抜いて、時給分だけ働く。家に帰ればバイトのことは忘れる。いつ何が起きるかとびくびくすることもなく、体を張ることもない。

　希薄で気楽な人間関係、愛想笑い、どれもなじみのあるものばかりだ。自分にはこういうほうが合っている。

空はどう思うだろうと、ふと思った。少しくらい、残念に思ってくれるのだろうか。

(何や、罪悪感があるけど)

良心の呵責(かしゃく)だけで踏みとどまれるほど、「あちら側」は生ぬるくない。精神の安定と、はかりにはかけられなかった。

ホラー映画の棚に移動して、有名なB級ホラーのタイトルを探す。一番高い棚に見つけた。目線の高さより、少し高い位置だ。

手を伸ばしてケースを引き抜くと、

ケースを抜いた隙間から、血走った目がのぞいた。

「…………」

誰もいないはずの店内。

ケースとケースの間、一本分の隙間から。

思わず息を呑んで、手にしたＤＶＤとケースを取り落としそうになって、何とかとどまった。

そっと移動して棚の裏側をのぞいたが、もちろんそこに人影はない。

Ｂ級ホラームービーのケースにＤＶＤを差し込み、無言のままで、もとあった場所に戻した。そのときケースの隙間は見ないようにした。

そのまま、がくりと首を垂れてしゃがみこむ。

（ここもか……！）

自分にはもう、安息の地はないのか。

馬渡が言った通り、これから先、どこへ行こうとも、心霊現象がついてまわるのか？

割り切ってつきあっていくしかないのだろうか。本当に？

どうしてこんなことに、と思うと泣きたくなる。

（悪いのは俺なんか……？）

自分が一体何をした。

何を恨めばいいのかもわからず、とりあえず脳裏に最初に浮かんだ馬渡に心中で毒づいた。

「藤本ー？　あ、いたいた。何してんのおまえ」

「……イエ」

ちょっと人生について考えとっただけです、と呟いて立ち上がる。

よさそうな先輩で、仕事も単純で、いい職場を見つけたと思ったのに。

……短い夢だった。

「すみません店長って、何時からシフト入ってましたっけ？」

バイトを始めて二週間、研修期間が終わるなり辞めますでは、さぞ迷惑がられるだろう。申し訳ないと思う。

しかし良心の呵責と精神の安定を、はかりにはかけられないのだ。どちらをとるかは決まっている。

……どう転んでも、精神の安定を得られるようになるまでには、大分時間がかかりそうだが。

あのホラー映画のDVDを目で探す。もう一度、指をかけてすっと引いてみたが、棚にできた隙間からのぞく目はもうどこにもなかった。

これで、さっきのは気のせいだったかもしれないなんて、都合のいいことは考えられない。さすがに、二度目ともなれば。

これで調子に乗ってもう一晩などと考えたら、ラブホテルのバイトの二の舞だ。

DVDをもとの場所に返して隙間を埋め、振り向くと、反対側の棚の上から、身を乗り出すように、痩せた女が自分を見下ろしていた。

ぎょっとしたが、ラブホテルのときのように、すさまじい恐怖は感じない。感じなかったことに、自分で少し驚きながら、……苦笑した。

（わかりましたって……）

やはり、どうにもならないらしいことを悟った。

バイト先が悪いのではなく、どこへ行っても視えてしまう自分自身に問題があるのなら、確かにあとは慣れるしかない。

人間、あきらめが肝心だ。

とりあえず先輩に挨拶し、今までの礼を言って店を出る。

携帯を取り出し、馬渡の番号を呼び出した。少し考えて、パソコンのアドレス宛にメールを送る。

『バイトやめたんで、次の仕事のバイト代に色つけてください』

修司の予想では、十分以内に返信があるはずだ。

携帯を閉じてポケットにしまった。

開き直ってせいぜい稼いでやる、と決心した。

夜風に吹かれながら歩く。

これからますます、面倒なことは増えていくだろう。想像するだけでげんなりするが、避けられないなら仕方ない。半ば自分に言い聞かせるように繰り返した。

(何や、結局馬渡センセーのええように動いとる気ぃして釈然とせんけど)

考えてもどうにもならないことは、考えても仕方ない。

むしろ、考えたら負けだ。

好きな言葉は平穏無事、それを曲げるつもりはない。何があっても動じないレベルまで達すれば、イコール何があっても平穏、だ。

早速携帯が鳴り始めた。

彼女の話：about her　1

いつごろから「彼ら」の姿が視えるようになったのか、声が聞こえるようになったのかは、覚えていない。

物心ついたときには、もう、「彼ら」の存在は当たり前のものだったような気がする。

家族や周りの人たちの反応から、自分以外の人には視えないらしいということはわかったが、目がいい人と悪い人がいるように、走るのが速い人と遅い人がいるように、「彼ら」が視える人と視えにくい人がいるのだろうと思っていた。そうではなく、視える人はごくごく少なく、珍しいのだと知ったのは、小学校にあがる直前くらいだ。

「おまえにも、視えるのか」

伐晴臣と初めて会ったとき、彼は、震える声でそう言って、空がうなずくと、そうかと呟いて、空の前に座り込んで、顔を伏せて泣いた。

俺だけだと思ってた。

顔を伏せたままそう言った晴臣の、くぐもった声を覚えている。

「ひとりだと、思ってた……」

それで、空は初めて、知ったのだ。

晴臣が何故泣いているのか。

自分と同じ人間を見つけたことがそれだけの意味を持つこと、……小さな子どもがそれほどの孤独を感じるくらいに、自分たちのような人間は、少ないのだと。

後にも先にも、晴臣が泣くのを見たのはあれきりだ。

あれから八年が経つ。

あの日晴臣と出会ったきり、自分と同じものが視える人間には、まだ出会わない。

＋＋＋

「あなた、未成年でしょ。こんな時間に一人で、何してるの？」

そんな風に声をかけられて、連れてこられたのは駅前の交番だった。

奥の部屋で、パイプ椅子に座って、制服を着た大人二人と向き合う。

刑事ドラマで見た取調べみたいだ、と思った。ドラマの中の取調べ室は確か、もっと殺風景な、四角い部屋だったが。

空を連れてきた婦人警官が、補導っていうより、迷子を保護したみたいな感じね、と同僚らしい制服の警官に話している。気のよさそうなまだ若い警官は、「親御さんに迎えに来てもらうしかないですね」と困ったように笑った。

さて、というように椅子を引き、婦人警官が、空の、机を挟んだ反対側に座る。

「名前は？」

「羽鳥空」

「いくつ？」

「十四」

「中学生ね」

うなずいた。

「家は、どこ？　この近く？」

「……歩いて、三十分くらい」

「もう夜中よ。一人で、何してたの？　塾の帰りとかじゃないでしょう」

「…………」

声が聞こえたのだとは、言えなかった。

人には視えないものが視え、聞こえないものが聞こえるのだと、正直に話して解決するとは限らない。十中八九、信じてはもらえないだろう。ふざけていると思われるか、頭がおかしいと思われるか、どちらにしろ、事態が好転するとは思えなかった。

携帯電話の他には、荷物を全く持っていないので、どこかへ行った帰りだと嘘をつくのも難しい。黙っていると、二人の警官は顔を見合わせ、ため息をついた。

「仕方ないわね。お母さんに迎えに来てもらうから、待ってて。家の電話番号、教えてくれる？」

渡されたメモ帳に、自宅の番号を書いた。しかし両親は仕事中で、家にはいない。

普段はお手伝いさんが来てくれているのだが、この時間帯にはもう帰ってしまっている。

誰もいないと思う、と言うと、メモを受け取った警官は、少し驚いたような顔をした。

「誰もいないって、ご両親は？」

「働いてる」

「こんな遅くまで？」

「あんまり家に帰ってこない」

「……そう」

二人の警官が、視線を交わした。

「携帯電話の番号は？」

「わかるけど、仕事中は、電源を切ってると思う」

無駄だとは思ったが、求められたので両親の携帯電話の番号も伝える。

若い警官は、かけてみます、と言って出ていった。

婦人警官のほうは、部屋に残って、腕を組んで空を見ている。

迎えに来てくれる人がいなければ帰れないのだろうか。晴臣に電話をしたら、タクシーで飛んできてくれるだろうが、同じ年の幼なじみが身元引受人では認めてもらえないかもしれない。

すぐに警官が戻ってきて、婦人警官を呼んだ。

「金谷(かなや)さん、お電話です」

「私？　はい」

婦人警官が部屋を出て行く。

今度は、若い警官と空が二人で残された。

警官は、困った顔で空を見る。やはり、両親と連絡はつかなかったらしい。

「ご両親は、お留守みたいだね。携帯にもつながらなかったし……どうしようかな」

「これ」

携帯電話を差し出した。晴臣を通じて知り合った、馬渡の番号を呼び出してある。

「かけてみてください」

「誰？」

「学校の先生」

馬渡は、高校の図書室で司書をしていると聞いたから、全くの嘘でもない。思いつく大人が、彼くらいしかいなかった。

彼を呼べば、晴臣にも連絡が行くだろう。

「わかった。もう一度お家にかけてみて、つながらなかったらこっちにかけることにするよ。ちょっと待っててくれるかな」

警官は、空の携帯を持って部屋を出て行った。空は部屋に一人になる。

電話が通じれば、馬渡はすぐに来てくれるだろう。空が一人で夜の街にいた理由も、全部話せる数少ない人間だ。補導されたことよりも、おそらく、空が聞いた声のことを詳しく聞きたがる。

晴臣は心配するだろう。彼も、補導されたという事実より、夜一人で出歩いたということに関して顔をしかめそうだ。俺を呼べ、くらいのことは言いそうな気がする。

さすがに補導されたのは初めてだったが、霊の姿や声を追って、空がふらふらと迷ってしまうことは今までにも何度かあって、そのたびに晴臣が迎えに来てくれた。いつのまにか、捜索隊には馬渡が加わるようになった。

自分を見つけたときの晴臣の、ほっとした表情を見ると、いつも、少しすまない気持ちになる。同時に嬉しくも思うし、もどかしいような悲しいような気持ちにもなった。

（世界に、自分ひとりきりのような気がしていた）

空と会うまでは、と、晴臣はそう言った。空に会って、初めて、自分が世界にひとりではないと思えたのだと。

晴臣は、空が霊と話をするのを、やめろと言ったことは一度もない。

彼自身は、霊が視えることを周りに気づかれないようにしているようだったが、空にまでそれを強いることはなかった。しかし本当は、空が「誰の声にでも」応えてしまうのは、よくないと思っている。心配している。空が傷つくのではないかと、いつも。

しかし、何も言わない。空の好きにさせていた。空はそれに気づいていた。自分の全てを、そうして受け入れてくれる人がいることは、奇跡のようにすごいことだ。

それだけで生きていけるほど。

「こーら、不良少女！　何補導なんかされてんの」

ぼんやりと考えていたから、声をかけられるまで気づかなかった。

顔をあげると、ジーンズの腰に手を当てて自分を見下ろしている、予想外の人物。

驚いた。

「海ちゃんが来たの？」

「そうだよ、お父さんもお母さんも忙しくって連絡つかないから。ほんとにもう、心配かけて」

「ごめんなさい」

空が謝ると、海はふふ、と笑って少しうつむいた頭に手をのせた。

「嘘。いいよ。また、誰かの声が聞こえたんでしょ？」

空はいい子だね、と、ゆっくり。

優しく、頭を撫でてくれる。

「海ちゃん何でもわかっちゃうんだね」

「そりゃそうよ。お姉ちゃんだもん」

「うん」

目を閉じる。安心する。

きもちいい、と言うと、海はまた少し笑った。

「晴臣が飛んでくるよ。今に、血相変えて」

「うん」

優しい感触。頭を撫でてくれるときの、いつもより静かな声。小さいときから、ずっと変わらない。

人に視えないものが視える、ありのままの空を最初に受け入れてくれたのは、海だった。海がいたから、空はひとりではなかった。ずっと。

おみくんにもお姉さんがいたらよかったのにと、空が言ったとき、晴臣は、おまえがいるからいいと答えた。しかし、空は思うのだ。

生まれたときから一緒にいる人が、最初から、自分で自分の能力を不思議に思う前から、それをそのまま受け入れてくれていたら、晴臣は、もっとずっと楽だったはずだ。

自分には海がいた。晴臣には誰もいなかった。

だから晴臣は、空を「見つけて」、あんなに泣いたのだ。

自分にとっての海のように、晴臣を包めたらいいと、思う。しかし自分は、晴臣に世話をかけてばかりだ。難しい。

「いろいろ、むずかしいんだ」

頭を撫でられるままに任せて小さく呟くと、海は、大丈夫だよと言った。

本当に小さい頃から、何度も何度も聞いた声、言葉。

何があっても、どんなときでも、その一言で本当に大丈夫だと思えた。

安心した。

自分はとても、愛されていると。

「大丈夫。お姉ちゃんがついてるからね」

空の小さな頭を抱き寄せるように、腕で包み込むようにして、耳もとで優しい声。

「いつだって、見てるよ」

守られていた。ずっと、今も。

守られている。

空は海の体に両腕を回して、顔を摺り寄せた。

「海ちゃん大好き」

海が笑った、気配がした。

見上げて、目を合わせて、二人で笑った。

愛する人には愛していると、いつでも伝えるようにしている。

それは海が教えてくれたことだ。

「ありがとう」

言葉だけでは足りないほどの、感謝と愛を。

海はまた、きれいに笑った。


「空、」

ドアが開いて、晴臣が入ってきた。

駆け寄って名を呼びたいのを、我慢して押さえているような、声だ。心配させたとわかる。

空がパイプ椅子から立ち上がると、ほっとしたように小さく息をついた。

またた。また、この顔。

「無事だな?」

「うん」

開いたドアの向こうから、馬渡の声がしている。警官と話をしているらしい。

ちらりとそちらを見た晴臣に、

「今ね、海ちゃんいたんだよ」

そう告げると、晴臣はかすかに目を見開いて、空を見た。

それから、すぐに目を細めて、長いまつげを少し伏せるようにして、そうか、とだけ応える。

「うん」

羽鳥海。

彼女は、もうずいぶんと昔に、この世の人ではなくなった。

晴臣とまだ出会う前、空がひとりじゃなかったのは、彼女がいたから。彼女がいなくなってから、空がひとりにならなかったのは、晴臣がいたからだ。

二人のことがとても大事だった。それだけが大事だった。

すべてだった。

「海ちゃん、むかえにきてくれた」

「────」

「お母さんたちが、いなかったから。……でも、やっぱり、おみくんたちが来てくれたね」

何故か、晴臣はまた、安堵（あんど）したように小さく息をつく。

警官に携帯電話を渡してから、まだそう時間はたっていない。こんなに急いで迎えに来たのは、少しでも早く空を安心させたいと思ったからだろうか。

一人で部屋にいた空を見て、ほっとした顔を見せたのは。

「ちゃんと待ってたよ」

「……そうだな」

そんなの当たり前なのに、と、空は思う。

いなくなったりしない。

わかりきったことのはずなのに、昔からだ。

晴臣は、空がどこかへ行ってしまうことを、いつも恐れているように見えた。

「行くか。馬渡が今、あっちで話してるから」

「うん」

出会ったばかりの頃は、口癖のように言っていた、「ここにいろ」と。

ようやくつかんだ命綱を、手放すまいと必死で握り締めるように。

晴臣は大きくなって、強くなって、前ほど世界に傷つけられなくなった。

それなのに今でも時々、こうして不安そうに空を見る。

今はもう、世界に二人きりじゃないのに。


「空？」

「手、」

手をつないだ。

晴臣は何も言わなかったし、もちろん、振り解いたりもしなかった。

（いつか誰かが、教えてくれるかな）

空にとっての晴臣は、絶対的だから、そして晴臣にとっての空もそうだから、どんな言葉も「特別」になってしまうから。

当たり前のことを、当たり前なんだよと、いつか誰かが、彼に言うといい。

お前は世界に愛される。

（ただ一人の特別に、置いていかれることなんて怖がらなくたって）

ひとりになんて、ならない。二度と。

怖がることなど何もないのだと。

警官たちに礼を言って、交番を出て、馬渡の車まで歩く途中。
つないだ手から何かを感じとったのか、晴臣がふと振り向いた。
一度空を見て、それからまた、視線を前へ戻して。
――ここにいろよ。
小さく、聞き逃しそうな呟きをこぼした。
まだ、ここにいろ。
握る手に、少しだけ力がこもる。
いるよ、と応えた。

第三章

1.

下校途中、踏み切りの手前のコンビニを少し過ぎたところで、行き倒れのようにうずくまっている同じ制服を着た男を見つけた。

顔色がひどく、額に汗が浮いていて、一目で相当具合が悪いらしいとわかる。そしてもう一つ付け加えるならば、筒井（つつい）はそいつを知っていた。

「……おい、大丈夫か」

口をきいたこともない相手だが、放ってはおけない。近寄り声をかけると、彼はのろのろと顔をあげた。

「……あー。キミは確かー……」

「筒井だ。三組の。おまえ、すげえ顔色悪いぞ」

名前を思い出した。

確か、夏目と呼ばれていた。

クラスが同じになったことは一度もなく、部活や委員会で一緒になったこともない。それなのに顔と名前が一致する相手なんて、そうそういない。しかし夏目はとにかく目立ったから、覚えていた。

大抵いつも誰かと一緒にいて、へらへらとよく笑って、にぎやかな奴だと思って見ていた。しかし今は、別人のように弱った様子でへたりこんでいる。

携帯を出して、家の人を呼ぶかと訊いた。

「へーきへーき。すぐ治まるから……あのさ、悪いんだけどちょっと、手貸してくれる？　ここ移動したいんだ、どっかで休めば……すぐ、よくなるから」

辛そうな、力ない声で、へにゃりと笑いながら言う。ここで笑いかけてみせる、という気の遣い方を、少し意外に思った。

「立てるか？」

「うん。どーもご迷惑おかけします」

腕をつかんで支えてやる。日射病とか、貧血とか、そういうものかなと思いながら、座れそうな場所を探した。

「あ、れ」

夏目が、小さく呟く。吐きそうか？　と訊くと、首を横に振った。どこか、驚いたような顔で。

「……治っちゃった」

何もない、斜め上の空間に目をやって、ぽつりとまた一言。

は？　と間抜けに聞き返すと、本人もきょとんとして、確かめるように両手のひらを閉じたり開いたりして首をかしげる。

仮病だったのかと疑いたくなるような回復ぶりだったが、だとしたらアカデミー賞ものの演技力だ。

「いや、治ったなら……それで、っていうかそのほうがいいんだけど。何かの発作か？」

「みたいなもの……かな？　時々あるんだけど……」

何故急に楽になったのか、筒井以上に夏目が不思議そうだった。それから、ふっと何かに気づいたような顔をした。もしかして、というように少し黙る。

「夏目？」

「……あ、うん」

名前を呼ぶと、ぱっと顔をあげた。

さっきまでの弱々しい印象はどこにもない。

ああこいつは友達が多いだろうな、と思った。人好きのする顔だ。

「本当に大丈夫か？」

「うん。もう全然みたい。いやホント助かった！　いい人だねーえーと筒井？」

にこにこと人なつこい笑顔を向けてくる。

今どきの一般高校生男子にあるまじきフレンドリーさに、こちらが困惑するほどだった。

「親切だねー。よく道とか訊かれるでしょ。知らないおばあさんの荷物持ってあげちゃったりする？　可愛い女の子が具合悪そうにしてたんならともかく、見ず知らずの男にまで親切にしてくれるなんてそうそういないよ」

よくしゃべる奴だ。さっきまで青い顔でぐったりしていたとは信じられない。呆れながら、

「別に、普通だろ」

そう答えると、夏目は満面の笑みになった。

笑顔の意味がよくわからなくて、反応を返せない。

「もうよくなったんなら、俺行くから」

「うん。ほんとありがとー」

ひらひらと手を振られた。何だか妙な感じだった。

夏目はその場を立ち去ろうともせずに、見送るように筒井が去るのを待っているのだ。

踏み切りを過ぎて少し歩いて、ちらりと振り返ってみると、夏目はまだそこにいて、愛想を振りまきながらまた手を振った。一体何なんだ。

「……まぁいいか」

人助けをしただけだ。

あの夏目という男は、感謝の表現が人より大げさなのだろう。

そう思った。

甘かった。

＋＋＋

「つーついっ」

脳天気な声が、教室の入り口で筒井を呼んだ。

ドアのそばにいたクラスメイトが、振り返って声をかけてくれる。

「おい筒井、夏目来てるぞ」

「……今行くよ」

筒井は、ため息をつきながら席を立つ。

下校途中の道で、うっかり通りかかって声をかけてしまったその翌日から、四組に籍を置いているはずの夏目歩は毎日のように筒井の教室に顔を出すようになっていた。

「ツツイハルカくん！　昨日はありがとー！　俺あなたに惚れましたー！」

これが、助けてやった翌日教室に礼を言いに来た（と本人は主張していた）夏目の、第一声だった。

わざわざ挨拶に来てもらうほどのことをした覚えはなかったので、教室の前で夏目を見かけたとき、まさか自分に会いに来たとは思わなかった。

気恥ずかしくてあまり人には教えていなかった下の名前まで、いつのまにか調べあげたらしくフルネームを名指しされた。教室の、反対側の端まで見事によく通る声で。

クラスメイトたちがざわめく中、何の嫌がらせだと詰め寄れば、

「ちゃんとお礼言ってなかったからさ」

などとけろりとした顔で言われる。

「今日さ一緒に帰らない？　何か奢る」

にこにこと笑われて、毒気を抜かれた。

どうにも勝てない。憎めない。

夏目は、筒井の後ろで何ごとかと様子を見守っている三組の生徒たちにも、ひらひらと筒井の肩ごしに手など振ってみせ、彼らの笑いを誘うとともに、好印象を植えつけることに成功したのだった。


そんなこんなで皆の注目を集めた初日からもう二週間、夏目はあっというまにクラスに溶け込んで、今ではすっかり三組での市民権を得ている。

筒井は知らなかったが、そもそも一年生の頃から夏目は有名だったらしい。クラスの半数近くが、夏目が名乗る前から彼を知っていたと、後から聞いた。

「あ、おまえ聞いたことなかった？　あれだよ、霊感少年ってヤツ」

クラスメイトにそう言われたときは、冗談かと思った。夏目本人に訊くと、「本当だよ」という答えが返ってきた。

「こないださ、筒井に助けてもらったときもそう。何か重いの拾っちゃって」

「……幽霊、ってことか？」

「うん、そんなようなもの。俺は結構キャリア長いから、もう対処法とかもわかって
て、ああいうこともそうそうないんだけど……あのときは鞄替えたばっかりで、お守
り移すの忘れてたんだよね」
キャリア？　と筒井が聞き返すと、霊感少年としてのキャリア、と、冗談のように
答えた。
初めて会ったときの、青い顔を思い出した。立てなくなるほどの、あの症状が全部
霊のせいだったのだという。本人は気楽に笑いながら話しているが、大変なことなの
ではないのか。
「視えたりも、するのか？」
「うん。視えたり聞こえたり」
筒井には想像もつかない。
「大変だな」
思った通りの感想をそのまま口に出すと、
「もう慣れたよー」
何故か嬉しそうに、夏目は言って笑った。
歩いているときでも、夏目は時々、ふっと何もない空間を見ることがある。筒井が

思わずその視線を追っても、その先には何も見つけられない。自分には視えないものが視えているのだろう。

筒井の視線に気づくと、夏目は決まって、ちょっと笑うような表情になった。

＋＋＋

夏目と、クラスメイトの白石めぐみ(しらいし)が話しているのを目撃したのは、まったくの偶然だった。

夏目はすでに三組の八割方の生徒と仲良くなっていたし、白石は社交的な少女だったので、二人が話していること自体は気にするほどのことでもない。しかし、場所と状況が問題だった。

夏目と白石は、二人きりで、階段の踊り場にいた。筒井は担任教師に頼まれて、理科準備室へ荷物を運んだ帰り、普段は使わない西側の階段で教室へ戻ってくる途中だった。

いつもは人気がない場所で、二人が何を話していたのかはわからない。ただ、白石の、泣き出しそうな顔がちらりと見えた。彼女は制服のブラウスの前で両手を握りしめていて、夏目が彼女を慰(なぐさ)めているようだった。

まずいところを見てしまったかもしれない、と瞬時に後悔したが遅かった。人の気配に敏感な夏目は、白石が歩き出すとすぐに筒井のほうを振り向いて、いつものように手を振ってみせる。

「あれ筒井、こっちから来るのって珍しいね。先生のおつかい？」

まったくいつも通りの笑顔だった。

ついさっきまで深刻な話をしていたにしては、ずいぶんと明るい。

「こんな場所で密会か？」

「見られちゃったー？　内緒にしといてね、俺はみんなのものだからさ」

探るつもりで冗談めかして訊いた、その返答もごく軽いものだった。

まずいな、と思う。

他人の恋路に首を突っ込むつもりはないが、白石にはつきあっている相手がいるのだ。しかも、筒井とは一年のとき同じクラスだったので、割と仲がよかったりする。夏目とは全然タイプが違う、真面目な性格の野球部員だ。白石とは幼なじみなのだ、と以前聞いたことがある。

「用事終わり？　じゃ、帰ろーよ」

筒井の心中を知ってか知らずか、にこにこしながら夏目が言った。

バス停の前にある揚げ物屋で、学校帰りのおやつを買った。

夏目は常連客らしく、店長らしい中年の女性と親しげに何やら話している。

夏目の調子のいいトークに気をよくしたらしい彼女は、肉じゃがコロッケを一つおまけしてくれた。

夏目はコロッケを二つに割って、半分を渡してくれる。

おねーさんありがとね、と、母親ほど年の離れた店長に愛想よく言って歩き出した夏目の一歩後ろを歩きながら、こいつはもてるだろうな、と思った。

うるさいくらいよくしゃべる、大抵いつでも笑っている。うっとうしいくらいなのに、何故かいつのまにかそのペースに巻き込まれて、まあいいかなんて思ってしまう。

派手すぎるほど明るい茶色の髪で、生活指導の教師に目をつけられないのが不思議だと思っていたが、教師陣もこの調子でごまかされてしまうのだろう。

憎めない奴だと思う。笑顔を向けられれば、大抵の人間は悪い気はしないだろう。女の子にとってもそれはおそらく同じことで、そこが問題だった。

うずらの卵の串揚げを食べながら歩く、夏目を見やる。

「夏目」

「なにー？」

コロッケの油が口に残るせいか、なんとなく舌が重い。

「……おまえさ、白石の」

「白石さん？　可愛いよね」

「あいつ、つきあってる奴いるぞ」

「知ってるよ、幼なじみの彼でしょ？」

悪びれもしない。

ということは、やましいことはないのかもしれない。少し安心しながら、白石の彼氏は真面目な奴だから、あんまり白石と仲良くしてると誤解されるぞ、と忠告してやった。

夏目はあははと笑って、

「だって俺女の子大好きだし」

「いや、わざわざ言われなくてもわかってるけどな」

「白石さんとも仲良くするさー」

「いや、だから仲良く……ってレベルならいいんだけど……」

「何筒井、俺がモテモテだから羨ましいの？」

「あのな」

軽口ではぐらかすのも彼の常套手段のようだ。馬鹿そうに見えて、色々考えていそうなところが油断できない。

おせっかいだとは思うが、気になった。悪い奴じゃないと思うから、つまらないことでトラブルにならなければいいと心配する気持ちもある。

知り合って二週間の自分に、そんな風に感じさせてしまうというのが、夏目のすごいところだった。

「一個あげるよ、うずらの卵。超おいしいよ。食べたことある?」

串に一つだけ残った卵を、ひょいと差し出される。思わず受け取ってしまって、見返すと笑顔で「どーぞ」と促された。食べるのを待っているかのように視線を外さない夏目に、小さく息をつく。まったく、何を考えているのかわからない。

とりあえず、食べないことには話が進まないので卵をかじった。食べたところで、進展もしない気もするが。

夏目はものすごくよくしゃべるが、話す気がないことは、絶対話さないような気がする。これ以上は無駄かもしれない。大体、まだ彼氏持ちの白石にちょっかいを出しているとは決まったわけでもないのだし。そうだ、考えすぎかもしれない。いくら夏目が軽く見えても。

何もしていないうちから先回りで説教することもないだろう——そう思い始めたと

き、

「……食べたね」

筒井が食べ終わるまでじっと見ていた夏目が、残った串を確認してそう言った。

「は？」

おまえが食べろと言ったんだろうが、と、間抜けな声を返す。何やら嫌な予感がした。

というより、この時点で予想がついてしまった、と言うべきか。

「おいしかった？」

「ああ、うん……まぁ」

「そっか、よかった。——ところで」

すすっと近寄ってきて筒井の真正面に立つと、

「お願いがあるんだけど！」

ぱんっ、と両手を顔の前で合わせて、夏目が言った。

……こんなことだろうと思った。

うずらの卵一つと引き換え程度の頼みなら、聞いてやらないこともないが、問題は夏目がどの程度をうずらの卵相当と考えているかだ。

一つため息をついた後、何だ、と訊いてやる。

夏目の顔が、ぱぁっと明るくなった。

2.

電車とバスとロープウェイで、連れていかれたのは山の中腹だった。まさに、連れていかれた——連行された、という表現がぴたりとくる。電車代とバス代は夏目持ちで、しかも道中行き先は告げられず、こちらから質問をするたびに笑顔と他愛ない話とでかわされて、ロープウェイのチケットを渡された時点でようやく目的地が発覚したという周到さだ。

確かに、今どきの一般男子高校生が、休日に好んで訪れる場所ではない。山登りが趣味なのか、と聞くと、探し物があるのだという。

「きのこ狩りとかそういう話か？」

「じゃないけど、えーと、宝探しって意味では一緒かも？」

「そろそろ目的を言え」

歩きやすい靴と汚れてもいい服で来いとは言われていたが、まさかこんな山奥に連れてこられるとは思っていなかった。舗装もされていない道を歩きながら、頭上に茂る緑の濃い葉を見上げて促すと、「ここから先にちっちゃい滝と浅い川があるんだけど」と、夏目はようやく口を開いた。

「忘れ物、っていうか落とし物、しちゃって。探すの手伝ってほしいんだ」

「川の中にか？」

「じゃなくて、川辺……かな。もしくはこのあたりとか。どこで落としたかはわからないんだけど、ロープウェイに乗ったときにはもうなかったってことは、川の周辺からロープウェイ乗り場までの間に落としたってことだろ？」

「それにしてもな……」

お願い、昼奢るから！　と、夏目はまた拝むように両手を合わせた。

何を落としたのかは知らないが、ずいぶんと真剣だ。ついさっき落とした、というのならともかく、日を置いてから探しに来ても見つかる可能性は低いのではないかと思ったが、夏目が真剣なので言わないでおいた。

「……わかった。でも暗くなるまでに見つからなかったらあきらめろよ」

「うっわありがと筒井！　いい奴！」

「ここまで連れてきといて何を今さら……」

二人で並んで歩くのがやっとの細い道を抜けると、浅い川の流れる空間へ出た。砂利と土のまざりあう川辺は、かろうじて五、六人がバーベキューをやれる程度の広さだ。何のためにロープウェイの駅があるのかわからないと夏目に言うと、さらに上へ続くハイキングコースがあるのだと、登山者用らしい道を示して教えてくれた。

「さーて、探すかね」

道の終わり、川辺へ続くその境目で袖をまくって、夏目が肩を回す。

「俺まだ何探すか聞いてないんだけど」

「あ、そうだっけ。ペンダントだよ。シルバーの」

「ペンダント？」

「そう。六角形のクリスタルと、クロスのチャームがついてるやつ。俺はロープウェイ乗り場からここまでの道で落ちてないか探すから、筒井はそっち側お願い」

「川の中、ってことはないだろうな」

「それはないと思う。川に入ったわけじゃないから」

それにしても、ペンダントなんて砂利の中に埋もれてしまったら簡単には見つからないのではないか。暗くなるまでと約束してしまった以上仕方がないと覚悟を決めて、筒井も袖をまくった。

「いつ落としたんだ？」

「先週の日曜」

「大事なものなのか？」

「うん。すごく大事なもの」

「……仕方ないな」

端から探していくしかないだろう。しらみつぶし、という奴だ。ハイキングコースに続く横道のところから始めることにして、筒井は腰を屈めた。

「シルバーって言っても色々あるだろ。スモークドのやつだと、あんまり光らないし見つけにくいかもな。クロスってどんなデザインだ、ごついやつか？」

「いや、女の子のアクセサリーだからさ。ホワイトシルバー系の、華奢な奴じゃないかな」

「女物？」

腰を伸ばして振り向いた。

夏目は、道の切れ目のところで、草の間までのぞいて熱心に探している。

「なんで女物の……」

「俺のじゃないもん」

しゃがみこんだ姿勢のままの夏目が顔をあげた。

「白石さんの。先週ここで落としたって、すごく落ち込んでてさー。これでもし見つけてあげたら、俺かなりポイント高いと思わない？」

ね？　と言うようにへらりと笑う。

怒りが湧くより力が抜けて、がくりとその場にしゃがみこんだ。

「おまえなぁ……」

そんなことに巻き込むな他人を。というか俺を。

何だかんだ言って真剣なようだとだまされて、ここまでついてきたのが間違いだった。

自分の人の良さに嫌気がさす。

しかし、げんなりして見やった夏目は、また真剣な顔になって地面に這いつくばっている。

動機は不純でも、真剣さは嘘ではないようだ。

「……本当に奢れよ」

乗りかかった船だ。

呟いて、捜索を再開した。

＋＋＋

ずっと中腰の姿勢のまま作業を続けていたので、背中と腰が痛くなった。伸びをする。

隅から隅まで、それこそ草の根を分ける勢いで探しているが、夏目の言ったペンダントは見つからない。

こんな何もない所で、白石めぐみは何をしていたのだろう。彼女に山登りの趣味があるとは聞いていない。西階段の踊り場で、夏目と何か話していたのはそのことだったのだろうか。

泣きそうな顔の彼女を思い出した。

（大体何で夏目に相談するんだ？）

立派な彼氏がいるというのに。

考えてみるとやはり不自然で、筒井は首を一つ振った。考えすぎかもしれない。大体、考えても仕方ないことだ。今はペンダントを見つけることに専念しなければ、本当に暗くなるまで帰れない。

「筒井ー、お疲れ。そっちどう？」

夏目の呑気な声が聞こえて、振り返った。

おーい、と、道の終わりに立って手を振っている。その手には、お茶の缶が二つ。

「休憩しようよー」

近寄っていくと、烏龍茶と緑茶の缶を見せられた。どっちがいい？　と聞かれ、緑茶のほうをもらう。自販機は見当たらなかったから、夏目が持参したのだろう。

プルトップを開けながら、おまえ何でそんなとこから声かけんだよ、と呆れて言うと、夏目は「だって俺はこっち側担当だもん」などとしゃあしゃあと答えた。

「乗り場からここまでは一通り見たんだけど、見つからないなぁ……筒井のほうも収穫ナシ？」

「だな。けどペンダントなんて、そんな簡単に落とすもんか？　どこかにひっかけたとか、そういうことでもないと鎖は切れないだろ。たとえば木の枝とか」

「あ、そっか！　だよねぇ、ってことは狙い目は木の下あたり？」

烏龍茶に口をつけながら、夏目がちょっと首を伸ばすようにして筒井の横の木の下をのぞきこむ。

「俺ももう一回ロープウェイのとこから、木の下中心に探してみる。低い枝に引っかかってるかもしれないし」

「そっち一通り探し終わったんだろ？　なら二人でこっち側探したほうが早いんじゃないのか」

「うーん、そうしたいのは山々なんだけどね」

困ったように、首を傾けた。

「俺、そっち行けないんだ」

「え？」

すまなそうに告げられた、その言葉の意味が、わからない。
聞き返すと、夏目は空になった缶を手の中でもてあそびながら、言葉を選ぶように
ゆっくり説明を始めた。
「行けないこともないけど、ちょっと辛い。長くいると、頭痛とか、眩暈とか……も
っとやばいことになる可能性も、ゼロじゃない。そしたら、多分筒井にも迷惑かける
し」
少しの間黙った後で、苦笑気味に笑って、告白する。
「ここね、マニアの間では結構知られてる、心霊スポットなんだ」
(――ああ)
そうか。
驚くよりも、なるほどと納得した。
夏目が、境界線を越えまいとするように、水辺へ近づこうとしない理由。
今も、何か見えているのかもしれない。その割に普通にしているから、全然気づか
なかった。
「俺は一般人だから平気だけど、霊感の強いおまえにとっては有害ってことか？」
「まぁ、そんな感じ……黙っててごめん。俺一人じゃ、そっち側は探せないからさ」
何も言わずに心霊スポットに連れてきたことに、良心の呵責を覚えてはいるらし

い。

小さく手を合わせる夏目に、今までの不自然な態度の理由がいろいろと思い出され、その全てが腑に落ちた。

それならそうと言えばいいのに、今になるまで黙っているあたり、妙なところで小心だ。

「別に、俺に害があるわけじゃないからいいけど……だったら、もっと大人数で来たほうがよかったんじゃないのか」

「うん、でも白石さん、ペンダントなくしたことあんまり騒ぎにしたくないだろうし」

「そうなのか？」

「うん、第一クラス総出で探すなんて言ったら、白石さんが遠慮しちゃうよ」

「まぁ、それもそうか」

そもそも女の子の落とし物探しに、そんなに大勢が集まってくれるとも思えない。

恋人でもない女の子のために、こんな山奥まで（しかも筒井まで巻き込んで）やってくる夏目のほうが変わっているのだ。

それに、と、筒井が飲み終わった緑茶の缶を受け取りながら夏目がつけ加える。

「それに、もしそんな大人数でいるときに何かあったら、俺一人じゃ対処できないから」

　ポケットから取り出したコンビニのビニール袋に、二つの缶を入れて袋の口を結んだ。

　何かあったら、と対処、の意味をしばらく考えて、剣呑な可能性に思い当たる。

「おい、それって俺も危ないってことか？」

「万が一の話だって。それにほら、筒井は今気分悪いとか寒気がするとか、ある？」

「……特にないけど」

「でしょ。大丈夫ってことだよ。あ、でももし気分悪くなったりしたら言って、すぐ帰るから」

　心霊スポットでも何でもないはずの道端で、霊を「拾って」しまってうずくまっていた夏目にこそ、この場所は鬼門であるはずだ。その夏目にこんな風に心配されると、疲れただの面倒だのとは言っていられない気になってくる（そもそもつきあってやる義理のない筒井には、文句を言う権利は十分にあるはずなのだが）。

　つきあい始めて、意外と他人に気を遣う奴なのだなとは思っていた。その反面、知り合って日も浅い自分を、目的も告げずにこんな山奥まで連れてきたりと、随分な真似もしてくれるが。

　人を選んでいるのかもしれない。許される範囲を敏感に感じとって、相手に合わせて。それはなかなかに使える特技だ。

おまえのほうが危ないんじゃないのか、と筒井が言うと、ロープウェイ乗り場のほうへ引き返しかけていた夏目が振り返る。

「また、気分悪いとか頭痛いとか、何かあったら言えよ。白石だって、自分のためにおまえが無理したってわかったら気にするだろうし」

「うん。平気だよありがとー」

嬉しそうに応えて、夏目はコンビニの袋を振りながら道の奥へ消えた。

妙になつかれている、自覚はある。

友達なら数えきれないほどいそうな夏目が、何故地味で平凡な自分につきまとうのか、それが筒井にはよくわからない。

こいつなら、厄介ごとにもつきあってくれそうだと思われたのかもしれない。お人よし、とはよく言われる。

(まぁいいか……)

自分はもうすでにこの場にいるのだから、仕方ない。さっさと見つけて帰るしかない。

動機は不純でも、夏目は真剣なようだし。

変なところが筋肉痛になりそうだ、と思いながら、中腰になって木陰を中心に探す。

何のメリットもないのに、休日にこんな探し物につきあっている自分も、たいがい酔狂だと思うが、それは夏目にも言えることだ。そんなに白石が好きなのだろうか、と思うと、少し複雑な気分になった。

これほど真剣に探しているのだから、本気なのだろう。ペンダントを見つけたからといって、白石が恋人と別れて夏目のほうを向くとは限らないというのに。それでもわずかな可能性にかけるほど、それでもいいと思えるほど、好きなのだろうか？

思っていたより軽い奴ではないのかもしれない。彼女に真剣なのかもしれない。だとしたら、報われないのは気の毒だと思う気持ちもある。

しかし、筒井は、白石の恋人が彼女を大事に思っているのも、二人がとても仲がいいのも知っていた。白石が、今の恋人と別れて夏目のほうを好きになったら、それを喜ぶこともできない。

結果的に夏目に手を貸すことになっている自分の立場も、実は結構複雑なのではないだろうか。

見つかったほうがいいのか、それともこのまま見つからないほうがいいのか……などと考え始めたときだった。

「……あ」

きら、と何か小石まじりの土の上で光ったのが見えた。

手を伸ばして拾いあげると、銀色の鎖だ。六角形の透明なチャームが一つ、通っている。

と、いうことは。

(この近くに……)

地面に顔を近づけて、手のひらを土の上に這わせて、探す。クロスと六角形のクリスタル、と夏目は言っていた。ここでひっかけて落としたのなら、もう片方の、クロスのほうのチャームも近くにあるはずだ。

這いつくばって探すこと数分、筒井はようやく、砂にまみれて汚れたシルバーのクロスを発見した。

「……あった」

まさか見つかるとは。

指先で拭うと、まだ光る。シルバーのクロスと、クリスタルの六角形。

鎖に通して、しゃらりと目の高さに掲げた。

……見つけてしまった。

「強運だな、あいつ……」

運命は夏目に味方した、ということか。一つ息をつき、立ち上がる。

ジーンズの埃を払って、筒井は夏目を呼んだ。

3.

朝、ホームルームが始まる前、夏目に呼び出されて白石が教室を出て行くのを、筒井は黙って見送った。

筒井がペンダントを見つけたときの夏目の反応を思い出す。

「え、嘘あった⁉ すごい筒井！ マジ⁉」

ばたばたと走ってきて、境界線のところで足踏みしている夏目にペンダントを見せると、大事そうに受け取って顔をへにゃっと崩した。

「よかったぁ」

本気でほっとしているのがわかった。探すのにつきあってやった甲斐(かい)はあったかもしれないと一瞬思い、

「これで白石さんも俺のこと見直してくれるかもー」

この一言で、また少し手伝ったことを後悔した。

夏目の場合、どこからどこまでが本気かわからない。やっかいなことにならなけれ

ばいいと祈りながら、ペンダントを夏目に渡したのだ。

　内心はらはらしながら待っていたのだが、白石は、すぐに教室へ戻ってくる。ぎゅ、と握り締めた手の中には、おそらくあのペンダントがあるのだろう。

　自分の席へ戻り、大切そうに銀の鎖をペンケースへしまう様子を盗み見ていると、ふいに彼女がこちらを向いた。

　目が合ってしまい、内心慌てる。

　白石はペンケースを持ったまま近づいてきて、他の生徒には見えないようにそっとペンダントを筒井に見せた。

「先生には内緒にしててね。見つかっても没収まではされないと思うけど」

「わかってる。そんなつもりで見てたわけじゃないよ」

「うん、私もわかってる。……これ、佐伯にもらったんだ」

　佐伯というのは、白石の彼氏の名前だ。彼氏からのプレゼントだったとは、初耳だった。

　夏目は知っていたのだろうか。

「今、夏目に呼ばれてってただろ」

「うん。これ、今渡してくれたの。私が相談したの、すごくちゃんと聞いてくれて……佐伯には言わないって、約束してくれて。まさか、代わりに探しに行ってくれるなんて思わなかったけど」

言いながら、白石の目がうるんだ。

「なくしたなんて、佐伯には言えなくて……佐伯は、面白半分で心霊スポットに行くようなこと嫌いだから、なおさら……言えなくて。どうしたらいいのかわからなくて、私」

「……うん」

「一人で行くの怖かったけど、でも、川に探しに行くしかないって思ってたの。そしたら夏目くんが、女の子一人じゃ危ないからって……任せてって、言ってくれて、でも私、信じてなかったのに」

「うん。俺も、佐伯には言わないから。いや、誰にも言わないし」

声が震えかけるのを、我慢するように白石はうつむいて少しの間黙った。教室で人目をひいては、今まで秘密にしていた意味がない。

「よかったな」

うん、と、鼻をすすって、白石がうなずいた。ぴっと背すじを伸ばして、気丈な彼女らしい顔に戻る。

「筒井が見つけてくれたんでしょ？　ありがとう」

白石が、それを知っていたことが意外で、一瞬反応が遅れた。

「たまたまだよ。夏目のほうが真剣だったし」

「夏目くんにも、ちゃんともう一度お礼言っとく。本当、ありがとう」

予鈴が鳴る。

白石は席へ戻り、筒井も座った。

夏目歩という人間像に、修正を加える必要がありそうだった。

＋＋＋

約束通り奢るよと言って、教室まで迎えに来た夏目と一緒に校舎を出た。

白石が佐伯と一緒にいるのを見かけたが、声はかけずにおいた。

筒井より後で彼女に気づいた夏目は、気負わない笑顔で手を振っている。

「ペンダント見つけて、ポイントあげるんじゃなかったのか」

ポイント高いかも、だの、見直してくれるかも、だの、下心ありありな様子で騒いでいたのは何だったのか。

呆れながら言うと、夏目は白石へと振っていた手を下ろして答えた。

「あげたよー？　かなり高ポイント。好感度アップ。おかげでかなりオトモダチな感じ」

「白石狙いなのかと思ってた」

「筒井って正直者だよね」

そう思ってたのに、手伝ってくれたわけ？　と笑われ、あの状況で一人で帰れないだろ、と呟いた。

「あはいい奴だー。筒井ってそういう奴だよね」

「誉められてないことくらいわかるぞ」

「誉めてるよ」

笑いを止めて、誉めてる、と繰り返した。

「白石さん、友達に誘われて、心霊写真が撮れるって聞いて、あの川辺に行ったんだって。白石さん自身も、ほんとはそういうのあんまり好きじゃないみたいだけど、彼氏さんはそれに輪をかけて、そういう肝試し的な遊びに否定的らしくって。内緒で行ったんだって」

「あぁ、……佐伯は硬派だからな」

「でもカメラ動かなくなっちゃって、怖くなって、えーと友達の一人が何か聞こえたか見たかって、言い出したのかな？　とにかく、三人そろってパニックになって、結局写真撮れないまま逃げ出したんだって。ペンダントは、ロープウェイに乗った後で、なくなってるのに気づいたらしいよ。でもそんなことがあった直後じゃ、戻れないよね」

さらりと言ってくれるが、そんなことがあった場所へ、よくもまぁ何も知らない自分を連れていってくれたものだ。何もなかったからよかったようなものの、さすがに騙(だま)された感が湧いてくる。

「でもやっぱりそのままにはしておけないって、一人でも戻って探すしかないって、白石さん悩んでて。で、霊感少年と名高い俺に相談してきたわけ」

「危険だって思ったんなら、あきらめろ、ってアドバイスしなかったのか?」

「放置しとくわけにもいかなかったんだよねー。そういう場所に落とし物とか忘れ物とか、そのままにしておくのはよくないんだよ。呼ばれるから」

霊感少年の口から聞くと生々しい。

筒井の反応に敏感に気づいたらしい夏目はまた少し苦笑して、

「でも、一人で探しに行くっていうのもやっぱりちょっとね。普通の女の子には危険が多いんで。まぁ仕方ないから俺がね」

「おまえと、俺が。だろ」

「そうでしたー。いやホント感謝してるよ、だから。誰でもいいってわけじゃなかったんだ。普通の人でも、ああいうスポットでは何かしら影響を受けることが多くて危ないからさ」

「普通じゃない人ってどんな人だよ」

この上なく普通の人である自分を巻き込んでおいて、普通の人には危ないも何もあったものではない。憮然としながら言うと、夏目は指を一本立てて答えた。

「すごーく霊感の強い人とか」

「俺がそうだっていうのかよ」

そんなものないぞ、と言おうとしたら、

「ううんその逆」

あっさりと首を横に振られる。

逆、というと、

「すごく霊感が弱い、ってことか？」

「弱いっていうより、ない」

きっぱりと言い放った。

まさに一刀両断という表現がふさわしいその断言ぶりに、見事に予想を裏切られ唖然とする。

ない？

「霊感って、強い弱いはあるけど、普通の人にもある程度は備わってるものでさ。心霊スポットなんかの強い波動だと、特別霊感が強いわけじゃなくても気分悪くなったり、色々視ちゃったりするんだよ。白石さんも特に霊感が強いわけじゃないけど、あの川辺では寒気がしたって言ってたしね。でも、筒井は平気だったでしょ」

「まぁ……」

「俺とは逆だけど、すごーく珍しいよ。珍しいくらい、霊に影響を受けない体質」

「俺が？」

「そう」

夏目は神妙にうなずき、

「下校途中で俺がへばってたときさ、助けてくれたでしょ。あのときも、筒井が近くに来たらふって楽になったんだよね。周りにまで影響するってすごくない？　バリアか何か張ってんじゃないのって思った」

「バリア、なぁ」

夏目が自分にまとわりついていた理由が、ようやく理解できた。

夏目のような人間にとっては、さぞかし便利だろう。筒井がそばにいれば霊の影響を受けないで済むのならば、なるほど彼らにとっては「一家に一台」的な存在に違いない。

「携帯可能な蚊帳（かや）か蚊取りマットみたいなものか……」

「そこまで卑下しなくても。超レアなんだよ、履歴書に書けるよ！」

「いや書けねえだろ……」

ごく特殊な状況下でもなきゃ役に立たないし。と、筒井がこぼすと、そうでもないよと意味ありげに夏目が言う。

「ちょっと変わったバイトとか、してみる気ない？　紹介したら喜びそうな人知ってるんだけどなぁ」

「俺が？」

「あっちが」

あからさまにうさんくさい。霊感少年ならではのコネクションだろうか。

「多分すごく貴重な人材だから、バイト代弾んでくれると思うよ？」

「いや……いい」

俺は平凡でいいから穏やかに生きていきたい。と答えると、活かせばいいのにーと不服そうに夏目が言う。と、気の抜けるような「笑点」のテーマが流れた。

夏目が制服のポケットを探って、最新機種のスマートフォンを取り出す。

ごめんね、と筒井に一言断って電話に出ると、夏目の表情が変わった。

「ちょうど今……え？　……うん、っと、大丈夫。俺が行くよ、週末空いてるから。……あー、うん、それも大丈夫かも……人材確保できれば。うん」

何の話かわからないが、時々ちらちらと筒井のほうへ視線を向けながら話している。

話はすぐに済んだらしい。電話を切った夏目は、それを制服のポケットにしまうなり筒井に向き直り、ぱんっと両手を合わせた。

何か前にも見たぞこのポーズ、と思うよりも早く、

「筒井！……お願いがあるんだけど」

……既視感。いや、そんなものじゃない、確実に覚えがある。前にもあった、それもごくごく最近。

「何だよ」

嫌な予感がするのなら、訊かなければいいのに訊いてしまう。懲りろよ自分、と心中で自分自身に悪態をつくが、性分なのだ。

「聞くだけだぞ」

自分にも夏目にも釘をさすつもりで付け足したが、おそらく無意味だろう。

夏目が、両手を合わせたままで、目だけをあげてうかがうように言った。

「……人助け、好き？」

第四章

1.

嫌なものを見た。

あまり天気のよくない日だった。

修司は、曇りの日は嫌いではない。むしろ、さんさんと日の照る晴れた日よりも過ごしやすくて好きだった。それで、ふと、普段は地面に落としていることの多い視線をあげて、空を見上げた。

それが間違いだった。

(あ)

進行方向、そびえる高いビルの屋上に、人が立っている。

よく見えないが、人だ。間違いない。女性らしく、スカートがひらめいているのが見えた。

(あれって柵の外に立っとるんちゃうか……?)

晴れた日なら、まぶしくて見上げることもできないような高いビルだ。落ちたら間違いなく、無事では済まない。

まさか自殺では、と思った瞬間に、彼女は飛び降りていた。

「な……!」

髪と、服が、風になびいて落ちていく。

思わず声をあげた修司を、すれ違った人々が振り向いた。

「……嘘、やろ……」

正真正銘、本物の投身自殺だ。

驚きが消えると、ずんと気持ちが沈んだ。

あの高さから落ちたのでは、無事どころか、見るも無残なことになっているに違いない。これからその前を通らなければならないのに、と思うと気が重かった。

（せっかく生きとんのに、無駄にすることないのになぁ)

暗い気持ちのまま、速度を落としてゆっくりと歩いた。ビルの前を通る頃には人が集まっていればいい、そうすればもろに見ないですむかもしれない。もうそろそろ、パトカーと救急車のサイレンが聞こえてくるころだろう。

ゆっくりと歩く、しかしサイレンは聞こえてこない。騒ぎになっている様子もない。すれ違う人たちも、同じ方向へ歩く人たちも、歩調を変えることはなく、何事もなかったかのような顔をしている。自分以外に目撃者はいないのか、と不審に思ったときにはもう、ビルの前にたどりついていた。

(……え?)

人だかりはできていなかった。だから、よく見えた。

ビルの前の白いタイル張りの道には、死体どころか血の一滴も落ちていない。

確かに、このビルだったはずなのに。

(俺の見間違いか?)

納得はいかなかったが、通りすぎた。

わけのわからないものを視ることは、すでに日常の一部となっていたので、深くは考えないことにした。あれが自分の見間違いで、実際には飛び降りがなかったのなら、それにこしたことはない。そう思った。

見間違いなどではなかったことは、翌日はっきりした。

翌日も、その翌日も、修司は同じ時間、同じ場所で、同じビルから飛び降りる人影を目撃した。

＋＋＋

「もう死んでるな」

修司の話を聞いて、晴臣は一言、そう言った。

いつもの図書室の準備室（霊研本部）、晴臣の隣に座ってココア（霊研常備品）を飲みながら聞いていた空もうなずく。

笛子が修司の分のコーヒーを淹れてくれながら、「自殺霊ですね」と控えめに口を開いた。

「自分が死んだことに気づかずに、繰り返しているんでしょうね。誰かが教えてあげないと、永遠に続くことになります。はい、どうぞ」

「すみません。死んだことに気づかへんって、そんなことあるんですか？　事故とかやったらわかりますけど」

自殺ならば、気づかないというのもおかしな話だ。

自分で自分の命を絶っておいて、そんなことがあるものなのか。

「飛び降りる途中で意識が飛ぶんだ。だから死ぬ瞬間のことを覚えてねえ」

両腕を組んだまま、晴臣が言う。

「なるほど……」

空は、黙って両手でココアのカップを包むようにして、何か考えているようだった。晴臣が、目だけを動かして彼女を見る。

「話ができる状態ならいいけどな」

晴臣の言葉に、空は、視線をココアの表面に落としたまま、うん、と答える。

修司の話を、気にしているようだった。

助けたいと思っているのかもしれない。彼女にこの話をしたことは、失敗だっただろうかとふと気づいた。

成仏できずにいる霊など、無数にいるのだ。際限なく関わり続けるわけにもいかない。

それでも知ってしまったら、助けようとするのではないか。ただでさえ「関わりすぎ」な彼女に、また一つ背負い込ませることになってしまうのではないか。

今さら思って後悔しかけたとき、

「……独りでは行くなよ」

「うん」

晴臣が視線を前に向けたまま言い、空が短く答えた。

修司が口を挟めるはずもない。

笛子が、先生に話しておきます、と言った。

＋＋＋

どこかの心霊スポットに出張中の馬渡が帰ってきたら、他校の「研究員」も呼んで皆で現場に行くことになった。

自殺霊は難しいのだそうだ。そういえば、修司がラブホテルで女性の霊にまとわりつかれたときにも、そのようなことを言っていた。空が独りで行かないように、晴臣と笛子が釘をさした形になる。どう難しいのか、詳しくは聞かなかったが、彼らが言うのだからそうなのだろう。

ビルの真下に立って屋上を見上げながら、修司は「彼女」が落ちてくるのを待っていた。

遠目に眺めているだけでは、ちゃんと確認できなかった。真下で見ていれば、何か違うかもしれないと思ったのだ。

どうにかして、伝えられないか。

落ちてくる途中で、消えてしまう前に。

そう思って、ビルの真下で足を止めてみた。

ビルを見上げて立つ修司を、たくさんの人が避けていく。

何人かは不審げに一瞥して、しかしほとんどの人たちは、目もくれず。

当たり前の反応だった。

九条高校に転校してきたばかりの頃、公園で霊に話しかけていた空を、自分も同じように遠まきに見ていた。

(……何やっとるんや俺)

我に返ると、急に恥ずかしくなってきた。

奇異の目で見られることが、ではない。そんな目で見られてまでこんなことをしている、しようとしていることがだ。

自分にも何かできないかなどと考えていることが、自分で信じられない。

おそらく、何も知らない、何もできない自分が情けなくなったからだろう。

空のように、純粋に救いたいと思っているわけではない。

(見栄のためにこんなことしとるんも大概情けないけど)

苦笑しかけた、そのときだった。

風が吹いて、きんと耳が鳴った。悲鳴だ、と感じた。

見上げたままだった視界が、ぐらりと揺れた。

「……っあ」

すうっと血の気が引くような寒さを感じると同時に、膝が崩れる。

これまでに何度か経験したような、ずしりとのしかかる重みではなかった。

ただ、気持ちが悪い。喉がつまって、息がうまくできなかった。

何だこれは。

霊障、と呼ぶものなのだろう、それはわかる。しかし、今まで体験したものとは違う。

何かが体を通り抜けた、ような。

白いタイルに両膝をついて、胸と喉を押さえ、不快感をやり過ごそうと浅い呼吸を繰り返す。

「——大丈夫？　ちょっと、座れるとこ行こ？」

ふ、と影が落ちたと思ったら、上からそんな声がかかった。

声の主らしい誰かが、自分の腕をつかんで、背中を支えて立たせてくれる。短い距離を半ば引きずるようにして、車道と歩道を区切るツツジの植え込みまで連れていかれる。植え込みの周りの、レンガの囲いに修司を座らせ、通りすがりの親切な誰かは、ミネラルウォーターのペットボトルを渡してくれた。

「これあげる」

修司が一口水を飲んだのを確認すると、今度はアルミホイルに包まれた何かを取り出して押し付ける。かすれた声で何、と訊くと、今度は半分ホイルを剝いて、改めて修司に握らせた。

おにぎりだ。

「……気持ちは、嬉しいんやけど」

「いいから、ちょっとでも食べてみて。気分悪いんでしょ」

気分が悪い人間に、おにぎりを食べさせる神経がわからない。ありがたいやら迷惑やらだ。

仕方なく、ほんの一口、米粒を舐めるようにして口にした。

天下の往来で、吐いたらどうしてくれるんだと、思いながら——しかし、硬めの米粒を嚙んだ瞬間、じわりと何かが沁みこむように体が楽になった。

「……あ？」

「効いた？　よかった。それ食べていいよ」

あらためて見上げる。よかったね、と笑っているのは、違う学校の制服を着た、知らない少年だった。

髪はかなり明るい茶色で、一目で染めてあることがわかる。いかにも軽い、けれどどこか育ちのよさそうな笑い方。

言われるままにおにぎりをかじると、すっかり不快感は消えた。

「何やこれ……急に楽になったんやけど」

「それ、仏様のご飯。仏壇にお供えとか、しない?」

「仏壇……実家にはあったけどな……」

少年は、最近は仏壇ない家も多いよね、と軽い口調で言って、ひょいと修司の目の前から一歩退(しりぞ)いた。

「霊感強いんだ? 気をつけたほうがいいよ。体調に影響出やすいタイプみたいだし」

え、と聞き返すのが聞こえたのか聞こえなかったのか、彼はふにゃっと笑って、「じゃあ」と片手をあげる。

「俺、待ち合わせしてるからさ。それ食べたら、ここ離れたほうがいいよ」

「あ……っと、ありがとな!」

「いいってことよー」

足取りまで軽い。布のショルダーバッグを揺らして、あっというまに走り去る。

立ち上がって見送った。立っても、もう眩暈はしなかった。

通りすがりの、それにしては随分と、「こういうこと」に慣れた様子の。

救いのヒーロー、救世主？

「……手合わせとこ」

とりあえず拝んでおいた。

仏壇の供え物が霊障に効くだなんて、初耳だ。いや普通は知らないだろう。馬渡たちに、知っているか聞いてみよう。

名前を訊いておくべきだったのではないかと、ようやく思い当たったが、白いショルダーバッグの彼は、もう影も形も見えなかった。

2.

土曜日の放課後、空と馬渡と三人で、例のビルへと向かった。馬渡はまた、かさばる機材を抱え、半分は修司に持たせて、うきうきと鼻歌など歌っている。

「不謹慎（ふきんしん）やないんですかセンセイ」

「何を言う。苦しみのループから少女の霊を救う、実に意義ある仕事だぞ」

「少女かどうか知りませんけど……」

「少女だそうだ。夏目が……ああ、話したよな？　新宿東の。あいつも視て、気になってたらしい。ビルの前で待ち合わせることになってる」

「へえ」

他校にまで、こんなうさんくさい研究会の会員がいるということが信じられなかった。

霊感の強い人間がそう簡単に見つかるというのも驚きだが、何よりその貴重なはずの人材が、いかにもインチキ研究者といった風体（ふうてい）の馬渡の研究会に入会するということが。

「伐は結局来ないんですか？」

空を心配するそぶりを見せていたから、今回ばかりはついてくるだろうと思っていた晴臣が同行しないことが意外だった。馬渡も一緒とはいえ、晴臣は修司と空が一緒に出かけることを好ましいとは思っていないはずだ。霊感があるとはいってもせいぜい三級の修司がついているだけでは、安全性の面でも不安なはずなのに。

「夏目がいるからだろ」

馬渡が、あっさりと答えた。

夏目という名前はよく聞くが、実際にどんな人間なのかという知識はほとんどない。夏目がいるから晴臣は来ない、という馬渡の言葉をそのまま信じるならば、よほど仲が悪いのか。晴臣の携帯電話に彼から電話がかかってきた現場に居合わせたことがあるから、交流はあるようだが。

「ああ、ほらあいつ。あそこだ。目立つからすぐわかるな」

言われて見ると、ビルの前の壁にもたれて、他校の制服を着た男子生徒が立っている。馬渡が片手をあげると、向こうも気づいて壁から背中を浮かせた。あれが「夏目」か。ひらひらっと手を振って笑う、彼の周りだけ空気が明るい。

空が、小走りに駆け寄った。

背の低い彼女に合わせるように、夏目はわずかに体を前へ倒すようにして、にこにこしながら何か話している。

ゆっくり歩み寄りながら、ずいぶん仲がいいのだなと複雑な気持ちで見ていると、夏目がふとこちらを向いた。

修司を見て、あ、という顔をした。近づいてその顔を見て、修司も気づく。

「あ……」

「もしかして、藤本修司くん？　君だったんだ」

人なつっこい笑顔。声にも覚えがあった。

通りすがりの親切なヒーロー。

「うん。あーそっか、藤本くんも現場下見に来てたんだ？　働き者！　にしても何か運命感じるよね、縁があるんだね」

よくしゃべる。まさに立て板に水だ。呆れ半分感心半分で聞いていると、馬渡が意外そうに口を挟んだ。

「何だ、知り合いか？」

「うん、昨日偶然ね」

「現場を下見？　藤本が？　やる気になってるな、いい傾向だぞ藤本！　それでこそ我が霊研の研究員だ！」

「……どーも」

何だかもうどうでもよくなってくる。

うなだれる修司を、空が、大丈夫？　というように見上げてきた。

ちょっと笑ってみせると、安心したように彼女も笑った。ほわりと、何かほぐれるように胸が温かくなる。

夏目が見ていることに気づいて、緩みかけた表情を引き締めた。

「仲良しだね」

何が楽しいのか、にこにこしながら夏目がそんなことを言う。仲良し、とはまた微妙な言い回しだ。

「……仲良し、なんか？」

「仲良しだよ。うん、仲がいいのはいいことだよね」

含みがあるのか、本気で言っているのか、判別できない。人当たりはいいし、何より初対面の印象が「救いの神」だったので、基本的には好印象なのだが、どうも読みきれない。ぽんぽんと弾むような軽いテンポにも慣れない。

自分よりもずっと空とのつきあいが長いらしい夏目に、「仲良し」と評されるのも複雑だった。

「あゆとも仲良しだから大丈夫」

空が、夏目の袖に触って言った。

「うん、そうだよね。仲良しだもんねー」

「あゆ……？」

どこのカリスマシンガーソングライターだ。

「あ、そっか自己紹介まだだね！　改めて。夏目歩です霊検は二級です！　よろしく」

「……藤本修司です」

差し出された手を、気圧される形で握り返す。

二級、ということは、晴臣よりも強いということだ。意外だった。

さすがはヒーロー、あなどれない。

何より、空が笑っている。

「あゆ、こないだ、ありがとう」

「ん？」

「おふだ」

「あぁ、うん。どういたしまして」

「おみくんと半分こした」

「そっかぁ。足りなくなったら言ってね」

会話の内容は全くわからないが、空の表情が明るいことはわかる。空は、教室にいるときなどの表情と、気を許している誰か（晴臣といるときは特に顕著だ）といるときの表情が全然違う。普段の彼女はあまり笑わないのだ。ぼんやりしている。それが、今は笑っている。夏目と会ってからずっとだ。

最近は修司にも、笑顔を見せてくれるようになった。彼女の笑顔がレアだと知って、修司は誇らしいようなくすぐったいような思いでいた。

だから、こうして、自分の知らない誰かと親しげに話す空を見ると、少し淋しいような気持ちになる。勝手だとはわかっていても。

（ていうか）

ビルの中に入り、数歩先を歩く二人を見ながら思う。

（なんで、俺に笑ってくれるんやろ）

そもそも、何故自分などに。

そちらのほうが不思議ではないか。

　空が特別だということはよくわかっている。だから彼女は、特別な誰かにしか、自分の世界を見せない。心を開かない。晴臣や、夏目のような、彼女を理解できる、彼女の世界に触れる資格を持った人間。彼らが選ばれたことは納得できる。しかし何故彼らと並んで、自分にそれが許されたのか。

　一目で特別だとわかった、空の異質さに気づいたそのときから、修司は彼女を苦手だと思っていたのに。自分とは違うとわかったからこそ、そう思ったのに。

「あれー？　藤本くん何かブルー？」

ぱぱっと目の前で手のひらを振られて、はっと我に返った。

　夏目がのぞきこんでいる。

　慌てて取り繕った。

「いや、……ぼーっとしとっただけ」

「ほんとにー？」

「何……」

「空ちゃんが心配してるよ？」

言われて見ると、確かに空がじっとこちらを見ている。

人の心が読めるのではないかと不安に思ったこともある、聡い彼女のことだ。気を抜けばすぐに見抜かれてしまう。……夏目と仲良くしているのを見て淋しくなったなんて、いくらなんでも情けなさすぎる。

取り繕う言葉を考えている間に、馬渡が間に入った。

「あー、そいつが陰気なのはいつものことだから気にするな。それより屋上にはどうやって行くんだ？　許可いるのか？」

「許可はいるかもしれないけど、ま、いーんじゃない？　エレベーター直通だし。見つかったら謝ればいいよ」

アバウトだ。

エレベーターに乗り込み、「R」のボタンを押す。動き出したときの浮遊感が、少しだけ、ビルの前で感じた感覚に似ていた。

「自殺霊は、理性がなくなっていることも多いから。何ていうか……前しか見えなくなってるっていうか。俺たちが話しかけても耳を貸さない、っていうかそもそも聞こえてないことがあるから、覚えておいて」

のぼるエレベーターの中で、夏目が口を開く。

修司は彼を見た。空や馬渡はそんなことは知っているだろうから、自分に言っているのだろう。

「……覚えとくけど、なんで？」

「説得できなくても、仕方ないってこと」

エレベーターの扉が開いた。

降りてすぐのところに、両開きの金属製の扉がある。ドアノブに、うっすら埃が積もっていた。長く使用されていないようだ。

鍵は、内側から自由に開閉できる形の簡単なものだ。馬渡がノブを回し、ドアを押し開いた。


屋上は風が強い。

二ヵ月切っていない前髪が眼鏡にかかって、目を眇(すが)めた。

制服のスカートがひらひらしているのが視えて、あ、と思う。

かなりはっきりと、視える。生きている人間でないことは、背景が透ける希薄な輪郭のおかげですぐにわかる。

「清蘭(せいらん)女子の制服だね」

夏目が言った。

何故見ただけでわかるのだと疑いのまなざしを向けると、「友達がいるんだよ」とごまかすように笑われた。

馬渡は、早速機材を下ろし、ごそごそといじり始める。「タンクの前にいるよ」と、夏目が少女の霊の居場所を教えた。

馬渡には、やはり視えないらしい。

夏目と空は、臆(おく)することなく、給水タンクの前に立つ少女の霊へと近づいた。

『あたしが視えるんだ』

セミロングの髪に手をやって、少女が口を開いた。

ぎょっとする。

(しゃべった)

口をきく霊は初めてだった。

「うん。視えるよ。清蘭の子だよね？」

『そうよ』

「俺は夏目。新宿東第一高校二年。よろしくね」

夏目は当たり前のように彼女と会話をしている。フレンドリーだ。握手までしそうな勢いだ。

しかし修司は混乱した。

エコーがかかったような、たとえるなら電話ごしのような、妙な響き方で彼女の声が聞こえる。死んでいるのだから、体はないのだから、声帯だってないはずだ。どこから声が出ているのだ、と、今さら科学と常識にしがみついてしまう。……視えていて聞こえている時点で、受け入れるしかないのだと自分を説得する。

「こっちが藤本修司くんでー、こっちは羽鳥空ちゃん。二人とも君のことが視える。あっちで何かいじってるのが、馬渡先生。彼には視えないけど、君がここにいることはわかってる」

『視える人なんて初めてかも。何しに来たの？』

「このビルから女の子が飛び降りるのが見えて、気になったから来たんだけど」

『あぁ』

少女は、なるほどというようにうなずいた。

すい、と長袖の制服に包まれた半透明の腕があがる。

『それ、あたしじゃないよ。……あの子』

指した先には、胸までの高さの鉄の柵と、……ぼやけた後ろ姿。

(女の子……？)

確認できないうちに、その後ろ姿は前へ倒れこむように揺らぎ、ふっと消えた。

「あ！」

『……もう何度目かな』

制服の少女が、呟いた。

『飛び降りなきゃって、それだけしか残ってないみたい。何度繰り返しても、また戻ってくるの』

「話、できるかな」

『無理だと思うよ。あの子、あたしの声だってろくに聞こえてない』

夏目が少女と話している間、空はずっと、柵のほうを見つめていた。

馬渡が近づいてきて、夏目から事情を聞く。

馬渡はしばらく考えて、埃で薄汚れた鉄柵を見やり、

「あの柵に結界を張って、飛び降りられなくするってのは？」

「柵にだけ近づけなくしても意味ないと思う。混乱するだけ。窓からでも隣のビルからでも、飛び降りることは続けるだろうし……最悪、目的も何も見失って動物霊みたいになっちゃうかもしれない」

「本職に任せるしかないか……？」

「うん……説得は、難しいかもしれない」

少女の消えたあたりを見つめながら、夏目が言った。

空が時々見せる表情に似ていた。

何かを悼むような、それを押し殺してわざと感情を隠すような、妙に大人びた表情だ。

夏目は空と似た人種なのかもしれないと思った。

声をかけることができなかった。


『ねえ』

少女の声が、夏目を振り向かせる。

『あたしが、連れてってあげてもいいよ。あの子』

「え？」

両手を体の後ろで組んで、少女が首を傾け、夏目と修司を見比べるようにしながら続ける。

『あたしは、わかってるもん。なんか本能みたいな感じで、どこに行けばいいのかみたいなのが』

彼女の意図するところに気づいたのか、空も柵から目を離して少女のほうを見た。

『あたしと一緒なら、あの子も行けるかも。あたしと一つになって、えーっと、成仏？　っていうんだっけ。あは、自分で言うと何か変なの』

それはつまり、……彼女が、さきほどの自殺霊と「一緒に成仏してあげる」、ということらしい。そんなことが可能なのか。

夏目を見ると、顎に手をあてて考えるように黙っている。

(泳げへん人間が、泳げる人間につかまって岸にたどりつくみたいなもんか？)

黙りこんだ夏目に、馬渡が作業の手を止めて声をかけた。

「どうした？　夏目」

「……ここにいる女の子が、自殺した子の霊を一緒に連れていってもいいって言ってる」

「へえ？　よかったじゃないか。できるのか、そんなこと」

「できる、……と思う。できるんだよね？」

最後の言葉は少女へ向けた確認だ。少女は自信たっぷりにうなずいた。

『あたしが成仏するときに、一緒に連れてってあげるってことでいいなら。でもあたし、まだ成仏する気はないけど』

その一言でようやく思い出した、彼女も幽霊なのだ。つまり、彼女もこの世に未練を残して止まっている。無念さだとか恨みつらみだとか、負の感情をまとった霊ばかり見てきたせいで、目の前にいる彼女が同じ存在(もの)だとはなかなか思えなかった。そもそも、当然のように会話が成り立っていることに、頭がついていかない。もともと柔軟なほうではない。

「今すぐってわけにはいかないけど、いずれは彼女も救われる、ってことかな」

『それまで待ち続けろって言ってるわけじゃないよ。ギブアンドテイクっていうのは？　あたしが成仏できるように、協力してよ』

　夏目が目を瞬かせた。

　馬渡には聞こえていないので、修司と夏目が、黙って顔を見合わせる。

幽霊から、取引を持ちかけられるとは思っていなかった。夏目にとっても、その提案は意外なものだったらしい。

「……俺たちにできることなら」

　修司の次に空と視線を交わし、二人に促される形で、夏目が応える。

もとより、成仏できずにいる霊を救済できればとそれが目的でここへ来たのだ。

少女の霊は、死んでいるとは思えないような明るい声で「ラッキー」と笑った。

『あたし、デートってしたことないの。友達に他校の男の子紹介してもらう約束だったのに、その前にそこの下の道で事故って死んじゃったから』

　自分の死因を、ずいぶんと簡単に告げてくれる。言葉を挟めずにいる修司と夏目を、下からのぞきこむように見て、しばらくの間品定めでもするように視線を止めてから、唇の端をあげた。

『夏目くんと、えーと、藤本くん？　どっちでもいいし、あっちの先生でも……あ、でも年の差ありすぎて援交っぽいかな。うん、……じゃあ、高校生限定。あたしとデートして。彼氏彼女っぽいことしたい。一日中手つないで歩いて、色んなとこに連れてって』

修司は、半透明な少女の体をまじまじと見てしまう。向こうの景色が透けて見える、その体。

（デート？）

色々な所へ連れて行く、彼氏彼女のふりをして、一緒に歩く。

幽霊とカフェでお茶。（飲み食いはできるのか）幽霊とカラオケ。（マイクは持てるのか）幽霊と映画。（これはなんとかなりそうだ）幽霊と手をつないで歩く。（いくらなんでも無理だろう）

……一体どうやって。

空が、馬渡に少女の言葉を伝えている。

夏目は何を考えているのか、少しの間黙っていたが、

「うん、オッケー」

ほんの短い考慮の後に、あっさりと笑顔でそう言った。

「せっかくだから、日を改めてってことでいいかな？」

『うん、いいよ』

安請け合いして大丈夫なのかと不安になりながら夏目を見るが、彼はにこやかに少女と向き合っている。

幽霊とデート、という提案に色めき立った馬渡を振り向いて、「今日のところは帰って計画立てなくちゃ」と苦笑を見せた。

デートの約束だけを取り付けて、今日はこれで帰るらしい。夏目が何を考えているのかはわからないが、ひそかに安堵する。長く幽霊のそばにいたせいか、そろそろ頭が痛くなってきたところだった。

ごく軽い頭痛とはいえ、数分でこれでは、まる一日デートするなど考えただけで肩が重くなる。そもそも、実体のない幽霊相手に、デートというものが成立するかどうかに疑問があるが。

「じゃあ俺たちはとりあえず、今日は帰るけど……その前に、」

空と修司を促して先に退出させながら、「大事なことを忘れてた」と、夏目は少女に向き直った。

「名前教えてくれる？」

少女は一瞬意表をつかれた顔になり、それからすぐに笑顔になって、沢口由香菜、と答えた。

＋＋＋

わざわざ休日の学校の図書室に集まり、笛子の淹れてくれたお茶を飲みながら、馬渡が口を開く。

「で、『由香菜ちゃん』とのデートだが」

「どっちが行くんだ？　藤本は、長い間霊の近くにいるとすぐ疲れるからな。やっぱり夏目か」

「うーん、俺が行ってもいいんだけど、それだと『手をつなぐ』っていう彼女の要求が問題になるんだよねー」

カップを手渡してくれた笛子に全開の笑顔を向けて礼を言ってから、夏目がそう答えた。

笛子は、人数分のお茶を用意すると、テーブルの端の席で図書カードの整理を始める。慣れた手つきでカードを分けていく彼女を横目で見ながら、修司はカップに口をつけた。

「霊に、触ることまでできる奴がいるん？」

「いないよ？　少なくとも俺の知る限りでは。実体化した霊は別だけど、由香菜ちゃんみたいなタイプには触れない」

「実体化？」

「うん、ほら、怪談で、霊に腕つかまれたとか、首絞められたとか、そういう話あるでしょ。指の跡が残ってた、とかさ」

「あぁ……聞くなぁ」

「うん、そういうの。人に触れる霊もいるってこと。でも、由香菜ちゃんは強い恨みとかを持ってこの世に焼きついてるわけでもないし、まだ霊になって何十年もたってるってわけでもないしね。体が半分透けてたし。俺にも触れない」

「そやったら、どうするん。触れへんのに手はつなげへんやろ」

「触れないんなら、触れるようにすればいいんだよ」

「できるん？　そんなこと」

「できないことはない」

　馬渡がテーブルの上に乗り出して、言ってみろ、と夏目を促す。夏目はお茶をすすりながら、右手のひとさし指で修司を示し、たとえば、と口を開いた。

「たとえば、由香菜ちゃんが俺に乗り移って、藤本くんとデートする」

「は!?」

「逆でもいいけどね」

「…………」

「たとえば、だってば」

夏目と自分が手をつないで歩いている図を想像してしまった。

修司の表情を見て、夏目が苦笑する。

「一日中霊に乗り移られたままでいる、っていうのは俺も避けたいし、第一藤本くんはあんまり長時間由香菜ちゃんと一緒にいると体調崩しちゃうだろ？　逆でも同じことだし。でも、由香菜ちゃんが生きた人間とデートするためには、誰かに乗り移るしかないんじゃないかな」

馬渡が、なるほどなぁと腕を組んだ。

修司は、隣に座っている空を見る。いつだったかこの図書室で、好きな本を最後まで読めずに死んだ少女のために、ページをめくってあげていた。少女の霊を自分の体に乗り移らせてあげればよかったのだけれど、と、そういえば言っていた。あのとき。

(わたしが受け入れれば、乗り移らせることはできたんだけど)

(長い間そのままでいると、危ないから)

そんなことを言っていたのを、思い出した。

「そう、か……できるんや」

うん、と、夏目がうなずく。

「本人が受け入れれば、乗り移らせることはそんなに難しくはないんだ。でも霊の気が変わったりして乗っ取られる危険があるから、ある程度対抗できる精神力の強い人間じゃなきゃできないし、それに、体力も消耗するからそんなに長時間は乗り移らせてはいられない。長く乗り移らせたままでいると、妙に体と霊が同化しちゃって、離れにくくなっちゃうっていう危険もあるしね」

それは相当危険なのではないか。

空がそれを禁じられていたのもうなずける。

修司が表情を固くしたのを見てとったのか、夏目はにこりと笑い、安心させるように軽い調子で続けた。

「でも、幸い、霊研には人材が豊富なので」

「そうか。体を貸す役を数人用意して、一、二時間ずつ交代で乗り移るようにすればなんとかなるな」

短時間なら、乗り移らせても危険はないらしい。……と、思いたい。

うかがうように夏目を見ると、携帯を取り出して何やらいじりながら、「だね」などと馬渡の言葉に相槌を打っている。

「でも、やっぱりデートの相手はころころ変わらないほうがいいと思うんだよ。彼女に体を提供するほうは仕方ないけど、彼女から見たデート相手は同じ人じゃないとね。デートらしくないだろ？」

ぱちんと携帯をたたんで、夏目が言うと、馬渡がやる気満々に膝を叩いた。

「そうだな。よし、俺が」

「犯罪です」

図書カードの整理にいそしんでいたはずの笛子が、ごく冷静な声で一言突っ込む。皆の視線が彼女に集まるが、彼女は馬渡のほうを見向きもせず、作業の手を休めない。聞き間違いかと思うほどだ。

「俺が」

「それではデートというより援助交際です」

気をとりなおして再度提案を試みた馬渡の言葉を、ばっさりと切って捨てた。

笛子いわく、彼女は図書委員としてここにいるのであって、霊研の研究員という肩書きは馬渡が勝手に押し付けたものである。だから、積極的にこういった話し合いに参加することは少ないが、何故か彼女には陰の実力者の風格がある。

馬渡は、残念そうに肩を落として、いけると思うがなぁと呟いた。腕を伸ばして、夏目が慰めるようにその肩を叩いてやる。

「うん、でも、由香菜ちゃんも、高校生がいいって言ってたからさ。センセーの大人の魅力はまたの機会に」

「幽霊少女とデート……」

「あきらめてください。第一、先生は仮にも普通の人間なんですから、長時間幽霊とデートなんておすすめできません」

切れ味抜群のもう一声。

未練がましい声をあげていた馬渡は、仕方ないなとため息をついた。納得したようだ。

「研究員の、俺を心配する気持ちに免じてここは引き下がるとするか……」

「私は図書委員ですけど、そうしてください」

研究員としてカウントするなと釘を刺しつつ、笛子は何ごともなかったかのように作業を続ける。クールビューティーや、と修司が心中で呟いたとき、ばたんと音をたてて準備室の扉が開いた。

笛子を除く全員の目がそちらへ向く。入ってきたのは、携帯電話を片手に持った伐晴臣だった。

夏目が、「やっ」とにこやかに片手をあげる。

「……おい、夏目」

「早かったね、伐くん。もしかして学校にいた？」

「おい夏目」

「何？」

晴臣はずかずかと歩み寄って携帯電話を夏目に突きつけ、これはどういうことだ、と低い声で言った。

夏目は平然と笑って、

「うん、文面の通り。人数多いほうがいいからさ、伐くんも参加してくれれば四人になるから、ローテーションで体提供。人助け人助け」

「あのなぁっ……！」

まぁまぁ伐くん落ち着いて、などと笑っていられる夏目は実は大物なのかもしれない。修司は一歩ひいた場所からその様子を観察していたが、空が黙って近づいて、晴臣の服のすそを引いた。

晴臣はすぐに気づき、夏目を問い詰めるのをやめて空を見る。

「おみくんは、そういうの好きじゃないのに、無理しなくていい」

「……………」

「でも、わたしは、貸してあげていい？　一時間か、二時間だけ。あゆもいるから、危ないことないと思う」

晴臣は、自分が体を貸すかどうかだけでなく、空にそれをさせることに関して不満を持っていることは明らかだった。むしろ後半のほうがウェイトは重いかもしれない。

修司はやはり、黙って見ていることにした。晴臣がどういう決断をするか、興味があった。

「空ちゃんが彼女に体を貸してる間、俺たちは距離を置いてずっとついてくから。危ないことはさせないって約束するよ」

「その点について、おまえを信用してないわけじゃない」

晴臣は苦々しげに呟いた。意外な反応だ。

見守っている(というよりは傍観している)室内の面々を一瞥し、

「四人ってのは、俺、空、おまえにそこの眼鏡だろ。一人に何時間割り振るつもりだったんだ」

そこの眼鏡、というのはもちろん笛子ではなく修司を指して。

多少は腹が立たないこともないが、彼の毒舌(どくぜつ)には慣れてきた。失礼な発言は聞き流すことにした。

「一時くらいに待ち合わせて、五時に別れるような感じで……だから一人一時間かな。伐くんが参加できなそうなら、慣れとか体質とかも考えて、俺が二時間引き受けて、あとの二人は一時間ずつ、ってするつもりだったんだけど」

「つまりその分おまえに負担がかかるわけだろ……」

晴臣は嫌そうに深く息を吐いた。

夏目は笑いながら頭を掻いている。

「俺が、空にやらせるのも駄目だっつったら、おまえ一人で三時間憑依させるつもりだっただろ」

「いや、まぁ……うん。平気だよそれくらいは」

あきらめを含んだ、二度目のため息。

「おまえに任せときゃなんとかなるかと思ってたのに、結局引っ張り出されるのかよ俺も……」

「あははーごめんごめん、頼りにしてるってことだよ伐くん♪」

あれ、と、修司は思う。

予想とは大分違う。

仲良しだ。普通の友達だ。

意外だった。

「……友達おったんやな」

「喧嘩売ってんのか眼鏡」

思わずもらした感想に、馬渡が無遠慮な笑い声をあげた。晴臣がぎろりと修司を睨む。

夏目も笑っている。

しかし、つくづく、意外だ。

晴臣は、夏目のようなにぎやかなタイプは苦手だろうと思っていた。なれなれしくされるのも、うるさくされるのも、晴臣は嫌う。

由香菜に会いに行くときに、夏目がいるから晴臣は来ないと馬渡が言っていたのも、そういう意味だと思っていた。しかし違っていたようだ。

あの言葉の意味はつまり、彼がいれば自分が行かなくても大丈夫だと、夏目を信頼しているということ。……晴臣に信頼できる友人がいるということ自体も意外だが、それが夏目だというのがもっと意外だ。

晴臣が、ものすごく激しく人間を選り好みする人間であることは、短いつきあいでもよくわかっている。

空がなついていて、晴臣が心を許している。夏目歩は、見かけ以上にあなどれない男であるらしい。

晴臣は、今回だけだからな、とこめかみに手をあてながら呟いた。

「仕方ねえから協力してやる。一時間だけだ。言っておくが、相手役はやらねえぞ面倒くさい」

「うん、一時間で十分だよ。ありがと」

「どうすんだ、相手役は。一番適任なのはおまえだろうが、おまえは体貸すほうをやるんだろ。そこの眼鏡はすぐバテやがって使えねえし、馬渡がやるのか?」

「それはさっき、清水さんに却下されたとこ。彼女はデートがしたいのに、援助交際みたいになっちゃうって」

「確かにな……」

テーブルの端の席で馬渡がすねていたが、誰も気にする者はいない。

晴臣まで口説き落としたやり手の霊感少年は、カップを両手で包むようにして持ち上げ、「大丈夫」と笑った。

「適任者に心あたり、あるから」

3.

日曜日空いてる? と、夏目からメールが来た時点で嫌な予感はしていたのだ。

嘘でも何でも、その日は予定があると言って断ればよかった。筒井遥(はるか)は、ついうっかり正直に暇だと答えてしまったことを悔やみながらバスから降りた。

「筒井筒井！　ここ！　来てくれたんだありがとー」

ぶんぶんと手を振りながら夏目が駆けてくる。

「俺が来ないかもなんて考えてもいなかったくせによく言うな」

「うん、信じてたよ筒井♪」

「調子いい……」

息をついたところで、夏目の後ろに、見たことのない顔がいくつか並んでいること に気がついた。夏目から、九条高校の生徒たちと協力して何かするということは聞い ている。その中に教員らしい男（教職につく人間には見えなかったが、明らかに生徒 ではなかったので教員なのだろう）を見つけ、慌てて会釈をした。

「あ、紹介するね。筒井、九条高校霊研ご一行さま。伐晴臣くん、羽鳥空ちゃん、藤 本修司くん。と、霊研の会長の馬渡先生」

「どうも……筒井です」

「やあ、はじめまして！　そうか君が筒井遥くんか！　夏目から話は聞いている」

生徒たちの誰より早く、夏目が馬渡と呼んだ男が進み出て筒井の両手をがしりと握 った。

思わず引き気味になりながら、なんとか「どうも」とだけ返す。

馬渡の後ろで、目のきつい美形と華奢な少女と眼鏡をかけた黒髪の少年がこちらを見ている。美形は機嫌が悪そうだったし、少女は興味がなさそうだったし、眼鏡は何だか疲れたような顔をしていた。左から順に、伐、羽鳥、藤本、だったか。

「君は霊的不感症らしいな！　それだけじゃない、悪意を持った霊の怨念を無効化できるって？　つまり、君はどんな霊のそばにいても、心霊スポットの只中にいても、まったく影響を受けないってことだ。それどころか君のそばにいれば、霊感の強い夏目でも霊の影響を受けにくくなる。体質だろうな、家系が関係してるのか？　悪いが今度君の家の家系図を」

「馬渡。本題」

美形——伐晴臣が、不機嫌そうに腕を組んだまま馬渡のマシンガントークを遮る。

馬渡は、おおそうだった、と姿勢を正す。筒井の手を放すと、今度は両肩にその手を置いた。

「FAXで送ってもらった、あの検定。未だかつてない興味深い結果が出た」

有望な選手を発見したスポーツコーチのような真剣な顔で、筒井を見すえる。

「四級五級六級も通りこして、ゼロポイント。……規格外だ。夏目から話は聞いていたが期待以上の結果だ。すばらしい。君のような人材を待っていた！　是非我が霊研の」

「おい。それも本題じゃねえだろ」

　眉間に皺をよせ、いらいらと靴先を鳴らしながら伐が再び声を投げた。

　藤本もため息をついていたが、話に入ってこようとはしない。羽鳥空、と呼ばれていた少女は、そもそも何も聞いていない様子で、ぼんやりと宙を見ている。それぞれ、反応の仕方に性格が出るものだ。

「つまりね」

　笑いながら、夏目が馬渡の代わりに説明役を買って出る。

「つまり、筒井の、霊に影響を受けない特殊な体質を活かして、ちょっとした人助けをしてほしいってこと。ここにいる三人は、っと俺を入れて四人だけど、その手伝いをするから」

　夏目は、「人助け」の内容について話し始めた。まずはことの発端、交通事故で死んだ少女がいること、彼女は男の子とつきあったことがなく、デートをするまで成仏できないと言っていること、普通の人間では、長い間幽霊のそばにいると気分が悪くなることもあるので、その役目は筒井にしかできないということ。

「俺たちの体に、彼女が乗り移って、筒井とデートする。長時間霊を乗り移らせたままでいるのはあんまりいいことじゃないから、一時間ごとに交替する。筒井は、ただ、普通のデートをしてくれればいいから」

「普通のデートって……会ったこともない子と」

「別に、口説き落とせとか夢のようなデートで夢中にさせろとか言ってるんじゃないよ。ふつーの、高校生らしい、健全ーなデートでいいんだから。友達に紹介された女の子と、一日遊ぶっていうのを想定してみればいいよ」

「そういう器用な対応できねえんだよおまえと違って」

「いや別にテクニックとか求めてないし」

あっというまに誰とでも仲良くなれる夏目なら、知らない女の子とデートの真似事をするくらいわけないことだろう。むしろそれを楽しむくらいの余裕はあるに違いない。しかし自分は、クラスメイトの女子ならともかく、顔も知らない女の子と一日過ごせと言われて、そつなくこなす自信はない。

「緊張するだろ……」

情けないとは承知しながら正直に言うと、夏目はひらひら手を振った。

「大丈夫大丈夫、外見は俺だから」

そうだった。

知らない女の子とデートする、ということに加え、外見は男なのに女の子としてデートしなければならない、という関門があった。緊張はしないかもしれないが、別次元で色々と不安がある。

これも、夏目ならこなせそうだ。おまえがやれ、と言うと、「俺は彼女に体貸すほうの要員なの」とあっさり断られた。

「馬鹿みたいに見えるかもしれないけど、真剣なんだ。由香菜ちゃんと、もう一人の女の子が成仏できるかどうかが、このデートにかかってる。……頼むよ」

う、と返す言葉に詰まった。

何故自分が、と思ったが、考えてみればここにいる全員がボランティアのようなものだ。夏目にしてみても、彼の得になることは何一つないのに、今こうして筒井に、「頼む」と言う。振り回されている自覚はあるが、お人よしというなら自分よりもまず夏目のほうだろう。

そう気づいてしまえば、もう、邪険にはできなかった。

「……わかった」

うなだれて負けを認める。

思えば、そもそもこの場に来てしまった時点で、勝敗は八割方決まっていたのだ。

「筒井ならそう言ってくれると思ってたよ！　ありがとう！　筒井かっこいい！

潔い！　男前！」

「あーはいはい……」

馬渡が、ばんと筒井の背中を叩く。

そろそろ一時だぞと、伐が言った。

「待たせてんだろ。その、由香菜って女」

「うん、行こ。……っと、筒井」

歩き出しかけたところで、夏目が足を止め、

「いっこだけ注意ね。戸惑うとは思うけど……体が俺とか伐くんでも、中身は女の子だからさ。気をつけてあげてよ」

つくづく気の回る男だ。

絶対おまえのほうが向いてるぞと呟くと、筒井ほどじゃないと思うよと軽口で返された。

＋＋＋

駅前のファストフード店の前で、待っているように言われる。

その場にすでに、デート相手の少女は来ているらしいが、筒井に彼女の姿は見えない。

見えない彼女と、夏目と藤本が何やら話している間、筒井は手持ち無沙汰（ぶさた）でぼんやり立っていた。

「一時間ごとに交替するんだよな。最初は誰がやるんだ？」

たまたま目が合った伐に尋ねる。

彼は、かたわらに立つ少女を目で示し、

「……空だ」

と答えた。

その様子から、なんとなく、彼がこの「デート」に大賛成しているわけではないらしいことを悟る。それはそうだろう。

自分の胸あたりまでの身長しかない小柄な少女を見下ろし、

「えっと、……羽鳥、だっけ」

少女は顔をあげた。伐の目線が、わずかに動く。

「俺のデート相手に体を貸すってことは、体だけは俺と一緒に一時間過ごすってことで……その、多分、手とか、触ることになるかもしれないけど。初対面の男に、真似事でも手握られたり、もしかしたら一緒に歩いてるのを人に見られたりするのも、嫌かもしれないけど……なるべく、体には触らないようにするから。ごめんな」

手をつないで歩けとは、夏目から伝えられた「彼女」——由香菜という少女の意向だ。しかし空にしてみれば、知らない男と手をつないで歩いたり、彼氏面でべたべたされたりするのは抵抗があるだろう。本人にその間の感覚はないにしても。

空はきょとんとした顔で筒井を見上げている。伐も、意外そうに筒井を見た。

「伐も、悪いな。不必要にべたべたはしないから」

「……何で俺に言うんだ」

「え……いや、なんとなく。羽鳥を心配してるのかなと思ったから。悪い、違ったか？」

伐が黙った。

怒らせたかと思っていると、空がにこりと笑った。

それまで表情が定まらなかったのが、不意に、花の咲いたように。

つつい、と、どこかたどたどしい発音で彼女の声が呼んだ。自分の名前だと気づくのに二秒かかった。声を聞くのはこれが初めてだ。

「つつい、……下の名前は何ていうの」

「……遥」

馬渡がさっきフルネームを呼んでいたのだが、彼女は聞いていなかったらしい。

筒井が答えると、はるか、と繰り返す。

「きれいな名前。……はるか、優しいひとだ。よかった」

不思議なことを言う子だと思った。

けれど「よかった」と言った彼女が、本当にとても安心したような、嬉しそうな顔をしたから。

「あ、ありがとう？」

照れながら、それだけ返す。

悪くねえなおまえ、と、腕組みをしたままの伐が言った。

「じゃ、空ちゃん来てくれる？　筒井はそこにいて。俺たちはお邪魔だから離れてるから、由香菜ちゃんが来たらデート開始ね！」

「……わかった」

空が、夏目に呼ばれてそちらへ歩いていく。伐も一緒だった。筒井は一人、その場に残されることになる。

見るなと言われたわけではないが、なんとなく見ないほうがいいような気がして（たとえるなら、手品の仕込みをしている最中のステージから目を逸らすような）、夏目や空のいるほうとは反対側を向いて待った。

「お待たせっ」

声をかけられて、振り返る。

笑顔で立っているのは、両手を体の後ろで組んだ、空。——いや、空ではないのか。

夏目に何度も念を押された、「彼女」の名前を思い出す。

「あー……と、沢口？」

「うん。でも、由香菜でいいよ。それか、ユカって呼んで」

「俺は、」

「筒井遥。でしょ。遥って呼んでいい？」

「……呼びたいなら……」

「じゃあ、ダーリンとか」

「名前で。遥でお願いします」

「おっけーハルカ♪」

もしかしたら夏目を女の子にしたようなタイプだろうか。デートの前から疲労が押し寄せたが、深く考えないことにした。

（それにしても、）

さきほどまでの羽鳥空とは、明らかに別人だ。

夏目たちの姿は見えないが、おそらく離れたところから見ているのだろう。

伐たちの反応が怖いなぁと思いながら、「由香菜」に手を差し出す。

「……じゃ、行こうか?」

「うん」

由香菜が嬉しそうに、その手を握った。

＋＋＋

由香菜は、駅を出てすぐのところにあるアクセサリーショップに筒井を引っ張って入った。ごく平均的な男子高校生である筒井にはなじみのない店だ。客の九割が女性だった。

居心地の悪さを感じていると、くいと腕を引かれた。

「ね、ハルカ見てこれ！　超可愛くない?」

筒井の腕に細い腕を絡めているが、身長が低いせいで半分ぶら下がるような格好になっている。

見てと言われて素直に見ると、鎖の先にきらきらしたガラス玉が何連にもさがったピアスだった。

「耳、あけてるのか?」

「あ」

店内備えつけの鏡に映った、「羽鳥空」の耳にはピアス穴はない。それに気づいて、由香菜はしゅんとした。ピアスをつけられないということよりも、その体が自分のものではないということを、改めて自覚したからかもしれない。

弟妹の世話をし慣れているせいか、自分より小さいものがしょげているのを見ると、慰めなければいけないような気になってくる。

うつむいた彼女の小さな体がよけいに小さく見えて、筒井は思わずその頭に手をのせた。

由香菜が顔をあげる。

その体の横から腕を伸ばして、陳列棚の商品を手にとった。

「俺はこれが可愛いと思うけど」

彼女の手にのせる。

花の形をしたものと、きらきら光る石が並んだものが、セットになっているヘアピン。

由香菜は、驚いた顔で筒井を見、それからじっと手の中を見た。

「俺はさっきのピアスより、そっちのが似合うと思う」

「……可愛い」

よかった、笑った。

彼女の手からピンをすくいとって、レジにいる店員に渡す。

「すみません、これ。ください」

「九百円になります」

「はい」

「え、うそ、いいの!?」

横で何か慌てている由香菜にはとりあわず、代金を払う。包装を断ったヘアピンを受け取り、由香菜の手のひらに落とした。

「え、だって……なんで?」

「……デートだから」

照れられるとこっちも恥ずかしい。

妹にするのとはわけが違う、今さらになって、ずいぶんと気障な真似をしたような気がする。

「この店ちょっと恥ずかしいから、出たいんだけど」

「あ、うん、……ちょっと待って。これ今つけたい」

由香菜はピンをとめてある厚紙を外して、鏡を探し始める。空いている鏡を見つけてそちらへ行きかけたところで、あ、というように足を止めた。鏡を見ても映るのは羽鳥空の顔だということを、思い出したのだろう。

「ハルカ、つけてよ。ハルカが買ってくれたんだし」

さっきまでより高くした明るいトーンの声で、振り向いて言った。

「俺、あんまりそういうの器用じゃないんだけどな……」

「いいから、早く！」

ピンを渡され、はい、と言って頭を差し出された。

（……はいって言われても）

仕方ないので、飾りのついたピンで、左耳の上の髪を留める。二度失敗して、三度目できちんと留まった。右側は一度できれいに留まった。母親の手が空かないときに、何度か妹の髪を結んでやったことがあるが、由香菜の——空の？——髪は、小学生の妹の髪より細く柔らかくて、強く引っ張れば切れてしまいそうだった。慎重に扱った。

「できた？」

「一応」

由香菜は鏡で確かめることはせずに、両手をそっとピンにあててみる。

「うん。上手ー。こういうの慣れてる人？　いっつも彼女にやってあげてんの？」

「妹がいるんだよ」

それに、

「今日は沢……ユカが、『彼女』なんだろ」

「そうでした！」

由香菜は飛びつくように筒井の腕に抱きつき、

「次つぎ！　カフェ行くよダーリン！」

「おー」

小さな体に引っ張られるように店を出る。

カフェに入る前にふと振り返って見回すと、カレー専門店の看板の陰から、四人の男がこちらを見ていた。

馬渡が手を振っている。由香菜がせかしたので、他の三人がどんな顔をしているかは確認する暇がなかった。

＋＋＋

筒井と由香菜がカフェに入っていくのを見届け、監視役の四人はぞろぞろと看板の陰から歩み出た。

「なかなかやるなぁ筒井」

あれは惚れちゃうねぇ、とわざとらしい仕草で顎に手を当てながら夏目。

「羽鳥が『ダーリン♪』とか言って飛び跳ねてるのはなかなか斬新だな」

「……あれは空じゃねえだろ」

「カルチャーショックやわ……」

呆然としている修司の横で、いつものポーズ（腕組みプラス片足に体重をかけるモデル立ち）で立っている晴臣に、馬渡が意外そうに眉をあげる。

「思ったより平気そうじゃねえか晴臣。腕組んでたぞさっき？　いいのか？」

「こいつよりはマシだ」

「なんやそれ！」

「いやぁ筒井はすごいなぁ、人徳だね」

「俺が何したって言うんや……」

デートの邪魔にならない程度に距離を置いて、しかし見失わないようについていかなければならない。万が一、空や筒井の体に変調があったときのため、いつでも対応できる距離にいなければ。

しかし、今のところ、その必要はなさそうだった。

壁の一面がガラス張りになっているので、店内の様子はよく見える。丸いテーブルを挟んで向かい合った二人は、楽しそうに何やら話していた。恋人同士というよりは、仲の良い兄と妹のように見える。

「そろそろ一時間経つけど、全然平気そうだな。あれだけ接近しても顔色一つ変わらんし」

「他の幽霊が由香菜ちゃんの周りに集まってくる気配もないしね」

雑多な霊が集まってくることを危惧していたのだが、その心配も無用だったようだ。これも筒井の体質のせいだろう。

全く羨ましい話だ。修司は、身振り手振りを交えて話している由香菜と、相槌を打つように時々うなずく筒井をガラスごしに見やった。

「藤本、次はおまえの番だからな。そろそろ飲んどけ」

馬渡から、白い錠剤を渡される。睡眠導入剤を飲んでおくと、幽体離脱しやすくなるらしい。

「俺、偏頭痛持ちやからな……」

睡眠導入剤の類を飲んで眠らずにいると、頭が痛くなったり気分が悪くなったりするのだ。気が進まない、と呟きながら錠剤を手のひらの上で転がす。

「飲んでおいたほうがいいよ？　藤本くん、憑依されるの慣れてないし。藤本くんの体質だと、薬飲むより気持ち悪くなるよ」

「……………」

「俺がぶん殴って気絶させてやってもいいぞ。意識がないところに乗り移るのが一番楽だ」

「……飲みます」

夏目に続いて晴臣にまで、有難い助言（？）をもらってしまっては仕方ない。おとなしくうなずいて錠剤を口に入れる。夏目がミネラルウォーターのボトルを渡してくれた。

「じゃ、伐くん、あと十分くらいしたら来てって、空ちゃんの携帯に連絡入れてくれる？　藤本くんと交替」

「わかった」

晴臣が携帯電話を取り出していじり始める。

待ち合わせ用の広場へ移動して、待つことになった。

二人がけのベンチに座るよう、夏目に勧められる。

「藤本くんは楽にしてて。力抜いててね。眠くなったら寝ちゃってていいから」

「そう言われてもなぁ……」

「俺たちも手伝うから大丈夫だよ。あんまり身構えちゃうと、由香菜ちゃんが入りにくいからリラックスしてて」

リラックスしろと言われると、逆に肩に力が入る。それでも、薬の効果か、なんとなく体が重くなってきた。

「あの子が俺の体に入っとる間、俺の意識はあるん？」

「寝てる間に入った場合は、普通は本人の意識はないけど。ぼんやり、意識があるときもあるよ。そういう場合は、そうだなぁ、ちょっと高めの視点から、自分の体の行動を見てるみたいな感じかな」

「意識があるのに、体が自分の意思では動かんわけやろ？　変な感じやな」

「うん、でもぼんやりして……夢を見てるような感じだよ。あんまり意識がはっきりしてきちゃうと、由香菜ちゃんを追い出して藤本くんが体に戻っちゃうこともあるから、気をつけて」

どう気をつければいいのだ。ベンチの背もたれに体を預けた姿勢で、恨みがましい目を夏目に向ける。

「朝とか、ぼんやり目が覚めても、もうちょっと寝ようと思うと寝られるだろ？　でも、起きなきゃ、って思うと目がさえちゃったりする。そういう風に、意識がはっきりしてきたらコントロールするんだよ」

「……やってみるけど……」

「薬も飲んでるし、一時間だけだしね。大丈夫だよ」

そうこうしているうちに、由香菜がやってきた。彼女一人だ。筒井のことは、カフェに置いてきたらしい。

オレンジ色の石のついたヘアピンと、同色の花の形をしたピンが、両サイドの髪を留めている。髪形が少し違うだけで、いつもの空とは違って見えた。

いや、そもそも、空ではないのだ。

軽い足取りで駆けてくる、「お待たせ」と笑う、その仕草一つとっても空とは違う。

薬のせいでぼんやりした頭で、近づいてくる彼女を眺める。

夏目が、「お疲れ様」と彼女を迎えた。

「どう？　デートは」

「いい感じ！　ハルカ超優しいし！」

「それはよかった。じゃ、一回その体から出てくれる？」

うん、と元気よく応えた後、由香菜はすっと息を吸い込み、目を閉じる。

空の体から煙のようなものが抜け出て、由香菜の姿を形作った。

力の抜けた空の体を、後ろで控えていた晴臣が支える。

幽体の離脱する瞬間を目撃してしまった。どんどん心霊現象に関わる経験値が上がっていくなと、頭のどこかで他人事のように思った。

由香菜が抜け出た直後は体に力が入らない様子だったが、空はすぐに目を開いて、ベンチに座った修司のほうへ歩いてくる。

「……お疲れさん」

ろくに回らない舌でそう言うと、空はこくりとうなずいた。

「交代」

「せやな」

修司が座っているせいで、いつもよりも目線が近い。

空が自分の髪からヘアピンをとり、修司の伸びすぎた髪をすくって留めた。

こめかみに空の指が触れ、どきりとする。ごく間近で、空のくせのない髪が揺れた。

「はい」

両サイドの髪にピンを留めつけて、空が離れる。

手で触ってみると、自分の髪に固いピンの感触。何とも複雑な気分になった。

「うん、けっこう可愛いよ、藤本くん」

「……そらどーも」

絶対に鏡は見ない、と心に決めながら夏目に生返事を返す。

「じゃ、そろそろいってみよーか。藤本くん、目、閉じて、力抜いて」

言われるままに目を閉じる。小さな冷たい手が、まぶたを覆った。空の手だろう。

すぅっと意識が遠のいた。

＋＋＋

修司の体に入った由香菜が、カフェへと戻っていく。

跳ねるような足取りは、空の体を借りていたときと変わらない。

カフェのガラスごしに、由香菜が筒井のいる席へ戻るのが見えた。由香菜は表情がくるくる変わり、身振り手振りを交えて話すので、空の体に入っていたとき以上にすさまじい違和感があった。普段の修司が、全く覇気(はき)のない男なので、なおさらだ。

「すげえ不気味だぞ……」

「うーん、あれで動じないとは、筒井ってばますますすごいね」

嫌そうに顔をしかめる晴臣の横で、夏目が感嘆の声をあげる。馬渡は、ビデオを持ってくれればよかったと繰り返しながら、延々デジカメのシャッターを切っていた。

「あの子、」

それまで黙っていた空が口を開く。

「あの子、死んじゃってから、四年経ってる。高校入学して、すぐだったの。四年の間、色々考えてたみたいで、なんていうか、ちゃんと……ちゃんと、わかってた。死んじゃったこと、納得してたの」

「珍しいタイプだな」

「うん。本当に、デートが終わったら成仏するつもりみたい」

本当に、これが「最後のお願い」なのだ。空が、カフェにいる二人から、そっと晴臣へ視線を移す。

晴臣は、浅く息を吐いて、空の頭に手をのせた。

「心配しなくても、ちゃんと協力してやる。仕方ないからな」

「うん」

ガラスの向こうでは、修司の体を借りた由香菜が、楽しげに笑っている。

＋＋＋

「でね、その学祭であたしのクラスは劇をやったんだけど、台本書いた奴がお笑い好きの男子だったからもうめちゃくちゃで。あたし、ジュリエット役って言われて張り切ってたのにさ、セリフなんか、全部大阪弁だったんだよ」

「へえ、おもしろそうだな」

「自分で言うのも何だけど、あたしのドレス姿、超いけてたよ。見たら惚れちゃうかも」

二杯目のカフェモカをすすりながら、由香菜は屈託なく笑う。相槌を打ちながら筒井は、彼女がもうこの世の人間ではないということを忘れかけていた。

「それは是非見たかったな」

「メイクもしてもらってさ、あ、クラスにメイクうまい子がいたんだけど。それで、服もちゃんと衣装屋さんで借りてね」

「写真ないのか？」

「え……」

「そこまで言われたら、見ないわけにはいかないだろ。学園祭なら、新聞部とか写真部なんかが写真撮ってたんじゃないのか？」

「撮ってた……と思うけど……でも」

それまで元気に話していた由香菜が、困ったように視線を泳がせる。

「卒業アルバムに載ってるんじゃないか？　なくても、写真部の部室にはあるだろ。学校に行けば見せてもらえるんじゃないか？」

「あ、……そうかも」

気づかなかった、と呟く。

「じゃ、それ飲んだら行かねえ？　案内してくれよ、ユカの学校」

「えー、何か恥ずかしいなー」

由香菜はそう言いながらも嬉しそうだった。三分の一ほど残ったカフェモカを一息に飲み干し、立ち上がる。

「行く？」

「うん」

筒井が差し出した手を、由香菜が握った。

手をつないだまま、店を出る。

デートの終わりは夕方五時。筒井は時計に目をやり、足を速めた。

＋＋＋

電車で二駅、バスで十分。バス停から歩いてすぐのところに、由香菜の通っていた中学校はあった。

休日だというのに、校門は開いている。どこかの運動部らしい生徒たちが、グラウンドを走っていた。土日でも関係なく、部活動をしているらしい。

「関係者以外の無断の立ち入りを禁じます」と立て札が立っていたが、堂々と入っていけば、誰にも咎(とが)められず入りこむことができた。

由香菜はきょろきょろと母校の校内を見回し、目を細めている。

「卒業アルバムって、どこにあるんだ？」

「一番簡単に見られるのは図書室だと思うけど……うわ、すごい懐かしい」

彼女のために、ゆっくりと歩いた。時々立ち止まり、「あたし、一年のとき教室こだったんだ」だとか「職員室だ。二年のときの副担任の先生が美人で、みんな憧れてたなぁ」だとか、その場所にまつわる由香菜の思い出話を聞く。

由香菜は頬を上気させて話した。

「そういえば、俺も昔ちょっと憧れたな。美人の先生」

「あ、何よ初恋だったりするの？　昔っていつ、中学？」

「小学校のとき。三年か四年のときだったかな、オルガンが上手な、優しい先生で」

「好きだったんだ？　かーわいい」

「俺が卒業する前に、結婚して学校やめちゃったんだけどな」

「切ない初恋だ」

「切ない初恋だな」

笑いながら、階段をあがって図書室にたどりついた。

誰にも会わずにここまで来られただけでも幸運だ。

「ここ？」

「うん。あたし本とか読まなかったから、図書室ってほとんど行かなかったな……授業で使ったことはあるけど」

　意外なことに、鍵は開いていた。若草色の壁とカーテンの、明るい図書室だ。閉まっていたら、職員室へ行って鍵を開けてもらうつもりで言い訳も用意していたのだが、手間が省けた。

「すみません」

　声をかけると、はいと返事が返ってくる。

　眼鏡をかけた女性が、本を積んだワゴンを押しながら本棚の陰から現れた。

「はいはい、今日は貸し出しはできないのよ……あら」

「すみません、卒業生なんですが」

　事実、由香菜はこの学校を卒業しているわけだから嘘ではない。卒業アルバムを見せてほしいと頼むと、司書らしい彼女は最初少し困った顔をしたが、結局は了承してくれた。

　本当は、勝手に校内に入っちゃだめなんだけどねと苦笑しながら、アルバムのある棚まで案内してくれる。

「見終わったら、もとの棚に戻してね。それから、帰る前に私に声をかけて」

「わかりました。ありがとうございます」

　由香菜は、前髪を整えるふりをして、手でヘアピンを隠していた。司書の女性が違う棚のほうへ行ってしまってから、筒井が声を殺して笑うと、くるぶしを蹴られる。

「気づかないって、そんなこと」

「うるさいな」

後から、手で触ってピンの位置を直しているところが可愛い。それを指摘するとまた蹴られたが、少しも痛くなかった。

「何年だ？　卒業」

「えっとね……これ」

由香菜が棚からアルバムを引き出す。ぱらぱらとめくり、生徒たちの顔写真が並んだページで手をとめた。

「あった、これ……あたし」

劇のときの写真ではないが、自分の写っているページを見つけたらしい。

アルバムを筒井に手渡し、出席番号順に並んだいくつもの写真の中の、一つを指さす。

肩までの髪の少女が、真面目な顔で写っていた。写真の下に、沢口由香菜、と名前が書いてある。

「あー、やだなこういう写真って、笑っちゃやだめとか言われるんだもん。もっといい写真ないかな」

由香菜は妙に早口になり、頭を掻いたり、ヘアピンをいじったり、なにやらそわそわしている。

腕を組んだり手をつないだり、果てにはダーリンなどと呼んでみせたりしたくせに、写真を見せることがそんなに照れくさいのだろうか。そう思うと、おかしくなった。

「あ、何笑ってんの⁉」

「いや、別に」

「何よーもー」

肩を叩かれた。

他の利用者の姿は見えないが、一応図書室なので、声をあげて笑うことは控えるべきだろう。由香菜が本格的にすねてしまっても困るので、それ以上突っ込むのはやめておいた。

「で、いけてる魅惑のジュリエットは？　写真、残ってないのか？」

「うーん……卒業アルバムには載ってないみたい。残念」

ページをめくってみても、見つからないらしい。由香菜は心底残念そうだ。

「これは？」

アルバムがあった場所の隣の棚にぎっしりと立てられた、カラフルな表紙の、Ａ４

の冊子に気づいて指さした。背表紙に、西暦で年度が書いてある。

「これもアルバムか？」

「どれ？　……なんだろ。あたしの卒業年度のもある」

由香菜の指さした真っ赤な表紙の一冊を、引き抜いた。膝の上に載せて、適当なページを開く。

「あ、わかった。あれだ、写真部の季刊誌。それにならなら載ってるかも」

ぱらぱらとめくる。由香菜が横からのぞきこんだ。数ページずつを、部員たちがそれぞれ好きなように演出するというコンセプトらしかった。スクラップブック風で、なかなかおもしろい。

「『ロミ男とジュリ・江藤』？　これか？」

「あ、それそれ！　うーわー懐かしい！」

「すごいタイトルだな……」

「うけない？　大阪在住、ハーフの美少女ジュリ・江藤だよ。あっほら、これ。この写真なんかよく写ってる」

由香菜が指したところには、髪に布の飾りをつけてドレスを着た少女の写真がある。さきほどの卒業アルバムの写真より大人っぽく見えるのは、メイクのせいだろう。女の子は、服やメイクでずいぶんと印象が変わるものなのだなと感心した。

「ね、いけてない？　オトナって感じでしょ。けっこう美人じゃない？」

「そうだな」

由香菜は得意げだ。照れくさいのを隠すために、わざとそんな声音を作っているのかもしれない。筒井は素直に同意した。

「でも俺は、こっちのほうが好きかな」

開いたままにしておいた、卒業アルバムのページをとんと指先で叩く。

由香菜は目を瞬かせ、それから何故か赤くなった。

「沢、……ユカ？」

「……あーもー、……なんでもない。ハルカは清純派とか好きそうだよねー」

ぱたんと音をたててアルバムを閉じて二冊とも本棚にしまい、勢いよく立ち上がる。

「可愛いユカちゃんの顔も見たことだし！　次いこ次！　あ、もしかしてもーそろそろ一時間たった？　交代かな？」

「交代……なら携帯鳴らすだろ。行くのはいいけど、校内もっと回らなくていいのか？」

「うん。時間もったいないもん」

懐かしい場所を見て回りたい気持ちはあるだろうに、それをすることすら「もったいない」と言う。それだけ、残された時間は少ないということだ。

「じゃあ、さっきとは反対の階段使って降りよう。そっちの階段降りたとこには何があるんだ？」

「あ、西階段降りると、窓から中庭が見えるよ！　見る？」

さきほどの司書に声をかけ、礼を言ってから図書室を出た。ちらりと携帯の表示を見ると、由香菜の言った通り、空から藤本に交代して、そろそろ一時間がたとうとしていた。移動に時間がかかってしまったせいか、ずいぶんと短く感じる。

「ここの花壇、最初に植えたのってあたしの先輩だったんだよ。卒業するときに記念に、三年生が全員で植えたの。で、それ以来、枯れたら花を補充するーみたいなのが恒例になってー」

西階段を降りたところにある窓から、中庭を眺めているときに素っ気無い呼び出し音が鳴った。

あ、と由香菜が呟いて、携帯電話を取り出す。

「やっぱ交代だ。裏門出たとこにいるって。行ってくるね」

「じゃあ俺、バス乗り場で待ってるから、次どこに行きたいか考えといてくれよ」

「うん！」

後でね、と手を振って、由香菜は裏門に向かってかけていく。筒井は彼女を見送ってから、入ってきたときと同じ正門へと、ゆっくりと歩き出した。

＋＋＋

伐の体を借りてバス停に現れた由香菜は、「遊園地に行きたいな」と言った。

伐が断固拒否したそうで、あのヘアピンはつけていない（妥協策なのか、シャツの襟にとめつけてあった）。藤本と伐の外見は全く似ていないが、両手を体の後ろで組んで、にこにこと笑う様子は、やはり由香菜だった。卒業アルバムで本当の顔を見たことも影響しているかもしれない。三つめの外見にも、抵抗はなかった。

「遊園地なぁ……」

「デートといえば遊園地でしょ！　ディズニーランドとまでは言わないからさー」

「うーん」

「……無理？　かな」

遊園地に行くのは時間的に難しい。しかし、極力由香菜の希望は聞いてやりたい。デートのゴールは夏目たちが由香菜に会ったというビルの屋上、タイムリミットは午後五時。一番近くにある遊園地でも、行って戻ってくるには時間が足りない。

考え込み、

「……あ」

そうだ。

＋＋＋

「屋内遊園地って初めて！　すごいね思ってたより全然広い！」

「前、弟と妹を連れてきたことがあるんだよ。けっこうちゃんとした遊園地だろ？　大規模な絶叫系とかは無理だけどな」

「うん、十分！　オッケー！　あたしが乗りたかったやつ、ちゃんとあるし」

中学校からバスで駅前まで戻り、そこから一駅。数年前にできた、大きなビルの地下を全面使った屋内遊園地は、由香菜のお気に召したようで、筒井はほっとする。

帰り着かなければならないビルまでは、歩いても行ける距離だ。あと二時間弱、ここでならば最大限時間を使える。

「え、入場料無料なんだ⁉」

「上の階の買い物客がターゲットだからな。乗るときにその分だけチケット買うシステム」

「ちょっとだけ遊んでいこー、ってときにはいいね。あたしは、遊園地行くときは一日がかりで、全部の乗り物制覇！　ってのが基本で、毎回ワンデーパスとか買っちゃうタイプなんだけど」

「一日がかりで遊べるほど、ここには乗り物もないしな」

どれに乗りたい？　と聞くと、由香菜はびしりとチケット売り場の表示を指差した。

「まずはコーヒーカップ！　カップルの定番！」

「そうなのか」

二人分のチケットを買って、一枚を由香菜に渡す。

筒井は、遊園地というと弟妹を連れていく場所としての認識しかなかったので、特に思い入れはないのだが、毎回ワンデーパスを買っていたというだけあって、由香菜は遊園地にはこだわりがあるらしい。

ジーンズのポケットに手を入れて、いつも通りの歩調で歩いていると、テンションが低いと叱（しか）られた。

「遊園地はね、ムードが命なの！　わーい遊園地だーっていう雰囲気、っていうかノリ？　が大事なの。ほらほら、気合いれてくよ！　イエー！」

「そんなもんか……」

やる気まんまんの由香菜は、チケットを握った手をこぶしにして振り上げ、さあ行くぞと筒井の前に立って歩き出した。

「コーヒーカップ！　イエー」

「いぇー……」

＋＋＋

チケット売り場の陰から、コーヒーカップではしゃぐ由香菜と、彼女に言われるままにカップを回す筒井を見守りながら、夏目と修司と馬渡の三人は絶句していた。

「あんな伐、初めて見たわ……」

「なかなかインパクトあるねえ……」

「今からでもビデオカメラをとってくるべきか……」

晴臣は、写真や動画を撮らないことを馬渡に約束させていた。ヘアピンも、修司がそれをはずすなり、誰に何を言われるより先に「先に言っとくが俺はつけねえぞそれは」と一刀両断した。「まあそう言うな」と言いかけた馬渡の言葉を遮るように、「つけねえからな」とさらにもう一言。有無を言わせない口調だった。

「そこまで嫌なんやったら、協力せんかったらええのに……」

「うるせえ、俺が一回やると言ったらやるんだよ」

意地なのか何なのか、さんざん写真やら何やらについて馬渡たちに釘をさした後で、結局晴臣は由香菜への三人目の体の提供者になったわけだが。

「……あの伐の顔と体で中身が女子高生、っつーのは相当笑えるやろとは思っとったけど」

「笑えるどころの話じゃないな……いや、おまえのときも相当キモかったけどな、藤本」

「藤本くんのほうがまだ違和感なかったよね……俺たち多分今、すごい貴重なものを見てるよね。携帯のカメラで撮ったらダメかなー。伐くんの満面の笑みって、本っ当に貴重なんだけど」

女子高生に体を貸すことにも相当な抵抗があったようだが、その上遊園地で男とコーヒーカップに乗って大はしゃぎ、という展開は、晴臣にとって最も望ましくないものだったろう。武士の情けで、見なかったことにしておいてやろうと修司は決めた。

空は、晴臣のそんな姿を見ても何の感慨もないらしい。馬渡が買ってやったオレンジジュースの紙コップを両手で持って、少し離れたところにあるテラスの白い椅子に座って足をぶらぶらさせている。デートには、あまり興味はないようだった。

「羽鳥は、平気なん？　あんなん見て」

「しゅうちゃんは平気じゃない？」

「いや、そら……俺はその、あまりのギャップにショックやねんけど……羽鳥のほうが、伐とはつきあい長いやろ？　その分衝撃も大きいんとちゃうかなと……」

「あれはおみくんじゃないから」

空はあっさりとそう言って、椅子から数歩分の距離を歩いてきて、ジュースのコップを修司に差し出した。

「飲む？」

オレンジと白のストライプのストローが揺れる。

言われてみれば少し喉が渇いていたが、

（一瞬、間接キス、とか考えた自分が嫌や……）

「……遠慮しとくわ、ありがとな」

空はうなずいて、今度は夏目にジュースをすすめる。

振り向いた夏目は、笑顔でそれを断った。

断ったことに、何故か安堵している自分に少し動揺する。

空はまたストローをくわえた。

（小さい口やなぁ）

そんなことを思っていると、すぐ横で夏目が笑った気配がした。

「……何」

「いや、……うん。空ちゃん可愛いよね」

修司はちらりと空を見たが、椅子に戻った空はぼんやりと宙を見ながらストローをくわえている。こちらの会話は聞こえていないようだった。

馬渡は馬渡で、かぶりつきでデートを観察しているため、晴臣がいないこのときはチャンスと言えた。

「……その呼び方」

「ん？」

「羽鳥のこと、名前で呼ぶやろ。俺が冗談で呼んだとき、伐にえらい睨まれたで」

「それはねー、俺に下心がないからだよ。多分」

「俺にはあるっちゅーんかい」

「あはは」

よく笑う。

人に好かれるだろうことは容易に想像がついたが、その中にあの難しい空や晴臣が含まれているあたりがすごい。人当たりがいいというだけで、あの二人に好かれるなんてことはできるわけがない。

明らかに自分にないものを持っている相手だとわかるだけに、どこか複雑な思いがあった。

「羽鳥のこと好きなん？」

「好きだよ。藤本くんは？」

思わぬ切り返しに、ぐっと黙った。その反応に、夏目はまた小さく笑う。

「即答できない『好き』のほうが、要注意だってわかってるんじゃないかなー。俺のは無害ってこと。……つきあいも藤本くんよりちょっとは長いから、ある程度は信頼してくれてる……のかもしれないけど。だったら嬉しいけどね」

きゃはは、と、彼にあるまじき笑い声をあげている晴臣（の体を借りた由香菜）を見やり、一度口を閉じる。それから、ぱっとまた明るい笑顔になって修司を見た。

「俺女の子大好きだし、空ちゃんのことも大っ好きだけど、おつきあいしたいとかそういうことは考えてないから」

「……そうなん？」

「うん。なんて言ったらいいのかなぁ……つまりね、」

空を見、続けて晴臣へと目をやって、夏目は目を細める。

「俺は空ちゃんと伐くん、二人とも同じくらい好きなんだ」

とても、優しい顔だった。

大事なもののことを話すときの顔。少し驚いた。

友達を「好きだ」と、こんなにはっきり口に出せる人間はそうそういない。

「俺って運がいいみたい。友達に恵まれるんだ、みんな大事ですごく好きなんだ。ほないと、好きな人がいっぱいいて俺って幸せだと思うよ」

　きっと、彼が好きだと言った「いっぱい」の人たちも、皆彼のことをそう思っているだろう。そう思うと、羨ましいような気がした。彼のようになりたいとは思わない、思えないほど、自分からは遠いと思うけれど。

　夏目は、楽しそうな由香菜を見て、少し目を伏せるようにする。コーヒーカップに続いて、ぐるぐる回転するドラムに乗った由香菜は、危なげなく降りてきて、足もとのおぼつかない筒井を笑っていた。待ちきれないというように、次の乗り物へと筒井を引っ張っていく。

「俺が突然死んじゃったら、俺は多分、すごく悲しいと思うんだよね。こんなに色々、霊を視たり話したりしてて、世間一般の人たちよりは死後のこととか免疫あるほうなのかもしれないけど、それでもやっぱり悲しいと思う。好きな人たちと一緒にいられないってことは、すごくすごくひどいことだろ？」

　由香菜と筒井はミラーハウスに入っていく。馬渡が、その出口がよく見える場所へ移動する。中腰でチケット売り場の陰にいた夏目と修司も、筒井たちから隠れる必要のないこの機会にと、立ち上がって腰を伸ばした。

「だから、そういう人っていうか、霊がいて、自分に何かできるなら……できることなら、したいって思ったり、するんだよね。もしも自分だったらって、考えて悲しくなっちゃうからさ。それもつまり、自己満足なんだけど」

そう言って、夏目は照れ隠しのように笑った。

「そうじゃなきゃ、何のためにこんな力があるのかわからないじゃない」

できることがあるならしたいというのが、言葉だけではないことは、彼の行動を見ていればわかる。自分とは無関係な霊のために親身になる、空と同じだ。

修司にとって霊感はどちらかというと邪魔なものだったから、こうまで自分と違うとらえ方を目の当たりにすると、自分自身が情けないような気持ちになる。

「……羽鳥も、夏目も、他人のために動くんやな。霊感は、重荷やないんや」

「俺だって、多分空ちゃんとか、伐くんだってね。最初っから、霊感を前向きにとらえてたわけじゃないよ。周りの影響は大きいと思う。その点、今の藤本くんの環境は、結構うってつけなんじゃない？」

そうなのだろうか。自分でも、誰かの役に立ちたいと、欲得ずくでなく思えるようになるのだろうか。そして実際に、何かができるのだろうか。

『無理することないと思うよ。藤本くんは、まだ霊研に足を突っ込んだばっかりなんだし。それに第一、霊感が強い人が皆、それを使って何かしなきゃいけないってわけじゃもちろんないんだからね？』

「でも夏目は、自分から色々しとるんやろ？　……羽鳥も」

『俺は家が寺だから、小さい頃からなんとなく。空ちゃんのあれは、性格かな。だからもし藤本くんが、引け目みたいなのを感じてるなら、そんな必要は全然ないってこと。今日だって、藤本くんが協力してくれて、すごく助かってるしね』

あ、ちょっと待って、と言って、夏目は売店へ駆けていき、ペットボトルのお茶とスポーツドリンクを買って戻ってくる。どっちがいい？　と修司に訊いた。

「じゃ……お茶」

「そうだろうと思った。はい」

「あ、えっといくらやった？」

「いいよ、経費扱いだから。後で馬渡先生が出してくれるってさ」

当たりまえのように他人を気遣える、こういうところが真似できない、と思う。冷たいお茶のことではなく、言葉の選び方や、タイミングのはかり方、相手の感情を敏感に読み取って優しくできることが。

しかし、自分と比べて卑屈になるのは、確かに非生産的だ。

彼や空と同じようには多分ずっとなれないだろうが、その手伝いくらいは、できたらいいと思っている。それだけでも、自分にしてみれば進歩だ。

ペットボトルを受け取り、空と同じテーブルにつく。筒井たちがミラーハウスから出てくるまでの、つかのまの休憩だ。

「空ちゃん疲れた？　平気？」

「疲れてない。平気」

今度さ、皆でここに来ようか。今度は純粋に遊ぶためにさ、きっと楽しいよ。

うん。

そんな会話を、修司は黙って聞いていた。

夏目は、晴臣とは違う意味を持って、空のそばにいる。空も晴臣も同じように好きだと言う夏目は、彼ら以上に彼らのことを理解しているように思えた。

大好きで、信頼していて、けれど踏みこまない、だからこそ見えるもの。

自分にはできない芸当だと思う。

夏目の携帯のアラームが鳴った。

空が、ミラーハウスの出口を見る。

あと一時間だねと、夏目が言った。

＋＋＋

交代の時間が来て、由香菜はミラーハウスから出るとすぐに、チケット売り場のほうへと走っていってしまった。

「帰る前にソフトクリーム食べたいから、ハルカ売店のとこで待っててね」

明るく言って、軽い足音をたてて。

あと一時間。

思っていたよりもずっと早く、時間が過ぎる。

売店で待っていると、夏目の体で戻ってきた由香菜は、オレンジの石のヘアピンを今度はしっかりと髪にとめていた。

不思議だ、と思う。

どんな外見でも、ちゃんと同じ人間に見える。見慣れた夏目の顔でも、笑って名前を呼ばれたとき、何の抵抗もなく由香菜だと思えた。思ったことが顔に出ていたのか、由香菜に「何なに」と問い詰められる。

由香菜本人には言わないほうがいいのかと大分迷ったが、言え言えとねだる彼女に根負け(こんま)してそのことを告げると、

「愛ゆえだね！」

と跳びつかれた。

「ソフトクリーム、どれにする？　食べたら、最後にあれに乗ろ。メリーゴーラウンド」

「……俺も乗るのか？」

「ハルカはー、柵の前にいて、あたしが乗った馬が回ってきたら手を振るの！」

最後に、という何気ない一言が気になった。

しかし由香菜が笑っているのに、筒井が暗い顔をするわけにはいかない。

「あたしブルーベリーにする。ハルカは？」

「じゃあ、抹茶」

「渋っ！」

由香菜はソフトクリームを、ゆっくり食べた。コーンの端から溶けたクリームが流れそうになるのを、慌てて舐めとって、コーンも先端まで残さずに食べ終える。

「ゆっくり帰ろうね。途中で寄り道とかしながら。ここから、歩いて帰れるよね？」

「帰れるよ。じゃあ、大通り通って行くか。色々店もあるし」

由香菜は、うん、と嬉しそうにうなずいた。

「ハルカ、ビルに着くまで手つないでてね」

「……ん」

腕時計の文字盤が由香菜には見えないように、手のひらを上向けて左手を差し出した。空の体を借りていたときからずっと、今の夏目の体になってからも、由香菜の手はひんやりと冷たかった。四人の体温がすべて自分のものより低いのは偶然だろうか。頭の隅で思う。

ハルカの手あったかいねえと、由香菜が笑った。

＋＋＋

途中でいくつかの店を冷やかしながら、最終地点のビルへ続く道を歩いた。本屋で由香菜の好きな漫画家を聞き、今度読んでみるよと約束した。最後の寄り道は、ビルのあるオフィス街へと続く曲がり角にあるゲームセンターだった。花屋で、由香菜が好きだというチューリップを三本だけ買ってやった。

由香菜は、音に合わせてボタンを押すタイプのアーケードゲームがすごく上手かった。

「ハルカ、クレーンできる？　あたしお茶犬のぬいぐるみ集めてて、あと一種類で揃うんだよね」

「お茶犬……？」

「ほら、これ。可愛いでしょ。あたしが持ってないのはあの、赤いやつ」

ガラスケースの内側では、飲料のキャラクター製品が山積みになっている。由香菜が指差した耳の垂れた犬のぬいぐるみは、奥のほうに横向きに転がっていた。

「悪い、やったことない。でも欲しいんなら試してみるか？」

「んー……やっぱいいや、持っていけないし。ありがと」

持っていけない。

少し淋しそうな笑い方で言った後で、それを繕うような笑顔になった。

「あっ、ねえねえ、プリクラ撮ろうよ」

女の子ばかりが並んでいる一角を指差して、筒井の腕をとる。

引きずられるようにプリクラコーナーまで連れていかれた。

一つだけ空いていたブースの横に、「女の子・カップル限定」と立て札が立ってい
る。両替機をいじっていた店員がこちらを見たが、

「カップルでーす」

腕を組んで引き寄せ、満面の笑みで由香菜が宣言する。店員は、あっけにとられた
顔をした後で、「どうぞ」と小声で言った。

ビニールのカーテンをはねあげてブースの中に入る。由香菜は慣れた様子だった
が、筒井は初めてだった。

由香菜は、モニターを見ながら、ヘアピンの位置を直している。最初は、顔が映る
ものは避けていたようだったのに、今では気にならなくなったのだろうか。

「ほら、ハルカ！　何きょろきょろしてんの。ここがカメラだよ、わかってる？」

「……いや、わかってなかった」

「え、初プリクラ？」

筒井がうなずくと、なぜか由香菜はガッツポーズをきめた。

「うっしゃー、ハルカの初めてゲットー♪」

「嬉しいのか……」

百円玉を三枚取り出して、モニターの横の投入口に入れた。「フレームを選べるよ」と、妙に高い声がスピーカーから聞こえる。由香菜が嬉々として、モニターに並んだ色とりどりのフレームを指さした。

「ね、どれにするどれにする？」

「あんまり派手じゃないやつがいいな……」

一応自己主張したのだが、由香菜は花畑の背景にオレンジのフレームを選んだ。どうも、派手地味の基準が違うらしい。

「ここを見るんだよ。そしたらこっちのモニターに映るから。行くよー？」

「あ、……ああ、うん。わかった……」

さん、に、いち！　ぱしゃっ。

ソプラノの掛け声と合成されたシャッター音。

終わったと思って安心していたら、あと三回撮れるんだよと、ブースを出ようとした腕を押さえられた。

三回目、四回目ともなれば多少は慣れてくる。ほとんどやけになって、由香菜に要求されるままにポーズをとった。

「今撮った写真に落書きとかいろいろできるんだけど、ハルカもやるー？」

「……まかせる……」

なんだか魂でも吸い取られたように疲れた。機械にもたれて、モニターをいじっている由香菜を眺める。

(笑ってる、な)

楽しそうだ。

もうすぐデートは終わる。その今も、彼女は笑っている。

楽しかったかと、直接訊くのはためらわれた。けれどとても、気になった。

最初で最後のデートが、この世とさよならするためのデートが、それにふさわしいだけのものだったかどうか。

「できたっ。写真は外の取り出し口から出てくるから、行こ」

今度は腕を引っ張られてブースの外に出る。

写真が出てくるのを待っている間、由香菜はしばらく黙っていたが、

「ハルカ、今日楽しかった？」

ふいに顔をあげて、そんなことを訊いた。

「……楽しかったよ」

「よかった」

にこりと笑った。

「あたしも、すっごく楽しかった。ありがとね」

かた、と小さな音がして、取り出し口に写真が落ちてくる。

由香菜はそれを、機械にチェーンでつながれたハサミで二つに分けた。はい、と片方を筒井に渡す。

「行くか」

「うん」

ゲームセンターを出て、歩き出した。

手をつないで。

＋＋＋

ビルの屋上にあがると、伐と馬渡が先に着いていた。エレベーターに一緒に乗り込まなかったのは、なるべく長くデートを続けさせてやろうという配慮だったのだろう。最初に約束したとおり、屋上がデートの最終地点だ。

由香菜の手が、そっと筒井の手を放した。

「ハルカはさ、あたしがこの体を出ちゃったら、あたしのこと視えないんだよね」

「……ごめん」

「謝んなくていいってば、それが普通だよ」

笑って言った。

背後でエレベーターの扉が開いて、藤本と空が降りてくる。

由香菜は少し離れたところに立っている伐に、首を伸ばすようにして声をかけた。

「えーっと、ねえ、伐くんだっけ？ あたし、この体から出たらすぐ、あの子連れて行くから、……それまでちょっとだけ、ハルカと話させてくれないかな？」

「……好きにしろ」

「さあんきゅっ」

空と藤本も、伐たちと一緒になって、屋上の隅へ寄った。

みんな優しいねと、由香菜がくすくす笑った。

「あたしすっごいラッキーだったたね。神様に感謝かも」

ハルカには一番感謝、と付け足す。

思わず目を逸らした。もうこれで彼女はいってしまうのだ。

最後なのだから、ちゃんと答えなければと思うのに。

「別に、……いいよ、俺も楽しかったし」

「うん。ありがと」

笑った後で、少しだけ、由香菜はまつげを伏せる。

「あたし、生きてるうちにハルカに会いたかったな」

由香菜が、生きていたらとか、生きているうちにとか、そういうことを口に出したのは初めてだった。思わなかったはずがない、それでも口に出さなかった彼女のことを思うと、そして、今になってとうとう口に出した彼女のことを思うと、苦しくなる。

俺も、とはとても言えなかった。残酷な気がした。

「俺は、夏目たちみたいに霊感もないし、死んだこともないから、わからないけど」

気のきいたことを言えない、自分がもどかしい。彼女が、行ってしまうその瞬間まで笑えるように、何かしたいと思うのに。

夏目のようにできたらいい。安心させる笑顔で、明るく、元気づけることができたら。けれど、今由香菜の前にいるのは夏目ではない、自分だけだから。

つたない言葉でも、少しでも伝わればいいと思いながら、言葉をつないだ。

「死後の世界とか、そういうのも、今までは全然ピンとこなかったけど……生きてる俺と、もう生きてないユカが、こうして会えたんだからさ。生まれ変わりってのも、ありなんじゃないかと思う」

これから遠いところへ行くひとに、こんな言葉は無責任かもしれないけれど。こんなものはただの、自分だけの勝手な願いかもしれないとわかっているけれど。

最後に悲しい顔をさせるのも、最後まで無理して笑わせるのも、嫌だった。

ちゃんと、笑ってほしい。

こんな風に、奇跡みたいな時間を過ごした後なのだ。いつかまたと思うことが夢物語だなんて、誰に言える？

「だから、……また会えるよ」

由香菜の顔が、くしゃっと泣きそうに歪んだ。

彼女は耐えるようにうつむいて、何度か音をたてて息を吸って、

「……そ、だね」

顔をあげたときは半分泣いた笑顔だった。

「そしたらまた、デートしてくれる？」

「……なるべく早く来てくれな。犯罪者にはなりたくないから」

「大丈夫、最近年の差カップルってけっこうあるし」

彼女らしい軽口と一緒に笑って、ぎゅっと筒井の背中に手を回し胸に顔を押し付けた。すぐに離れる。

「あたし、急いで生まれ変わるから。……ありがと、ハルカ。またね」

ふわっと微笑(ほほえ)んで、目を閉じて、その瞬間に、そこにいるのは由香菜ではなくなった。

その一瞬を、見届けた。

＋＋＋

夏目の体から由香菜が抜け出て、そのまま振り向きもしないで自分たちの目前を走りぬけたのを、修司は視た。

由香菜が柵に近づくと、それまではっきりと姿の視えなかったもう一人の少女の姿が浮かび上がる。二人の体が重なって、一つのぼやけた光になり、
ゆっくりとそれは薄れて、消えた。

ありがとうと声が聞こえて、思わず見上げたけれど、そこには晴れた空があるだけだった。

「消えた」

晴臣が、簡潔に馬渡に告げる。

「自殺霊も一緒だ。成仏した」

修司は、さびついた柵から、立ち尽くしたままの筒井と、夏目へと視線を移した。

空は、由香菜の消えたあたりを、じっと見つめている。

「……そうか」

ふらついた夏目の肩を支える。

もう、由香菜ではない。それがわかっていた。

「ありがとー……もう平気。戻った一瞬ちょっと感覚つかめなかっただけだから」

そう言ってしっかりと立った、夏目の頬が濡れている。

いつものように――由香菜とは全然違う――へにゃりとした笑顔で平気だと言ったそばから、涙が両方の目から流れて落ちた。

「大丈夫か」

「うん、ごめん。……俺のじゃないよ。由香菜ちゃんの、……感情っていうか、その余韻が残ってて、涙腺（るいせん）が反応しちゃっただけ」

ごしごしと手の甲で雑に目元を拭う。そのとき手が髪に触れて気づいたのか、つけたままだったヘアピンを二つとも外して、足元に落ちた白いチューリップの、セロファンで巻いただけの簡単な花束を拾った。

柵に近づき、花とヘアピンを並べてコンクリートの上に置く。思い出したように着ていたシャツのポケットを探って、半分に切られたプリクラのシートも置いた。ヘアピンをそのふちに留めた。

「……あいつ、ちゃんと行けた？」

作業をしている夏目の背中に、そう訊いた。

「うん。ちゃんとね」

コンクリートに膝をついていた夏目は立ち上がって、ジーンズの埃をはたく。くるりと振り向いた。

もう泣いてはいない。

いつのまにかすぐそばへ来ていた伐たち四人に向き直り、

「やっぱり筒井に来てもらってよかったー。もう文句なし。ね、皆？」

「せやな」

「うん」

「たいしたもんだ。霊研の新メンバーにふさわしい」

「ああ、認める」

四人にあっさりとうなずかれ、筒井は思わず一歩退いた。

「な……んだよ、いきなり。別に俺は普通に」

「俺たち、由香菜ちゃんと一緒の体の中にいて、一緒にデートについて回ってたわけだから。その俺たちが言うんだから間違いないって」

「乗り移られるんは初体験やったけど、……シンクロっちゅーか、いや結構恥ずかしかったわ……」

「俺もー惚れ直しちゃったよ。よっ、筒井、いい男！」

「俺もうっかり惚れそうや」

「おお、モテモテだなー筒井！」

夏目、藤本、馬渡が口々にそんなことを言いながら背中を叩いていく。

言葉の意味を飲み込むまでに、少し時間がかかった。

ということは。考えてみれば。

……由香菜に言った言葉は全部、そのとき彼女に体を貸していた彼らにも聞こえていたわけで、……一部始終が。

由香菜と同じ視点から、見られていたという。

「ちょっと待て……！」

「深く考えないほうが筒井自身のためだよー？　さーごはん食べに行こうかっ」

「俺の奢りだ、思うぞんぶん食え少年！」

「ちょっと待てっ……おいっ！」

ぞろぞろと、五人はエレベーターに向かって歩き出した。

恥ずかしさと怒りとで頭が混乱する。口をぱくぱくさせていると、エレベーターの前で夏目が振り向いて「早く」と呼んだ。

「……っ、……はあ」

深呼吸する。

こういう人種の人間たちには、腹を立てるだけ無駄なのだ。

ふふふ、と、女の子の笑い声が聞こえた気がした。耳に残る由香菜の笑い方。

柵のほうを振り向いた。誰もいない。当たり前だった。聞こえた気がした笑い声も、もちろん気のせいだ。

けれどそれは、筒井の心を少し軽くした。

白い花が風に揺れている。

「……またな」

小さく呟いて、夏目たちのほうへ歩き出した。

もしかしたら、いや、きっと。

またいつか。

＋＋＋

翌週、新宿東第一高校では、真面目と評判の筒井遥が可愛い女の子と買い物をしていたのを見たという者や、同日に美少年と遊園地にいるのを見たという者、さらには隣のクラスの夏目歩と手をつないで歩いているのを見たという目撃者まで現れ（中には携帯電話のカメラで証拠写真を撮っていた女子までいた）、噂はあっというまに学年中をかけめぐることになる。

が、それはまだ、筒井の知るところではない。

第五章

肝試しに参加しないか、と、まったくもって有難くない誘いを修司が受けたのは、制服が夏服に替わって二週間ほど経った頃だった。

クラスメイトの植松は、修司が馬渡の手伝いをしているらしいことをどこからか嗅ぎ付けたらしい。心霊現象に興味があるなら、と、彼のほうは親切心で誘ってくれたのだろうが、ありがた迷惑だ。修司は顔を引きつらせながら、

「あー……やめとくわ」

かろうじて口元を笑みの形にして断った。年季の入った愛想笑いに、植松が気づいた様子はない。そうかぁ？　と残念そうに言った。

「夏の風物詩じゃん。墓場とかじゃないぜ？　ちゃんと屋根ある場所だし」

「いや、いくら俺がもやしっ子やからって……屋根のあるなしで言うとるわけとちゃうし」

的外れな植松の言葉に苦笑する。

大体、屋根のある場所で肝試しというのが想像できない。修司がそう言うと、植松は得意げに、ぴったりの場所を見つけたのだ、と言った。

肝試しの舞台は、山の奥にある廃屋だという。もとはどこかの学校だか企業だかの合宿用の設備だったらしいが、今はもう使われておらず、荒れ放題で、それでも取り壊されずに残っているそうだ。確かに、「いかにも」だ。馬渡が好みそうだった。

「一年にさ、山ん中にある自宅から通学してる生徒がいてさ。バスの窓から屋根だけ見えるんだって。絶対穴場だよ。おまえも来いよ」

「バイトあるし。今月苦しいねん。あ、バイトのことは学校には黙っといてな？」

間に合ってます。と、いっそはっきり言ってしまえれば簡単なのだが、そういうわけにもいかない（心霊スポットめぐりに慣れているなどと言ったら余計熱心に誘われそうだ）。

すまなそうに断れば、植松はしぶしぶではあったが、引き下がってくれた。

「……で、バイトがこれっていうんがな……。悲しゅうなるわ」

霊感検定試験教本（準二級編）の問題を解きながら呟く。

霊感検定の受験者用の教本だというそれは馬渡の力作らしく、「どうだ、よくできているだろう」「そこの問題がポイントだから心して解けよ」などと、作成者がいちいち横から口を挟むのでなかなか先へ進めない。解き始めてから、すでに二時間が経過していた。

「おまえ、そりゃ縁があるんだよ。そういう星のもとに生まれてるわけだ。霊感強い奴はそうなんだよ、あきらめろ」

テレビ画面を観るとはなしに眺めていた馬渡が、修司の独り言に笑い声をあげる。

本棚の三段目に置かれたビデオ・DVDプレイヤー内蔵テレビは、心霊ビデオを再生するために（それを修司たちに見せるために）馬渡が持ち込んだものだ。今は、血なまぐさい殺人事件の特番が流れている。

「おまえが行きたくないなら、俺が参加してやったのに。何て言ったっけ、その、えーと植松？　だったか。心霊現象に興味があるなら、霊研に入れてやらないこともないぞ」

馬渡のことは無視することに決めて、修司は教本のページをめくった。

そこから先は心霊写真の鑑定に関する章のようだ。一ページに二枚ずつ写真が貼りつけられ、その横にコメント欄がある。

「右上に赤っぽい光」「特に何もない」「壁のシミが何か嫌な感じ」と、写真を見て気づいたことをコメント欄に書き込んでいく。修司が見ても、「なんとなく気持ち悪い」としか感じない写真でも、空が視ると、どこに何体霊が写っているかまでわかってしまうこともある。空に指摘されても何も視えないこともあれば、指摘された瞬間に、今まで視えていなかったものに気づくこともあった。

「大体何なんですか受験者用教本て。受験者なんてほとんどいないやないですか」

ページをめくりながらぼやくと、馬渡は何を言っているんだ、というように目を瞬かせた。

「おまえがいるだろうが」

「自分から好きで受けたんやありません」

だまし討ちのような形で受験させられただけだ。筒井も受けさせられたと言っていたが、どうせ彼も、夏目に丸め込まれたのだろう。

霊感の強い人間自体、巷に溢れかえっているわけではない。霊感の強度を測るなどという偏った内容の検定に、ましてその教本に、ニーズがあるとは到底思えない。

しかし馬渡は、一向にめげる様子がなかった。

「少数でも、これを必要としている人間は必ずいる。今は身近にはいなくてもな」

「全否定はしませんけど……そもそも普通は検定試験って、何かの資格とるためのものなんやないんですか」

「いや、そうとは限らんぞ。世の中にはいろんな検定があるからな。語学や技能の検定だけじゃない、美術鑑賞者としての見る目を測る美術検定だの、バーベキュー検定なんてものまである。受験者の能力が一定の基準に達しているかを測るためのものが多いだろうが、単純に自分の能力値を知るためだったり、その分野についてより深く知るためのものだったり、目的は様々だろうな」

何級だったら資格がとれる、というようなものばかりが検定ではない。わかりやすい実益にはつながらなくても、検定の存在価値がないとは言えないということだ。

「で、霊感検定の目的は何なんです」

話の流れ的に、訊いてほしそうだったので空気を読んだ。

馬渡は胸を張って答える。

「自分の霊感のパラメータを知り、それに応じた対処法を学ぶこと。そして、より心霊について理解を深め、自分の能力を高め、活用する指針とすることだ」

「意外にまともですね」

「もちろん、霊検や教本も、その目的に沿うように設計しているし、随時改訂を重ねている」

「……って」

修司は、やる気なく問題集のページをくっていた手を止めた。

能力を高め、と言ったか今。

「……つまり？」

「つまり、教本で学ぶことはもちろん、検定を受けることそのものが、その目的達成に直結するように作られているってことだ」

修司の声が一段低くなったことに気づいた風もなく、馬渡は誇らしげに顎をあげる。

「検定を受ければ、心霊現象に遭遇したときどこを見たらいいのか、何に注意すればいいのか、ポイントがわかってくる。何度か受けているうちに、霊感が磨かれていくわけだ。受験自体がレベルアップにつながる」

「聞いてへんぞコラ」

霊感を強くしたいなどと言った覚えはない。一言も。

しかし馬渡は「奥ゆかしいだろう」と頓珍漢なことを言っている。

「藤本は実地で経験も積んでるからな。相乗効果で相当霊感が磨かれてるぞきっと。半年後くらいにもう一度検定受けてみろ、準二級くらいになってるかもしれんぞ。黙って受けさせてびっくりさせようと思ってたんだがな」

「それで俺が喜ぶと思っとったんですか本気で……」

コミュニケーションって、相互理解って何だろう。人と人とはわかりあえないものなのか。むなしさが胸に湧きあがり、机に突っ伏した。

「藤本の霊感の増進の度合を見て、教本や検定の内容にも手を入れていかないとな！これからも頼りにしてるぞ」

俺は実験台か。

笑顔で背中を叩かれては、もはや怒りの域すら超えて脱力するしかない。

それでもせめて嫌味の一つくらいは言ってやろうと修司が顔をあげかけたとき、空と笛子が一緒に部屋に入ってくる。笛子が、修司の手元の教本を見てから、修司に同情するような目を向けた。

馬渡は、彼女たちにも気づかない様子で、

「廃屋か。いいな。そんな近場にもあったとはな。今度行ってみるか」

何やら不穏なことをぶつぶつ言っている。もし本当に行く気だとしたら、まず間違いなく自分も駆り出されるだろう。

「どっちみち行くことになるんか……」

想像するだけでげんなりするが、空が椅子を引いて自分の隣に座ったので、気分は少し上昇した。

笛子が、三人分の湯のみを運んでくる。

「お茶です」

「悪いな。……お、羽鳥。来てたのか。心霊スナップの鑑定に来てくれたのか?」

「お茶飲みにきた」

空は笛子にありがとうと言って、両手でカップを持った。

「おみくんが、委員会だから。一人で帰るのは危ないからだめだから、ここで待ってろって言われた」

「最近は物騒ですから」

「あいつの過保護は今に始まったことじゃないだろう。しかしまぁ、物騒ってのはそうだな」

馬渡が、テレビを横目で見ながら言った。先月女性会社員が撲殺(ぼくさつ)された事件の進捗(しんちょく)を伝えるニュース、犯人はいまだ捕まっていないとアナウンサーが神妙な声で伝えている。心霊FAXの件で知り合った、馬渡の友人の吉岡が捜査しているらしい。他県で起きた事件だが、容疑者は逃走中らしいから、近隣の都県の警察が協力して捜査しているのだろう。

「そうなると、ますますその肝試し、放置しておいていいものか。心霊現象うんぬんは置いといて、夜中に出かけるってだけでも危ないこのご時世だぞ。素人(しろうと)がうかつに首つっこんで、屋敷がホンモノだったら面倒なことになるかもしれんしな。いや、俺にとってはホンモノだったほうが望ましい展開なわけだが」

あんたは参加したいだけやろ、と小声でつっこみを入れた。聞こえないように言ったのだから当然だが、馬渡は気づかない。しかし笛子の耳には入ったようで、まったくです、と同意された。

「やしき？　お化け屋敷？」

「お、羽鳥も興味があるか？　実はだな」

「空」

名を呼ぶ声に、空はぱっと振り返った。この名前を呼べるのは、校内にたった一人だけだ。

晴臣が、常時開け放たれたままのドアに手をかけて立っている。

「おお、晴臣。早かったな！」

「委員会は明日に延期だ」

じろりと馬渡を睨んで、空の後ろへ回った。

うさんくさい話に空を巻き込んでるんじゃねえぞ、と目が言っている。

今まさに彼女にうさんくさい話を吹き込もうとしていた馬渡は、悪びれもせずに笑い声をあげた。

「藤本のクラスの奴が、何人かで山ん中に肝試しに行くそうだ。ここは経験値の高い誰かがお守りについていってやるべきじゃないかと思うんだが、おまえなんかどうだ？」

「寝言は寝てから言え」

一刀両断に切り捨てて、長方形の机の「お誕生日席」にどっかと腰を下ろした。空の隣の席では修司が作業をしていたからだろう。空がお茶を飲み終わるのを待つつもりらしい。

笛子が彼の前にも湯のみを置くと、晴臣は短く礼を言った。……仕草ひとつとっても品があって、育ちのよさは滲み出ているのに、何故自分に対してだとこうも柄が悪いのか。

修司は教本のページをめくりながら、恨みがましい目で晴臣を盗み見る。

まったくノーマークで相手にされないよりは、保護者たる彼に敵視される程度に自分が空への影響力を持っているということで、喜ぶべきことなのかもしれないが。

空がお茶を飲み終わり、晴臣と二人で立ち上がったときも、馬渡はまだ山奥の廃屋について何やらぶつぶつ言っていた。晴臣は笛子にだけ挨拶をして出て行き、空は修司に手を振った。

笑顔で手を振り返し、その姿が見えなくなってから、修司はちらりと、向かいに座った心ここにあらずの馬渡を見る。

「藤本、そのクラスメイトから詳しい場所を聞いておいてくれ。それから、何か霊障があったなら、それについても詳細を！　できれば屋敷の間取りと、いつどの部屋で霊障があったかを分単位で……あぁ、でも素人だけで行ったときと、霊感の強い奴が一人いるのとじゃ違うしな。やっぱり一度行ってみるべきか」

結局、その屋敷には行くことになりそうな予感がする。それはもう、ひしひしと。

修司は半ば以上あきらめに染まった息を吐く。

せめて植松が、「何も起きなかった」という報告を持ち帰ってくることを祈るばかりだった。

＋＋＋

「納涼企画？」

教科書をしまおうと鞄の口をあけたところで、筒井は動きをとめ、オウム返しに言った。

クラスメイトで新聞部の村田(むらた)が、大きくうなずく。

「おまえ、夏目と仲いいんだろ？　あの、霊感少年だっていう、さ。何かいいネタ提供してくれないかなあ」

「あー……どうだろうな」

 筒井は、苦笑しながら言葉を濁す。

 夏目は、村田が大喜びするような話をいくらでも知っているだろうが、それを「いいネタ」として話すとは思えなかった。

新聞部は、納涼企画として、来週からホラー特集を組むらしい。生徒からよせられた「本当にあった怖い話」や校内の七不思議の他に、心霊スポットの体験レポートも載せようということで、今いろいろと調査中なのだそうだ。

「噂の霊感少年！　ってことで、夏目のインタビューも載せようって部長が言ってんだけどさ」

「あー、それはやりそう……本人に話してみれば」

「そうするよ。今日来る？　夏目。ついでにおすすめの心霊スポットとかも教えてくれないかなー」

「今日は午後から見てないから、サボりじゃないか？　来るんならもう来ると思うけど」

村田は筒井の前の席の椅子を引いて、それに後ろ向きに座りながら、俺にも霊感とかあればなー、などとぼやいている。

それはそれで大変そうだぞ、と筒井は心中で呟いた。自分には一生わからない大変さだろうが。

「九条高校に友達がいるんだけどさ、山奥の幽霊屋敷に肝試しに行くんだってさ。同行させてもらえばよかったかなー。俺も行こうかな」

「へえ……」

マナーモードに設定していた携帯が震えた。

開いてみると、夏目からメールが来ている。

『ごめーん日陰で昼寝してたら寝過ごして、そのままサボっちゃった！　そーいうわけで今日は一緒に帰れマセン。淋しいだろうけどガマンしてね。らぶー　BY夏目』

「…………」

「筒井？」

「……なんでもない」

ぱたん、と携帯を閉じて鞄にしまう。

筒井は村田に向き直り、今日は夏目は来ないようだと告げた。

＋＋＋

廃屋での肝試しを終えた翌週、植松は、興奮した面持ちで藤本に近づいてきて、

「すごかったぞー」

と、言った。

「まーさーに廃屋って感じで！　女子が怖がって、隅々まで見たってわけじゃないんだけどさ。何か気配感じたって子もいて。カメラ動かなくなっちゃって、石井の彼女なんか、半泣きになって帰ろうって」

「……へー」

よくない知らせだ。

知らせろと言われている以上、馬渡に報告しなければならない。が、この言葉のままを伝えたら、あの男は確実に自分も行くと言い出す。

そして、かなりの確率で、修司も駆り出されることになるだろう。

心霊ツアーには慣れたとはいえ、歓迎はできない展開だった。

「けど、見てくれよこれ」

植松は、学校指定のサブバッグを持ち上げ、外ポケットに手を入れて広げてみせる。斜めに裂け目が走って、ポケットの縫い目まで綻んでいた。

「釘かどっかに引っ掛けたっぽい。超失敗だよ」

「これくらいやったら、縫えば元通りになるやろ？」

「バッグのことじゃなくて。俺ここに学生手帳入れてたんだよ……屋敷の中か帰りの道かで、落としたみたいでさ。取りに戻るのも面倒臭いし、っていうかもう見つからないだろ。今日届け出して、再発行してもらうよ」

おもしろがって話の種にしていても、一人で屋敷へ探しに行くのは気持ちが悪いらしい。

人が「気持ち悪い」と思う場所には、何かあることが多い。霊感が特別強い人間でなくても、なんとなく感じるということはあるのだ。

植松でも気持ち悪いと感じたのなら……自分が行ったらどうなるのかは、あまり楽しくない想像だった。

「まぁ、手帳くらいで済んでよかったやん。帰り道で気がついたら一人足りへんかった、なんてことにならんで」

「だなー。気がついたら一人増えてた、とかもありがちだけど、それもなかったしな」

修司は笑って（内心では笑えないと思ったが）、「ほんまやな」と調子を合わせる。

「馬渡先生に、俺はいつでもインタビューOKだって言っといてくれよ」

「伝えとくわ」

それで、話は終わった。他愛もない世間話で済むはずだった。

しかし、翌日、植松は学校へは来なかった。

植松は消えてしまった。

＋＋＋

修司が図書室へ行くと、馬渡は荷造りをしているところだった。

鞄に怪しげな機材を詰め込んでいる馬渡に、植松が学校に来なくなったことを話すと、何故か馬渡はさもありなんというようにうなずき、

「やっぱりな」

と言った。

「生徒が行方不明とあっちゃ、この学校の職員として黙ってるわけにはいかんからな。これはもはや俺の使命としか思えん。そう思わないか清水？」

私はそうは思いませんけど、と笛子は冷静にコメントしたが、馬渡には聞こえていないようだった。相変わらず、都合の悪いことは聞こえない耳らしい。

慣れた様子の笛子は息をつき、修司のためにお茶を淹れてくれた。

「その人が行方不明になった原因として、肝試しの他に心当たりはないんですか？」

「特別親しかったわけやないから、学校外のことはわからへんけど……」

言われて気がついた。まだ、植松がいなくなった理由が、心霊関係のトラブルだとは限らない。肝試しの話が強く印象に残っていたせいで、当然霊的なものが関係していると思っていたが、普通に考えてみれば、そうでない可能性のほうがずっと高いのだ。

「肝試しから帰ってきたときは、何もなかったみたいやし……俺も、学校で会ったとき、植松から変な感じはせえへんかったから、廃屋でよくないもん拾って来たってこともないと思うし……」

先入観からの思い込みだ。笛子に指摘され、修司はほっとする。

しかし、笛子は考えるように少しの間黙り、

「その植松さんは、手帳をなくされたそうですけど」

「え？」

「もしその廃屋が、本当の幽霊屋敷だとしたら、持ち物をそこへ残しておくのは好ましいことではないですね」

冷静に、しかし深刻な顔で、言った。

そういえば、前にもそんなことを聞いたことがあった。心霊スポットへ調査に行くときの、心得（こころえ）として聞いたのだったか。

「自分の一部を残していくのと同じような意味になるんです。つまり、その場所と本

人とが、つながっていることになります」

笛子が、自分からこうして積極的に話すのは珍しい。笛子はいつも、自分は霊研の研究員ではなく、あくまで図書委員だと主張していたが、こうして淡々と話す口ぶりは、とても「部外者」とは思えなかった。

「手帳を落としたのが、屋敷の中でなければいいんですけど」

「そうですね」

修司は、部屋の隅で備品を漁っている馬渡を眺めながらお茶をすする。

馬渡は、棚にごちゃごちゃと置いてある小物類の中から、コンパスと懐中電灯をつかんで鞄に入れた。

笛子は細い顎に手をあて、

「でも……普通は、ある程度強い霊でも、人に取り憑くのがせいぜいです。人を屋敷にとらえ続けることができるような霊なんて……」

「どこぞのホラー映画みたいに、家に取り込まれて養分にされてまうような心配はないわけやな」

「私の知る限りでは」

考えこむ様子から、笛子が、植松がいなくなったことには霊的なものが絡んでいると考えていることがわかる。何でもかんでも心霊に結びつけて考える馬渡と違い、彼女は実に現実的で、霊研の活動に関しても一歩引いている感があったから意外だった。

「考えられる可能性としては、霊に『呼ばれて』、屋敷へ向かう途中で迷ったり、ケガをしたりして帰れなくなっているとか……」

「よし、こんなもんだろ！」

笛子が言い終わらないうちに、鞄の前に屈みこんでいた馬渡が宣言して立ち上がる。

どこへ何をしに行く気だ、と突っ込みたくなるような重装備だった。

夏だというのに長袖のシャツに、ポケットがいくつもついたベストは、いかにもな「山登りスタイル」だ。

「……やっぱり行くんですか」

半分以上あきらめた口調で、笛子が言う。

「今この瞬間にもか弱い生徒が助けを呼んでいるかもしれんからな。心配するな、夏目にもらった数珠（じゅず）も持った」

目が輝いている。生徒の救出だの何だのと理屈をつけてはいるが、ただ単にお化け屋敷を探検に行くのが楽しみなだけにしか見えない。

笛子はもう少し慎重なようで、気をつけてくださいと重ねて言った。

「おうよ。留守頼んだぞ、清水」

「はい……」

がちゃがちゃとうるさい、機材入りのリュックを背負って馬渡は出ていく。

供を連れず一人で行くのは、修司を気遣ってというよりも、授業のない日曜まで待っていられないというのが本音だろう。

仮にもこの学校で働く職員だというのに、あっさりと趣味を優先させるのがいっそ清々しい。

馬渡が図書室を出てしまってから、「何度も止めたんですけど」と、笛子はため息をついた。

「清水さん、今回はえらい心配性やね。センセのアレは、今に始まったことやないのに」

眉唾ものの情報をどこからか仕入れてきては、それは祟りに違いないだの、地縛霊の仕業に決まっているだの、勝手に決め付けては嬉々として出かけていく。いつものことだ。今回だって、肝試しの後に、それに参加した生徒の一人が行方不明になったという事実だけで、心霊絡みの事件だと決めつけてかかっている。もしかしたら関連性があるかもしれない、というだけで、どこにもその二つが原因と結果の関係にあるという保証はないのに。

「ええ……でも今回は、多分本物だと思うので」

「幽霊屋敷が？」

もともとその廃屋に幽霊が出るなんて噂は聞いたこともなかった。馬渡の心霊マップにその廃屋は書き込まれていないし、さんざん記録の整理を手伝わされた資料の中にも、山奥の廃屋に関する記述があった記憶はない。

馬渡はともかく、笛子が、十分な根拠もなく幽霊屋敷の信憑性を認めるとは思えない。不審に思って訊き返すと、笛子は馬渡が出て行ったドアを見つめたまま、

「夏目さんから電話があったんです。新宿東第一高校でも、行方不明者が出たそうで」

その人も、同じ廃屋に興味を持っていた様子なので、とつけ加えた。

不吉な符合。だけならいいが。

何やら、一気に信憑性が増した気がして、修司は笛子と同じようにドアに目を向けた。意味もなく。

それでもこのときは、馬渡までもがそれきり姿を消してしまうとは、思ってもいなかった。

＋＋＋

馬渡が出かけていって三日、さすがにそろそろこれはまずいのではないかと思い始めた。

携帯にかけてみてもつながらない。笛子に訊いても、連絡はないという。

家同士のつきあいがあるという晴臣なら何か思いつくのでは、と思い廊下で呼び止めたが、返ってきた答えは、

「放っとけ。そのうち帰ってくる」

といった素っ気無いものだった。

「あいつが怪しげな情報つかんで調査に行くのはいつものことだろうが。二日三日連絡がないからって騒ぐことはねえし、本気でやばいってことになったら、あいつの家が警察に連絡するなり何なりするだろ」

「ドライやなぁ」

「仮にあいつに何かあったとしても俺は痛くも痒(かゆ)くもないしな。てめえこそ、何でそんなに心配なんだ。あいつに恩でも感じてんのか？」

「今月のバイト代まだなんや」

「俺が知るか」

会話はあっというまに終わってしまった。

修司も本来は個人主義者なので、晴臣の反応を責められない。自分が同じ立場でもそうするだろう。しかし、今月のバイト代が入らないと、修司は困る。学費と家賃は親が振り込んでくれているから問題ないが、一日三食食べることが難しくなる程度には。

馬渡は殺しても死なないような男なので、彼自身の安否はさほど心配ではないが、今月の収入がどうなるかについてはかなり心配だ。

少なくとも晴臣よりは真面目に心配していそうな夏目の携帯に電話してみると、

『伐くんの言う通り、本格的にこれは何かあったなってことになったら家の人が警察に届けるんじゃない？　あの人がどっか行っちゃうのって珍しいことじゃないから、通報した後で元気で帰って来たりしそうだし、皆慎重になっちゃうんだよきっと』

こちらも思ったよりも楽観的だった。

心配だねえ、でも多分大丈夫だよ、という、緊張感に欠けるスタンス。馬渡の日頃の行いがわかろうというものだ。

「そらそうやけど、センセがあの廃屋に行ったたって知っとるのは俺たちだけやろ？家の人とか、警察とかに話さんでええんかなって……」

もちろん、自分で捜しに行こうとまでは思わない。やぶ蚊の多いこの時期に、一人でわざわざ山奥まで出かけていくくらいなら、一日一食抜くほうがましだ。しかし、警察が捜すにしても、家族が捜すにしても、どこを捜せばいいかあてもないよりは、失踪（？）直前に向かった場所がどこなのか、知っていたほうがいいだろう。せめてそれを教えるくらいは、するべきなのではないかと思うのだ。

「けど、警察に届ける、言うても、家族でもない俺らがでしゃばるわけにはいかんしなぁ……」

『先生がいなくなったのは悪霊のせいかもしれません、なんて言えないしね』

「そうや、吉岡さんは？　課が違うやろけど、話聞いてもらうくらいなら」

『吉岡さんも最近忙しそうだからなぁ……何か、殺人事件の捜査中だって言ってたし。馬渡先生がよくふらふらどっかに行っちゃうことは、吉岡さんも知ってるし』

学生時代からのつきあいだというから、あの馬渡の、のめりこんだら周りが見えなくなる、時間も何も忘れる傍迷惑（はためいわく）な性格を吉岡も承知しているだろう。となるとますます、三日くらい調査から戻らなかったからといって、深刻には受け止めないに違いない。

忙しい捜査一課の刑事ならなおのことだ。

『大丈夫だと思うけどね。あの人運強いから』

苦笑まじりに、電話の向こうで夏目が言った。

『でも、もし捜しに行くんなら、筒井がいるときがいいよ。幽霊屋敷が本物だったら、藤本くん一人じゃ危険でしょ。どうしても気になるんなら、筒井に話してみるけど……』

「ああ、ええよええよ。もう二、三日待ってみて、音沙汰なかったら吉岡さんに電話してみるわ」

最初から、そこまでするつもりはない。夏目に礼を言って電話を切った。

霊感少年のお墨付きの強運の持ち主だ、今月の生活費の他に心配すべきことはない。

（……バイト代に利息つけてもらうからな）

仕方ない。今月は質素に暮らすことにしよう。

あきらめて携帯をポケットにしまおうとしたとき、だった。

後ろから、左袖を引かれた。

＋＋＋

声が聞こえる、と、修司の左袖を握ったまま、空は言った。

誰の声かと訊くと、わからないと首を振る。

「わからないけど、呼んでるの」

根拠がないようでも、空の言葉には意味がある。それは、一緒に行動するようになってよくわかっていた。

「行かなきゃだめな感じがする。多分、待ってる時間はない。じりじりする感じ」

「馬渡センセに関係することか？」

「わからない、でも」

空は真剣な顔で、修司を見上げている。

「行かなきゃだめだと思う」

もうすでに、行くと決めた目だった。

しかし、さすがに、じゃあ行ってらっしゃい、というわけにはいかない。

「……わかった。行こか」

「道を教えてくれるだけでいい」

「アホ言いなや、女の子一人山奥にやれるかっちゅうねん。俺も行くわ」

植松から、大体の場所は聞いている。どのバス停で降りるか、バス停からどの方向へ歩けばいいのかさえわかっていれば、何とかなるだろう。

修司が同行を申し出たことに、空は目をぱちくりとさせている。一体どんな男だと思われていたのか、……日頃のやる気のなさを彼女は見て知っているわけだから、無理もないことではあるが。

「帰る頃には暗くなるやろ。最近は物騒なんやから、一人歩きはあかん」

修司が言うと、空は神妙な顔でうなずいた。

それから、そうと決まればとばかりに身を翻し、歩き出す。

修司は慌てて後を追った。

「ちょお、……羽鳥！　伐は？」

「委員会に出てる」

学校前のバス停で立ち止まった空は、時刻表をじっと見て、次いで修司に目を向ける。

視線の意図を汲み取って、修司は腰をかがめ、時刻表を読んだ。

「えーっと、……六番のバスやな。次のは三分後や」

時計と時刻表を見比べて答える。

それから、かたわらに立つ空を見た。

「伐には言わんでええの？」

「心配するから」

「黙って行ったほうが余計心配すんで？」

「……うん」

空は素直にうなずいて、携帯電話を取り出し、ボタンを一つだけ押した。短縮で登録してあるらしい番号があっというまに呼び出される。

留守番電話につながったらしい。空は、修司と二人で馬渡を捜しに行く旨を簡潔に告げた。

メッセージを聞いたときの晴臣を想像すると、頭が痛くなる。

バスが到着した。

空は携帯を閉じ、しまって、修司の手を引いた。

「行こう」

(俺、後で伐に殺されるんとちゃうか……)

不吉な予感をかなり真剣に感じながら、修司は空に手を引かれてバスのステップを踏んだ。

＋＋＋

廃屋にたどりついた頃、空は夕焼けに染まりかけていた。まさしく逢魔ヶ時(おうまがとき)、不必要かつ過剰なまでにムード満点だ。

もとは庭だったのかグラウンドだったのかわからないが、今はすっかり草が生い茂った地面。ドアの壊れた二階建ての廃屋が、その上に建っている。

山の中、木に囲まれた土地であるのに、蟬の声が聞こえない。この季節はうっとうしくてたまらないはずの蚊が一匹も飛んでいないことに気づいて、修司は寒気を感じた。

「……たくさんいるね」

空が呟く。

しかし、中へ入るのをやめるつもりは毛頭ないらしい。

先に行こうとする空に追いついて、横に並んだ。

空が、手首に巻いていた透明な珠を連ねたブレスレットを外して、修司に差し出す。

「何？」

「あゆのお寺の、念珠。お守りだから」

「ねんじゅ？……ああ、」

ブレスレットかと思ったら、数珠らしい。

「ええよ。羽鳥がつけとき。お守りなんやろ」

「たぶん、わたしのほうが、慣れてるから」

心配されているらしいことを知って、修司は苦笑する。気遣ってもらえるのは嬉しいが、やはり少々情けないような気もする。霊に対する耐性が彼女よりもないことは、ごまかしようもない事実であるので、なおさら。

「やっぱり、羽鳥がつけといて。俺は羽鳥から離れんようにするから、そうしたら、二人とも大丈夫やろ」

空は少し考えるように黙って、それから、言われたとおり、数珠を手首に通した。そして、

「ん」

数珠をかけた右手を、修司に差し出す。

「……えーと？」

その手を、どうしろと？

「離れたらだめだから」

「…………」

壁の一部が崩れた廃屋なんて、足場の悪い場所を歩くのだし。

彼女はただでさえ危なっかしいところがあるから、自分が見ていなくてはいけないし。

手をつなぐのではなく、手を引くためと考えればいい。数珠の効果の面だけでな

く、建物の中は暗いだろうし、物理的にも、そのほうが合理的だ。

訊かれてもいないのに、頭の中で次々と言い訳を並べてから黙って空の手をとった。

(小っさい手やなぁ)

気分は誘拐犯(ゆうかいはん)だ。

壊れたドアの残骸(ざんがい)を跨いで、建物の中に入る。

一歩踏み込むと、外とは別世界のように空気がひんやりした。

霊感検定試験教本第四章三項、心霊スポットの特徴について。そんな項目が、そういえばあったような気がする。

曰(いわ)く、体感温度が「外」の世界と違う。多くの場合、低く感じる。また、湿度も高くなる傾向にある。

寒くて湿って、日が当たらない静かな場所は要注意。静かすぎて、耳鳴りがするような場所は特に注意。——あの馬鹿馬鹿しい検定試験と教本が、役に立ちそうなのが腹立たしい。

(霊がおるってわかっとって入ろうとしとるんやから、意味ないけど)

「足元、気ぃつけや」

「うん」

がれきを跨ぐのに、手を貸した。

「あーもう、ほんまに伐に殺されるかもしれへん……」

「おみくん？」

「なんでもない。一応、改めて『着きました』って連絡だけしとくか？」

制服のポケットを探って携帯を取り出し、

「あ」

液晶を見て動きを止める。

「……圏外や」

＋＋＋

夏目歩の携帯が鳴ったのは、彼がクラスの女子からもらったお菓子を食べながら、彼女たちと廊下で談笑しているときだった。

彼女たちにごめんねと断って電話に出ると、

『夏目！　今どこにいる!?』

挨拶もなしに、飛び込んできたのは切羽詰った晴臣の声。

「学校。何かあった？」

『……悪い、取り乱した。空が、』

夏目が冷静に返せば、一呼吸おいて晴臣の声音も落ち着く。彼がこんな風に焦って電話をかけてくることなど滅多にない。幼なじみの少女に関わることだろうとは、察しがついた。

『空と、藤本の野郎が、例の廃屋に向かったらしい。留守電にメッセージが入ってた。十分前だ』

「馬渡先生を探しに？」

『多分そうだ。空が何か感じたのかもしれない。だとしたら、幽霊屋敷ってのは噂だけの話じゃねえってことになる』

「わかった。伐くんも今学校？　だったら、ここからのほうが早いね。すぐ行くから」

『悪い……』

電話の向こうで、深く息を吐くのが聞こえた。大丈夫、と声の調子を少しあげる。

「空ちゃんには、うちの念珠も渡してあるし、危険な霊だって思ったら、空ちゃんだって近づかないよ。藤本くんが一緒ならなおさらね」

『ああ。俺もタクシー拾ってすぐ行く』

「でも、もし幽霊屋敷がホンモノなら、できればバリアが欲しいとこだよね……っと」

携帯電話を頬と肩で挟むようにして、教室から出てきたところの筒井を、がっしとつかまえた。うわっとか何とか声をあげるのを、無視して腕をからめとる。

「伏くん、バリア確保！　今から行ける！」

かくして、食べかけのカップケーキの残り半分と引き換えに、人間バリアは出動を余儀なくされることとなった。

＋＋＋

冷たいコンクリートの壁には、ところどころひびが入っていた。埃っぽい匂いに顔をしかめながら進む。植松たちの前にも、誰かが忍び込んだことがあるらしく、部屋の隅に、古い花火の残骸や煙草の吸殻が落ちていた。

なんとなく、体が重い。しかし、（空が「たくさんいる」と言ったにもかかわらず）霊らしきものの姿は視えなかった。

自分に視えていないだけかと思ったが、空も不思議そうにしている。

「……何や嫌な感じがせえへんこともないけど、霊はおらんよな？」

「うん、」

確認してみると、空はうなずき、

「でも……」

二階。と、小さく呟いて、短い通路の奥にある階段を見る。

照明がないので、上のほうの段はほとんど真っ暗だった。迷わず上ろうとする空を慌てて止め、手をつないだまま、自分が一段先を歩くことにした。

幽霊屋敷ということを差し引いても、廃屋だ。木造ではないので、まさか床が崩れたりはしないだろうが、女の子に先を歩かせるわけにはいかない。

「センセー？」

返事が返ってくることは大して期待していなかったが、一応名前を呼んでみた。二階のどこかで、ケガでもして動けずにいるという可能性も、ゼロとは言い切れない。

一歩一歩、足場を確かめるように上っていく途中、

「……ちょお待って」

修司は足を止めた。

空も気づいたらしく、一段下から修司を見あげてくる。

ドンドンと、壁を叩くような音が、聞こえた気がした。

「センセー！　おるんやったら返事、」

声をはりあげたが、返事はない。その代わり、確かにもう一度、ドン、と音が聞こ

えた。

空と二人顔を見あわせ、少し歩調を速める。しかし、階段を上りきる頃には、音は止んでしまった。

二階にたどりつくなり、ざわりと、空気が変わるのを感じる。

「女の人」

修司の手を握ったままの空が、隣に並んで言った。

視線をたどったが、修司には視えない。しかし、気配のようなものは感じた。

向かって左側の壁には、ガラスの割れた窓があり、右側には部屋が二つ並んでいる。片方の部屋のドアは壊れて、すっかり取り外されていた。突き当たりを右に曲がると、その向こうにも部屋がありそうだった。

全体的に、重苦しい雰囲気ではある。が、空が指摘した女性の姿は。

「視えない？」

「ほとんど……」

ふと思いついて、眼鏡を外した。

以前笛子に言われた言葉を思い出したのだ。

「あそこ」

空の指さすほうを観ると、廊下の先に、女性が立っているのが視えた。

「うわ」

ドアや窓枠の輪郭はぼやけて見えるのに、対照的に、彼女の姿は鮮明に浮かびあがった。

こちらを見ているように感じたその女性は、すっと修司たちに背を向け、廊下の突き当たりを曲がってしまう。

「あ……」

「視えた？」

「……視えた」

かけ直そうかどうしようか迷ったが、結局眼鏡を外したまま、右手に持った。

「今の人、ついてこいって言っとるん？」

「わからない……」

ドアの壊れた部屋をのぞいてみたが、室内には見事に何もない。もう一つの部屋も同様だった。

警戒しながら、廊下のつきあたりを右に曲がったが、女の霊はもう視えない。

奥にも部屋が二つあった。目を凝らして（修司の視力は〇・一を切っている）、どちらもドアが閉まっていることを確認する。

あいかわらず、霊の姿はどこにも視えないが、一歩一歩、進むごとに体が重くなる気がした。

「……？」

一階で、物音がしたような気がした。

足を止める。

空も気づいたようだった。

「今、音せえへんかった？」

空はうなずき、

「誰かいる」

階下をうかがうように身を翻しかける。つないだ手でそれを止めた。

さきほど、一階にある部屋はすべて点検したはずだ。

「先、こっち確認してからや。羽鳥、ここにおって」

惜しいような気がしたが、小さな手を放し、壁際に彼女を立たせる。廊下のちょうど曲がり角、階段から誰かが上がってきたらすぐに確認でき、奥の部屋で何かあっても、すぐに逃げ出せる位置だ。

「でも、」

「大丈夫や。部屋の中確認して、そしたら一緒に降りよな」

「嫌な感じする。わたしも一緒に開ける」

「二人して霊にあてられて、気分悪うなってもしょうがないやろ。羽鳥はここにおって。階段のほうも気にしといて、何かあったら俺に教えてな？」

「……わかった」

空はしぶしぶというようにうなずいて、手首の数珠を修司の左手首に移した。つないでいた手を放した、そのかわりのように。今度は、遠慮なく借りることにした。

空を置いて数歩進み、手前のほうのドアの前に立つ。

ドアノブに手をかけたが、ドアを開けるのには覚悟が要った。

予感があった。

（ここや）

たくさんいると空が言った、何か嫌な感じがすると思った、その原因は間違いなく。

この部屋だ。

深呼吸をした。

ノブを回す。ドアを引く。

開けた。

クーラーのきいた部屋から、急に炎天下の外に出たときのように、ぶわっと違う空気が室内から溢れる。

目を見張った。

「……しゅ」

「羽鳥」

空がこちらへ来ようとした、その気配を感じて、止める。彼女のほうは見ずに、短く名を呼んで。

「……来たらあかん」

口元を押さえた。

呼吸を落ち着ける。

部屋の中には、満員電車のようにぎっしりと、無数の霊たちがひしめいていた。

ドアから一歩さがる。数珠の効果なのか、霊たちは修司を見はしたが、近づいてこようとはしなかった。

空間のすべてが、霊で埋まっている。室内には、とてもではないが入れそうもない。霊には実体がないわけだから、体をすり抜けるのを無視して進めば部屋に入ることは物理的には可能なのだが、さすがに抵抗があった。

せめて、馬渡の来た痕跡だけでも見つけられないかと、外からのぞきこんでみる。

「何人か」が、ざわざわと体を寄せ合うようにしながら虚ろな目で修司を見ている。体が動かない。緊張しているのかもしれない。

そうだ眼鏡、と思い出して、右手のそれを持ち上げようとしたとき、……「彼ら」の中の一人と、目が合った。

落ち窪(くぼ)んだ目の、無精ひげの生えた男だった。

近づいてくる。

ゆっくりと、男は修司に向かって手を伸ばした。

助けを求めるように？

「空ちゃん！……藤本くん！」

慌(あわ)ただしい足音と声が聞こえ、修司は空のいるほうを振り返る。

夏目と筒井が、息を切らして立っていた。駆けつけてくれたらしい。

もう安心だ、と、力が抜けた。

この二人が、特に霊の影響を無効化できる体質の筒井がいれば。

実害はなくても、霊の溢れかえる部屋の前にいるのは気持ちのいいものではない。

退こうとしたとき、筒井が叫んだ。

「藤本、逃げろ！」

ひゅ、と音がして前を見る。

振り上げられた腕が目に入った。悪意に満ちた目をした男の、

（え？）

何故。

（逃げろ？）

危険を知らせたのは、筒井だった。

そんな馬鹿な。

（だって筒井は）

「藤本くん！」

続いて夏目の声。我に返る。男はすぐ近くに迫っていて、筒井も夏目も自分の行動も間に合わないことがわかった。

とっさに目を閉じそうになった、
そのとき男の動きが止まった。その顔が、信じられないというように歪む。

何人分もの手が、男の首や腕に巻きついてその動きを止めていた。

隙をついて、夏目と筒井が横からタックルして男の体を床へ倒す。どたんと派手な音がして、修司は自分の恐ろしい勘違いを悟った。

「筒井、腕！　腕押さえて！　藤本くん何か縛るもの持ってない？」

膝で相手の腰と背中を押さえるようにして、夏目が男のベルトを抜き、それで両足首を縛った。倒れたときにどこか打ったのか、それとも精神的なショックのせいか、男はうめくだけで暴れようとはしない。男の着ていたシャツで、ひとまとめにした手を背中で縛りあげ、夏目はふうと息をついた（妙に慣れた手つきについては突っ込まないことにした）。

「藤本くん、平気？　ケガとかない？」

「……ない。助かったわ。けど、」

足元で伸びている男を見下ろし、

「筒井に見えとるってことは……」

「このヒト人間だよ。なんか目がイっちゃってたから、警察呼んだほうがいいね多分」

「……なんでこんな所に」

霊だらけの部屋で、死人のような顔で立っているから、生きた人間だとは思わなかった。眼鏡を外していたせいもあるのだろうが。

今さらながらに、ぞっとした。

もう大丈夫、というように夏目が笑って、言った。

「藤本くん、眼鏡ないと男前だね」

握っていたはずの眼鏡が、右手にない。いつ落としたのか、床の上に転がっていた。

修司が腰を屈めるより先に、空が駆け寄ってきて、拾い上げ、渡してくれる。

眼鏡をかけて改めて見下ろせば、床に伸びているのは、薄汚れた、顔色の悪いただの男だった。

＋＋＋

どんどんどん。

と、階段の途中で聞いた音が再開して、修司は飛び上がった。

筒井が男から離れて立ち上がり、「何だ？」と周りを見回す。筒井にも聞こえているということは、霊障の類ではないらしい。

音は未だ続いている。奥の部屋からだった。

「――誰かいるのか!?」

筒井の声に応えるように、どんどんと壁だかドアだかを叩く音が返る。

男の見張りを修司に任せ、筒井と夏目が、一番奥の部屋を見に行った。

半分開いたドアごしにのぞくと、部屋の中にぎっしりと詰まっていた霊たちは、わらわらと散り始めている。それでも気持ちがいいものではないので、ドアから離れて廊下の端へ寄った。

脚を投げ出して背中を壁に預けた修司の隣に、空が膝を抱えて座り込む。

だいじょうぶ？　と、いつもより近い距離で言った。

「……大丈夫や。ありがとな」

思い出して、借りたままだった数珠を空の手に返す。数珠は、するりと細い手首をくぐった。

夏目たちがここにいるということは、晴臣から彼らに連絡が行ったのだろう。晴臣も、今に血相を変えて駆けつけてくるに違いない。

とりあえず空にケガはないが、自分がナイトの役目を果たせたとは考えにくい。夏目たちが来てくれなければ、どうなっていたか。

(謝ることでもないんやけど、何や肩身狭いわ……)

朝帰りする箱入り娘に同行し、厳格な父親との対面を待っている悪友のような気分だ。

修司が一人でため息をついたり天井を見上げたりしていると、奥の部屋から、夏目がひょいと顔をのぞかせた。

「空ちゃん藤本くん、植松くんって知ってる？」

「クラスメイトやけど……」

「ここにいるよ。そいつに捕まってたみたい」

空と二人で顔を見合わせ、立ち上がって奥の部屋へ入った。

埃まみれの部屋の隅に、筒井を含めて三人の人影が座りこんでいる。ちょうど、筒井がそのうちの一人――植松の足から、ガムテープを剝がして丸めたところだった。

植松も、もう一人の、筒井たちと同じ制服を着た男子生徒も、げっそりと疲れきった顔をしている。

馬渡の想像（悪霊によって幽霊屋敷に閉じ込められている）とは違っていたが、廃屋にとらわれているという部分だけは正しかったようだ。

もう一人は、筒井のクラスメイトで、村田という名前だと夏目が教えてくれた。植松たちが廃屋へ肝試しに行ったことを、九条高校に通う友人から聞いて、一人で写真を撮りに来たところを捕まったのだという。

「植松は？　何で戻ってきたんや。気味悪いて言うてたやんか」

「戻ってないよ。学校帰りに捕まったんだ、待ち伏せされてたらしくて」

夏目が、汚れた生徒手帳を持ってきて、植松に渡した。

「これ、捕まってから盗られたの？」

「え、……いや、落としたんだと思うけど」

「じゃ、多分あいつ、これを見つけたんだと思うよ。自分のこと、見られたと思ったんじゃないかな」

おかしなことを言う。

植松も、きょとんとして修司と夏目の間で視線を泳がせる。

「見られたと思った、て……あいつ、植松たちが肝試しに来たときからずっと、ここにおったってことか？」

薄汚れてはいたが、男の服装はホームレスには見えなかった。第一、「見られたと思ったから」というだけの理由で、わざわざ下校途中の高校生男子を待ち伏せするというのもわからない。

何か知っているらしい夏目は、「多分肝試しの前からね」と答えた。

「さっき、あいつの顔、写メ撮って吉岡さんに送ったんだ。もう着く頃だと思うよ」

夏目の言った通り、それから間もなく吉岡と、血相を変えた晴臣が到着した。吉岡は、廊下に転がっている男に手錠をかけ、夏目に、携帯電話がつながるポイントを訊いている。

髪を乱して走ってきた晴臣は、見事に修司の存在を無視して空のところへ直行した。

無事を確認し、はあっと長い息を吐く。

吐き出す息が切れ切れで、震えていることに修司は気づいたが黙っていた。

修司が気づいたのに、空が気づかないわけがない。

「おみくん」

名前を呼んで、手を伸ばす。晴臣が腰を屈めると、ぎゅうと乱れた髪ごと頭を抱いた。晴臣は目を伏せ、存在を確かめるように空の背中に触れて、すぐに放す。

空が小さな声で、ごめんなさいと言った。

空が離れた後の晴臣は、落ち着いていた。

「……無事ならいい」

静かな声と静かな目だ。

こういったことは初めてではないのだろう。晴臣はいつも空の意思を尊重して、彼女のすることを止めたりはしない。青ざめるほど心配しても、震えるほどに怖くても。

それほどまでに広く、深く、空を受け止め受け入れることは、自分にはできないかもしれない。そう、修司は思う。

しかし、それでいい。

彼女のすべてを許す、そんな存在は一人でいい。

それは修司の役割ではなかった。

そのかわり、

「羽鳥」

声をかけると、空が振り向く。

「今日みたいに、何か気になることがあったときは、まず俺らに言うてな。俺はあんまり役に立たへんかったけど、それでもいないよりはマシやろ？　羽鳥が一人で来とったらと思うとぞっとするわ」

あのとき修司がついていくと言い出さなかったら、空は一人でここへ来ていただろう。最初から空はそのつもりだった。修司はそれに気づいていた。

それは根本的なものかもしれない、彼女は自分に頓着しないのだ。

「誰か、助けたい人がおるとか、そういうときは……俺ができることなら手伝うし、俺であかんかったら一緒に夏目たちに頼んだるし、……だから、一人で危ないこと、せんとって。俺らがおらんとこで、危ない目には遭わんとって」

小さな頃から霊感が強かったという空が、危険を知らないはずがない。危ないとわかっていて、それでも、関わることを続けてきたのだ。それは彼女の美点であるのかもしれない。しかしそれを、認めるわけにはいかなかった。

空が自分自身を大事に思っていなくても、彼女を大事に思う人間がいる。空がそれに気づいていないわけがないと思うけれど、でも、誰も言えずにいたのなら。

知り合ってまだ日の浅い、ある程度距離を置いた場所にいる、自分が言わなければ。

いつか必ず縮めてみせるつもりでいる、この距離が縮まらないうちに。

「けど、俺と一緒におるときでも、なるべく危ないことはせんといてな？　俺の心臓がもたへん。心配で死んでまうわ」

少し語調を明るくして、苦笑気味にそう結ぶ。

真面目な顔で聞いていた空は、少しの時間を置いて、うなずいた。

「しゅうちゃんが死んだら嫌だから、考える」

真剣に考えた後の、真剣な返答だった。

「ちゃんと考えるけど、でも、やっぱり、また危ないこと、すると思う。やめるのは、できないと思う」

「うん」

やめろなどと言う権利は、もとから修司にはない。やめさせられるとも思っていない。だからこそ言えたのだ。

小さいがまっすぐ背の伸びた空に、修司は少し目を細める。

「ええよ。……でも、知っといてな」

空が傷つくことで、傷つく人間がいることも。

空はまたうなずいて、ありがとう、と言った。

伝わったようだった。

晴臣は、何も言わなかった。

携帯電話を片手に、吉岡が戻ってきた。興奮している様子だ。

「つかまっていた二人は、まず病院だ。深刻なケガはないようだけど、まるまる三日以上もここにいたわけだからね。君たちにケガはないんだな？　話を聞きたいから、一緒に来てもらいたいんだが……もしすごく疲れてるようなら、明日でもかまわない。こっちで話をつけるから」

「俺は平気ですけど……」

筒井が、空と修司を気遣うように見る。

夏目が、「うん、俺も平気」と軽く答えてから晴臣を目で示した。

「空ちゃんは帰ったほうがいいんじゃない？　お迎えが来てるんだし」

「あぁ、もちろんかまわないよ。今日はゆっくり休んでくれ。後で、話を聞かせてもらうことになるけど」

車を呼んであるから、家まで送るよと吉岡は付け足した。

晴臣が、すみませんと短く言った。

「話するくらいなら、俺も今からでかまわへんけど……その前に、吉岡さん」

シャツのかわりに手錠で両手をつながれ、壁にもたれる形で座らされている（しかし足首のベルトはそのままだ）男を見やって修司は、気になり続けていた疑問を口に出す。

「誰なんですかこいつ」

ただの変質者なら、捜査一課の刑事がかけつけてくるわけがない。

改めて尋ねると、「大谷秀樹（おおたにひでき）だ」とごく簡潔な答えが返ってきた。

修司が、まだわからない、という顔をしていると、夏目が「藤本くん、テレビ観ない人？」と訊いてくる。

「……あんまり」

「ニュースとかで結構流れてたけど、覚えてない？」

夏目は、隣の県の名前を挙げた。

そういえばワイドショーで何かやっていたような、と思い出す。

吉岡が夏目の後を引き継いだ。

「殺人事件の容疑者だよ。被害者は二十七歳のＯＬだ。この男は事件の直後から姿を消していて、重要参考人扱いだったんだが……この町に来たらしいって連絡が入って、俺たちも捜査に協力していたんだ」

なかなか情報が集まらないと思っていたら、こんな所に潜伏していたとは。そう言って、吉岡はがしがし頭を掻く。

思い出した。ＯＬが撲殺された事件。ニュースで観た。吉岡が捜査していると聞いていた——あの事件か。

修司は言葉を失い、青ざめた。

殺人犯。……殺人犯。まだ確定したわけではないにしても、多分、かなりの高確率で、殺人犯。

そんな男に襲われかけたのか、自分たちは。

見ると、筒井も同様に凍りついていた。彼は夏目と二人で、殺人犯にタックルまでしてのけたのだから当然といえば当然だ。

馬渡の友人にデリカシーを求めるほうが間違っているのだろうか、吉岡はそんな二人に気づいた様子もなく、

「外には漏らせない情報もあるから、詳しいことは、こいつを取り調べて事実関係を確認してから、話せる範囲で話すってことでいいかな」

的外れなことを言った。

修司はもうどうでもいいと思いながら、うなだれるようにうなずくしかない。

夏目は、呆然としている筒井の顔の前で「おーいしっかりー」と手を振り、晴臣が、「帰るぞ」と空を促した。

廃屋を出たところでちょうどクラクションが聞こえ、迎えの車の到着を知る。空と

晴臣は帰宅し、後の三人は警察署で事情を訊かれることになるのだろう。

高校生行方不明事件だけでなく、同時にOL殺人事件まで、これで解決だ。

吉岡と縛られた男とを残して、皆でぞろぞろと出口へと向かう。

「あ、ちょっと待って！」

出口付近で立ち止まった夏目が、思い出したというように声をあげた。

皆何事かと足を止め、一番先を歩いていた晴臣も、うるさそうに立ち止まって振り返る。

何だ、と彼が目で促せば、夏目は言いにくそうに、……こちらの様子をうかがうように、言った。

「……馬渡先生は？」

「「「……あ」」」

＋＋＋

吉岡の携帯電話に、馬渡から連絡があったのはその日の夜だった。

今まで連絡もなくどこにいたと、吉岡が叱りつけようとしたがそれより早く、

「死体を見つけた」

と、さすがに疲れの滲む声で、馬渡は告げた。

＋＋＋

馬渡が発見した死体は、例のOL殺人事件の被害者と、同じ会社に勤めていた女性だった。

逮捕された大谷秀樹が殺害を自供したと、吉岡が教えてくれた。事件の直後、逃げようとしているところを目撃され、口封じのために殺したのだそうだ。

彼女の遺体は事件のあった町の、山中に埋められていたという。

顔写真を確認して、それが廃屋で自分たちに姿を見せた、あの若い女性の霊だということに修司は気づいた。彼女はずっと大谷について、この町まで来たのだろうか。

「俺があの廃屋に行ったらさ、出てきたわけだよ彼女が。で、戸口に立ちはだかるから、何か俺に言いたいのかなと思ってな」

笛子のコーヒーを飲みながら、馬渡は話した。珍しく、コーヒーを全員分出し終わってもその場に止まって話に参加している笛子が、深々とため息をついた。

「普段は霊の存在を感じることさえ稀なのに、彼女の姿がはっきり視えたから嬉しくなったんですね？」

「まぁそれもある。が、いや、助けて欲しそうに見えたからだ！　人助けだ、人助け」

笛子の読みは的中したらしい。馬渡がごまかすように咳払いをした。

馬渡は廃屋を探索することをやめ、彼女が導くままに山を下り町へ戻ったのだという。

「どこに連れてくのかと思いながらついてったら、本屋の店先に積んである女性週刊誌を指さすわけだよ。しかも、ＯＬ殺人事件って見出しのとこを、しきりにな。そのページを開くと、今度は事件が起こった町の名前を何度も指さす。そこへ行けってことだってわかったよ」

「で、行ったんですね」

「行った。新幹線でな。駅からは、彼女の案内するままに進んだだけだ。駅についた時点で日が暮れてきてたし、山登ってる途中ですっかり暗くなっちまったし、『あぁこりゃ今日中には帰れないな』と……」

「思った時点でせめて連絡くらいするだろうが普通！」

「山奥で、携帯は圏外だったんだよ。廃屋もそうだったたし、移動中は彼女を見失わないようにって思ってたらタイミングを逃してな」

晴臣の常識的な突っ込みにも、平然と返してコーヒーをする。

さては忘れていたな、とピンときた。幽霊を見て浮かれて、職場や修司たちへの連絡など頭から抜け落ちてしまっていたのだろう。

晴臣も同じことに思い至ったようで、頭痛をこらえるような顔をしている。

「いや、しかしこうして落ち着いて飲むコーヒーはうまいな！　帰ってきたって感じがするしな」

おかわり、と差し出されたカップを、笛子は無言で受け取った。

静かに怒っているのか、呆れているのか、その表情からは読み取れない。

しかし、確実に、思うところはあるようだった。無言の圧力を感じたのか、馬渡は気まずそうに肩をすくめる。

助けを求める視線を受けて、一人だけ違う制服で堂々と九条高校の図書室まで乗り込んできた夏目が、苦笑しながら、

「でもまぁ、皆無事でよかったよね」

とのんきなコメントをした。

「けど、よぉセンセイに視えたな？　俺にも、眼鏡外すまではっきりとは視えへんかったのに」

「たまたま先生と彼女の波長が合ったんじゃないかな。そういうことってあるよ。多分、彼女は自分を見つけてくれる人を待ちわびてたんだろうし」

山中に埋められていた彼女のことは、馬渡によって遺体が発見されるまで、記事にはなっていなかった。成人女性が一ヵ月家に帰らなくても、すぐには事件にならない。彼女の失踪が、同じ職場での殺人事件と結びつくのは時間の問題だっただろうが、今回のことがそれを早めたわけだ。

被害者が二人いたとわかり、ワイドショーは「新事実！」と見出しを打って騒いでいる。吉岡経由で情報が伝わるより、テレビからの情報のほうが早いくらいだった(吉岡が手を回してくれたのか、それとも捜査陣が幽霊の存在を信じなかっただけか、馬渡や修司たちのことは公にはされていない。「登山客が偶然遺体を発見」「肝試し中の高校生が潜伏中の犯人を目撃し、通報」と、うまくつじつまを合わせてあった)。

報道されていた被害者女性、つまり一人目の被害者は、大谷と不倫関係にあった。大谷は彼女と二人で、会社の金を横領、着服していたが、別れ話がもつれ、彼女は横領のことを会社にばらすと言い出した。殺すつもりはなかったが、取り乱して出て行こうとする女を、怒りにまかせて引き倒したら、彼女は棚に頭をぶつけて死んでしまった。大谷は事故に見せかけて逃げるつもりだったが、二人の関係を知っていたもう一人の女性社員に運悪く目撃されてしまい、口封じのために彼女も殺害した——それが、山中に埋められていた彼女だ。最初の被害者とは違い、絞殺してしまったため、事故に見せかけることもできず、遺体を山に運んで埋めたのだそうだ。

しかし、そこまでした甲斐もなく、警察は現場の状況や遺体から、すぐに最初の被害者の死に事件性があるとつきとめた。

大谷は捜査の手が伸びる前にと、以前出張で来たことのあるこの町へ逃げてきて、あの廃屋に身を潜めた。まとわりついていた大量の霊には気づいていなかったとしても、電気も通らない廃屋にたった一人で潜んでいれば、判断力や思考力が低下するのは当然だ。

夏目が予想したとおり、大谷は肝試しに訪れた高校生たちに怯え、姿を見られたと思い込んで植松を拉致したらしい。そのためにわざわざ山を下りていったことで、人に見られる危険が増したことには考えが及ばなかったのだろう。

修司を襲おうとしたときの目も、すでに正気を失っているように見えた。

霊感がなく、霊を視ることはできなくても、知らないうちにその影響は受けていたのかもしれない。まして、その霊たちの中には、大谷自身が殺害した女性もいたのだ。

警察署で、最初の被害者となった彼女の写真も見せてもらった。その顔にも見覚えがあった。

「この人、廃屋の霊の中にいました」

そう言ったら、吉岡はそうかと目を伏せていた。

修司が大谷に襲われそうになったとき、大谷にしがみついていた、霊の一人だった。

夏目は、おそらく彼女が大谷に取り憑いていて、あの大量の霊たちは、彼女の怨念に引かれて集まってきたのだろうと言った。

「結局今回、霊は何も悪さしてへんかったってことになるんか？」

「だね。あの霊たちは皆、建物に憑いてたわけじゃなくて、あの人にくっついてたわけだし」

「廃屋に集まっとった霊は、どうなったん？」

「いくらかは減っただろうけど、まだ大谷秀樹にまとわりついてる霊もいると思うよ。原因になってる女の人が、離れてないから。あの廃屋には、もう残ってないよ」

「……もう一人の女の人は？」

夏目は、修司の問いが誰を指すのか、正確に読み取って微笑む。

「先生が体を見つけてあげたから、多分、成仏できると思う。今度話してみるよ」

馬渡が即座に同行を申し出た。

笛子が、無言でコーヒーのおかわりを彼の前に置く。だん、と音がして少量のコーヒーが飛び、馬渡は口を閉じた。

「しばらくおとなしくしててください」

「……ハイ」

「蔵書の整理も止まっています」

「……ハイ」

「まずはコーヒーをどうぞ」

「イタダキマス……」

　さて、と修司と夏目、晴臣は同時に席を立つ。

　馬渡が、おい、と焦ったように呼び止めたが、三人そろって綺麗に目を逸らした
(空は最初からあさっての方向を眺めている)。

「筒井にも教えてあげなきゃ。俺もう帰るね」

「俺もこれから委員会だ。空、待てるか?」

「あ、なら俺が送ってくわ」

「あァ!?」

「うわ、柄悪……!　ええやん、どうせ方向同じなんやし。俺でもええ?　羽鳥」

「うん」

「……っ!」

　先に空の了承を得てしまえば、晴臣は口を出せない。我ながらずるいやり方だとは

思ったが、それくらいでなければこの二人にはつけいる隙もない。

夏目は目を丸くしてそのやりとりを見ていたが、やがてにやっと笑って晴臣と修司の肩を、左右の手で叩いた。

「おいっ、おまえら……こら、無視するか俺を！」

「おまえは蔵書整理しろ」

「センセーさよーならー」

「あ、今回の分もバイト代つけといてな。そこのノートに実働時間メモしてあるから」

「さよなら」

ぴしゃんと図書室の扉を閉めて、すがるような馬渡の視線と声をシャットアウトする。

おそらく笛子が一番、純粋に馬渡を心配していた。心配しながら、留守を守って、帰りを待っていた。馬渡には、彼女に弁解する義務がある。

そして彼女には、馬渡を責める権利がある。

「怒ってくれる人がいるのっていいよねえ」

「それだけ心配してる、てことやからな」

「迷惑さえかけられなきゃ、あいつがどうなろうとどうでもいいからな俺たちは」

話しながら歩く。

晴臣は、会議室の前まで来ると、心底不本意そうに修司と「会議室」のプレートとを見比べた。

「空。車呼ぶか？　今電話すれば、」

「へいき。しゅうちゃん一緒だし」

だからそれが心配なんだと、晴臣の目が語っている。

修司はうっかり目を合わせてしまい、思い切り睨まれた。

「おみくん、委員会がんばってね」

「……何かあったら大声出せよ。途中までは夏目の横を歩け。夏目と別れてからは、なるべく人通りの多い道を歩け」

ひどい言い様だったが、反論したところで話がややこしくなるだけなのでここは黙っておく。無言の修司には目もくれず、晴臣は今度は夏目に視線を向けた。

「今度のことは悪かったな。筒井にもよろしく言っておいてくれ」

「伐くんに頼まれごとされるの好きだからいいよ。筒井にも言っとく。何かあったらまたどーぞ」

随分扱いが違うのは、今に始まったことではないのでこれもスルーした。

晴臣はまだ納得いかないようにため息をついたり修司と空を振り返ったりしていた

が、通りかかった他クラスの委員に呼ばれて、会議室に入っていった。

『よっしゃ勝利』

あれ、口に出ていたか？

と思ったら、

「……って思ったでしょ、今」

夏目だった。

鋭い。

「羽鳥といい、霊感強い子らは人の心まで読めるん？」

「空ちゃんは、人の感情に敏感なだけだよ。今のは、藤本くんがわかりやすすぎただけ」

修行が足りないなぁ、と、夏目は笑っている。

「精進しますわ」

「うん。頑張って」

校門を出ると、夏目はくるっと体の向きを変え、修司と空の前に回った。

「じゃ、俺、こっちだから。空ちゃん、またね」

「ばいばい」

グッドラック、と夏目が修司に向け、声に出さずに唇だけ動かす。無理だろうけど、というニュアンスを感じとりつつ、どーも、と返した。

今回の一件にしても、彼はやはりヒーローだった（主に登場のタイミングが）。感謝はしているが、しかし、

「……去り際のウインクが様になる男なんて俺は信用せえへん」

軽やかに去っていく後ろ姿に、ぼそりと呟く。

と、夏目は角を曲がる前にくるりと振り向いて手を振った。

空が手を振り返す。

声が聞こえたわけでもないだろうが、あなどれない。

夏目が気にかけているのなら、あの女性の霊のことも、良いようにしてくれるだろう。

犯人は逮捕され、廃屋に霊はもういない。植松は、来週から登校することになっている。村田も、見舞いに行ったら元気そうにしていた、すぐに登校できるだろうとさきほど夏目が教えてくれた。

これで、事件は解決だ。少なくとも、自分たちが関わる範囲では。

夏目の姿が見えなくなってから、修司は、ほう、と息をついた。

「……結局俺は何もしてへん気がするけど」

「え？」

「なんでもない。行こか」

「うん」

歩き出す。家がどこか尋ねると、空は、正確に番地まで教えてくれた。意外と近い。

歩幅が大分違うのを意識しながら、しばらくの間歩く。互いに黙って歩いていたが、ふいに空が口を開いた。

「ありがとう」

「ん?」

「送ってくれて」

「ああ、ええよ」

「それから、一緒に行ってくれて」

「…………」

「ありがとう」

「……ええよ」

さきほどの情けない独り言が、聞こえていたのかもしれない。

少し、歩調が遅くなった。三十センチほど下から見上げてくる空の視線を感じた。

修司が空のほうを向き、目が合うと彼女はにこりと笑った。

「眼鏡ない顔初めて見た」

「あー……忘れて」

素顔がどうのというより、それに付随して思い出される失態が情けなさすぎる。

「もったいないから忘れないって、あゆは言ってた」

「……あゆの言うことは素直に聞かんとき、どこまで冗談かわからんから」

空は珍しく、ふふ、と小さく声を出して笑った。修司が夏目を「あゆ」と呼んだのがおかしかったのかもしれない。

そうしていると、まるで普通の女の子のようだった。それが不思議だった。

「もう外さないの？」

「苦手やねん」

「見えすぎるのが？」

こういうところが、やっぱり普通じゃない。

修司は苦笑して、そうやねと答えた。

「視たくないもんが視えすぎるんも、……見せたくないもんが見えすぎるんもな」

眼鏡は双方向のバリアだった。ずっと長い間。

今では、通用しない相手もいると知った。

「見えると嬉しいこともあるから、時々外すといいと思う」

空は、そう言ってから、また、にこっと笑って付け足す。

「でも、眼鏡あるのも好き」

(うあ)

毎回毎回、油断しているとやられる。油断していなくてもやられる。

そうか、と平静を装って応えた。装いきれていないのが自分でもわかったが、空はそのことについては触れずにうなずいて、

「あと、笑えばいいと思う」

この言葉には思わず苦笑した。

「俺、笑てへん?」

愛想笑いはプロ級と自負していた。クラスでも、人当たりはいいと思われているはずだ。

しかし空は、

「笑ってるけど、ほんものじゃないから」

気負いもなく、簡単に、そんなことを言った。

「わたしに笑ってくれるときは、もっときれいだから」

からかうでもない、照れるでもない、ただ素直に。

(そんな風に)

息が止まる。

みぞおちのあたりが、うずくような。

何だか、泣きたいような柔らかさだった。

たまらない。

そんな風に思ってくれるなら、笑ってくれるなら、いくらでも。

「……そ、か」

「うん」

きっと顔が赤い。

伸びすぎた前髪を放置していたのをいいことに、顔を伏せて空の視線から表情を隠した。

ああもう。

「せやったら、なるべくたくさん笑えるように、近くにおって」

二人きりでよかった。

死ぬほど恥ずかしい。

うつむいたままで言い終え、そっと空のほうをうかがうと、彼女は大きな目を瞬かせて修司を見ていた。

目が合ったとたん、空は笑顔になる。

見とれていると、いいよー、と、間延びしたような声が聞こえた。顔をあげる。

「……ほんまに？」

「ほんまに」

本当に彼女には、許されたり救われたり、癒されたりしている。

同じだけ、かき乱されるけれど。

修司はまだ赤いだろう顔を、隠すことをやめ背すじを伸ばした。空を見ると、自然に目元口元から力が抜ける。間違いなく彼女の効果だ。

きれいだと言ってくれた表情を、彼女に向ける。

一歩ずつでも近づきたい。担いで歩けるほどの甲斐性は、いつまでたっても身につきそうにないけれど、手を引くことくらいは、いつかできるようになりたい。それまではせめて、一緒に歩けたら。

「……手、つなぎたいんやけど。ええ？」

もしかしたら、時々は手をつないで。

彼女の話：about her　2

「センセイが霊研作ったきっかけって、何やったんですか？」

夏休み初日の朝も早くから、他県の寺に人形供養(くよう)を見に行った帰り。

カメラケースの肩ひもをかけなおし、学校へ戻る道の途中で修司が訊くと、馬渡は、あー、そうだなぁ、と、少し笑いながら、ごまかすように宙を見た。

いつもなら、少しでも心霊現象に関係した話題を振れば大喜びで乗ってくる馬渡なのに、何だかまっとうな大人のような反応だ。昔話をするときの、少し照れたような、懐かしむような、大事なものについて話すときの気恥ずかしさと嬉しさと少しの寂しさの入り混じった。

意外な気がして、まじまじと見てしまった。

「中学くらいの頃から、霊的なものに興味はあったんだけどな。きっかけは……自分の目で、初めて霊を視たことだろうな。あれはちょっとした感動だった」

「初めて視たのに、怖いとか思わんで感動したんですか？」

この男はやっぱり変だ。呆れて言ったのだが、馬渡は気にもとめずうなずく。

「この間の事件の被害者だった女性の霊が視えた、あれが二度目だ。たまたま波長が合ったんだろうって、夏目が言ってたけどな。俺の霊感も強くなってきてるってことはないかな？ 今度、俺も霊感検定を受け直してみるかな。そうだ、おまえも経験値が上がってるだろ。もうそろそろ二度目、受けてみるか？ 級が上がってるかもしれんぞ。嬉しいだろ」

嬉しいわけがないだろう。

修司は心の中で悪態をついたが、経験値が上がっていることは疑いようもない。それならばいっそのこと、霊に接しても全く平気なレベルまで達してくれればいいのだが、あの夏目でも霊障に苦しむことがあるというから道は遠そうだ。

「これも夏目が言ってたことだけどな、『いるはずだ』と思って見ると、何も考えずに見るよりも、視えやすいんだと。あとは、霊感の強い人間の近くにいると、普通の人間でも視えやすくなるとか……一度霊的なものに触れると、それ以降視えやすくなる、関わりやすくなるって話も聞くし」

彼らとつきあい出して、私生活でも霊に遭遇する頻度が高くなったような気がしていたのは、やはり気のせいではなかったようだ。しかし予想はついていたことなので、修司は騒がなかった。

霊感を磨く目的の検定試験やら教本やらを作っている、馬渡の下で働いているのだ。好ましい状態ではないにしろ、それくらいは覚悟の上。何を今さら、だ。

「霊感検定も、霊感を高める目的があるとか言ってはりましたね先生」

「ああ、まだまだ最終形態とは言えないけどな」

何気なく思い出して修司が言うと、馬渡の声のトーンがあがった。

「能力自体を磨くのには限界があるにしても、能力のコントロールとかな、そういうのは経験とか、訓練次第だろ。取り入れるのはそこだな。あと、やっぱり、検定試験にも実技っていうか、実地での経験が考慮されるべきだと思うんだな、俺は。ただ霊的なものを感じる力を測るだけじゃなく、霊的なものに対する総合的な能力を測るようなものに、ゆくゆくはしていく必要がある。うん。そのためには、おまえ達研究員の活動が非常ーに重要になってくるわけだ」

活き活きと話し始めた馬渡に、修司はこの話題を振ったことを後悔する。

霊感検定を完成させることがライフワークだと言っていた、それは誇張でも何でもなかったようだ。

霊感検定を作るのは、心霊研究の一環だと思っていたが、もしかしたら、馬渡にとっては、霊感検定を完成させることが目的で、心霊研究は検定試験の作成のための手段に過ぎないのかもしれない。

そこまで言うのは言い過ぎだとしても、そう思えてしまうほどの熱心さだった。

「おまえ達の近くにいれば、俺の霊感も磨かれていく……開かれていく？　と言うべきかな。そういう効果も期待できるしな。一石二鳥だ」

「つまりセンセイは、好奇心探究心に加えて、ついでに自分の霊感が強くならないものかと思いながら霊研の活動をしていると……」

「まぁそういうところもあるのは否定しない」

「なんでそんなに視たいんですかね……俺にはわかりませんけど」

「晴臣もそう言ってたよ」

言って、馬渡は笑った。

「司書になったんと、どっちが先ですか？」

「司書だ」

これも意外だった。てっきり、霊研を作るために、親のコネを利用して高校に居座る口実を作ったのかと思っていた。

「九条高校には家が出資してて、代々理事もやってて、すぐ就職できたってのがまず一点だろ。俺にとっても母校だしな。教師って柄でもなかったから、司書。大学んとき、資格をとってたからな」

「センセイを見て、職業が図書室の司書だって思う人はごく少数だと思いますよ」

「似合わんか？　体全体から知性が滲み出てるだろ？」

滲み出ているのはうさんくささだと修司は思ったが、さすがに黙っていた。いくらうさんくさくても、相手は年上で学校の職員で雇い主だ。

「高校のとき、クラスは違ったけど、同学年に本好きな女の子がいてさ。ちょっと仲良くなったんだよ。その子は図書委員で、おもしろい本とか教えてくれて、そん中に心霊関係の本もあったんだな。それで、ますます興味持ったってのもあるんだが……まぁ、とにかく今の職場には大満足だ。好き勝手やらせてもらってるしな」

「そりゃそうでしょ……」

やりたい放題しすぎだ。

修司は息をつき、すぐにずり落ちるカメラケースのひもをまた引き上げた。

緩やかな坂を登って校門のすぐ近くまで来たとき、

「せーんせっ、藤本くん！　やっほー」

後ろから軽い足音が近づいてきたかと思うと、ぽんっと背中を叩かれた。

振り向くと、私服姿の夏目歩がにこにこしながら立っている。

「お、早いな。夏目」

「え、なんで夏目がおるん？」

「九条高校の図書室で、筒井と待ち合わせしてるんだー」

「筒井も？」

「あぁ、俺が呼んだんだ」

あっさりと馬渡が言った。

「筒井に手伝ってもらいたいことがあってな。説明するにあたって見てもらいたい写真や映像もあったから、研究室まで来てもらうことにした」

「えらい迷惑な話ですね……」

夏休みだというのに、他校の生徒まで使い放題だ。

修司は、おそらく夏目経由で引き込まれ断りきれなかったのだろう筒井に同情した。

人気のない校舎に入る。夏休み返上で練習中の、どこかの運動部の掛け声が聞こえていたが、やはり格段に静かだ。

廊下を半ばほど進んだあたりで、職員室から出てきた若い職員が、修司たちを見てあっという顔をした。

他校生の夏目が校内にいることを見咎められたのかと一瞬思ったが、そうではないようだ。

彼は、馬渡を探していたらしい。

「よかった、いらしてたんですか。すみません、ちょっといいですか？」

「え？　……はあ。俺は今日は私用で……」

「来週、受験生の校内見学に使う予定のスライドのことでですね……図書室の資料集の……あ、こっちに来ていただけますか」

「あー……」

「先生、俺たち先行ってるねー。ごゆっくり」

夏目がひらひら手を振って、馬渡はあきらめた顔で職員に引っ張られていってしまった。

廊下に残された修司と夏目は、見送ってから歩き出す。重そうだねと、夏目がカメラケースを持ってくれた。

「何の話してたの？　人形供養見てきたんだっけ、その件？」

「いや、センセイが霊研作ったきっかけとか。過去バナ聞いとった。たまたま波長が合う霊がおって、それ視て感動したんやて」

夏目は、少し驚いたような顔をして、しかしすぐにそっか、と言っていつも通りの表情に戻る。

あれ、と思った。

「知っとった?」

「うん、聞いたことあるよ」

ゆっくり歩きながら、廊下のタイルを数えるように視線を足元に向け、夏目はうなずいた。

「波長が合った、っていうだけじゃなくて、多分彼女が先生に会いたいって思ってたからじゃないかな。先生もそう思ってたから、会えたんだと思う」

「その霊のこと、何か知っとるん?」

ちょっとだけね、と夏目は答えた。隠そうとする意図は見えないが、積極的に話そうという感じでもない。馬渡のプライバシーに、気を遣っているのかもしれない。

廊下を抜けると、大きな窓から光の差し込むホールに出た。

普段は生徒たちでにぎわっている、丸テーブルが並んだ生徒用のテラスも、今日はがらんとしている。一番端のテーブルにだけ、人の姿があった。

「あ、伐くんだ。伐くーん!」

夏目が、ぶんぶんと手を振る。

夏休み中の学校のテラスにいる物好きな生徒は、伐晴臣その人だ。

本を読んでいた彼は夏目の声に顔をあげ、ああ、と応え……夏目の横に修司の姿を見つけて、眉をよせた。

相変わらず正直な男だ。「げ」と思ったのはお互いさまなので、今さら不快にはならない。むしろ、晴臣がここにいるのなら、彼女にも会えるのではないかと淡い期待が湧いた。

「空ちゃん待ち？」

「ああ。……今、美術の課題を出しに行ってる。休んだせいで遅れてた分、今日中に作業を終わらせて提出することになってたんだ」

「そっかぁ。伐くんはおつきあい？」

「たちの悪い関西人に連れ去られちゃ困るからな」

「ナイト役なんだー」

誰のことや誰の、と毒づきながら、夏目の後ろからゆっくり近づく。

晴臣の手元にはカバーのかかった文庫本、テーブルには無糖コーヒーの缶と、セロファンに包まれた手つかずのサンドイッチ。コンビニで売っているようなものではなく、セロファンを留めている金色のシールには、某ホテルのベーカリーのロゴが入っていた。金持ちめ。

晴臣が、ふ、と首を動かした。視線が和らぎ、それで、その目の向けられている相手に気づく。

水色のエプロンをして、髪を一つに束ねた空が、歩いてくるところだった。

「あゆとしゅうちゃんだ」

「やほー空ちゃん」

「お疲れさん」

晴臣がすぐ横の椅子を引き、空はごく自然にそこに座った。

「終わったのか？」

「うん」

エプロンだけでなく、頬にも、絵の具だか粘土だか、灰色の泥のようなものがついている。晴臣がハンカチを取り出し、手を伸ばして、その頬の汚れを拭った。

空はされるがままになっていたが、一言、おなかすいた、と言った。

「これでよければやるけどな。……こら、おまえ手洗ってねえだろ」

サンドイッチに手を伸ばしかけた空の手首を、晴臣が押さえる。空が両手を裏返すと、手のひらも灰色に汚れていた。

「……おなかすいた」

「先に手ぇ洗って来んと、おなか壊すで？」

手洗い場まで行って戻ってきても数分しかかからないのだが、空が立ち上がろうとする気配はない。

　空が晴臣を見上げると、晴臣はため息をついて本を置いた。かさかさとサンドイッチの包装を解いて手にとり、空の口もとへ持っていく。

　空は、当たり前のように、ぱく、とパンに嚙みついた。

「………………」

口、精一杯開いても小さいなぁ、食べるの大変そうやなぁ、などとのんきなコメントはさておき。

（もしもし？）

　何なんだこの二人は。

　ごく自然に晴臣の手から、サンドイッチを半分ほど食べ、空は一休みというように汚れていない手の甲で口を拭う（すぐさま晴臣が自分のハンカチでその手を拭ってやっていた）。

　それから、「みんなで来たの？」と、夏目を見上げて訊いた。

「さっき廊下にツツイハルカもいた」

「え、筒井もう来てた？　まだ約束の時間までけっこうあるのに。几帳面だなぁ」

　夏目は目の前で繰り広げられている光景にツッコミを入れることもなく、普通に言葉を返している。

つまりこれは、夏目にとってはさして珍しくもない光景だということだ。

もう慣れたと思っていたが、目の当たりにすると、かなわないことを見せつけられるようで、やはり多少はへこむ。もともと同じ土俵で戦うつもりはないから、純粋な「仲のよさ」では、かなわなくてもいいのだが。

視線に気づいたらしい晴臣と目が合った。

そこで自慢げな顔でもしてみせればまだ可愛げがあるものを、晴臣はまた顔をしかめ、
ちっ、と盛大に舌打ちをした。

(ええの!? 舌打ちって。下級生の憧れ、「麗しの伐センパイ」がそんなことしてええの!?)

第一、何故舌打ちをされなければならないのかがわからない。むしろこっちがしてやりたいくらいだった。

夏目は腹を抱えて笑っている。空は、舌打ちが聞こえなかったはずもないのに、もくもくとサンドイッチを食している。

「空。手洗ってこい。図書室行くんだろ」

サンドイッチが消えてから、晴臣はハンカチで手を拭い、言った。空腹を満たしたからか、空は今度は素直にうなずいて立ち上がる。

「図書室？」

「夏休みだから」

修司が訊くと、空は、答えになっているのかわからない返事をした。

「淋しいとだめだから」

「……？」

誰が、と訊く間もなく、空は手洗い場へ走っていってしまう。

晴臣は紺色のハンカチをしまい（ブランドものだった）、サンドイッチのセロファンを丸めて、座ったまま斜め下から夏目を見る。

「図書室で待ち合わせか？」

「うん。早く行ったほうがいい、かな……あーでも、空ちゃんが廊下で見かけたなら、もう着いちゃってるね多分」

夏目は、空が座っていた椅子にどさりと座った。

何の話をしているかわからないでいる修司を見上げ、

「藤本くん、さっきの話の続きだけどね」

と、どこか困ったような笑顔で言う。

「さっき？」

「馬渡先生の、霊研作るきっかけになった霊の話。……女の子なんだけどね」

晴臣は腕を組んで黙っている。

何故話がそこへ飛ぶのか、わからないまま修司はうなずいた。

「馬渡先生の、同窓生？　っていうのかな。クラスは違うけど仲よかった、高校時代の友達だったんだって」

夏目は話し始めた。

＋＋＋

筒井遥は、初めて訪れた九条高校の校内で、道に迷っていた。

図書室の中にある準備室にいるから、と言われ、とりあえず図書室を探す。

夏休み中で人気がないので、生徒に尋ねることもできず、ひたすら歩いて一部屋一部屋プレートを確認した。

「ったく、何階のどのへんにある、くらいは教えとけよ……」

誰もいないのをいいことに、声に出して呟きながら、楽天家の友人の顔を思い出す。

階段を上ると、外側に大きな窓が四つ、ずらっと並んだ部屋が見えた。他の一般の教室とは違い、出入り口が一つしかない。

明らかに特別教室だ。筒井は、扉の上部に掲げられたプレートを見た。「Library」。

ようやくたどりついた、らしい。

＋＋＋

「彼女は在学中に亡くなったんだけど。先生は彼女のことを覚えてて、懐かしいなってずっと思ってて、大学を出てこの高校にふらっと遊びに来て、それで図書室で彼女に会ったんだって」

会った、というのはつまり、彼女の霊に遭遇した、ということだろう。

夏目の話と、さきほどの馬渡の話を総合し、一つの予感があった。馬渡が司書という職を選ぶきっかけになったという少女と、馬渡が初めて遭遇し、彼が霊研を作るきっかけとなった、女の子の霊。

「……図書委員やったっていう？」

「うん。すごく本が好きで、図書室も好きで、心がそこに残ってたのかなぁ……馬渡先生に視えたのは、偶然波長が合ったたってだけじゃないと思う。きっと、お互いに会いたいって思ってたからだよ」

修司の思った通り、二人の少女は同一人物らしい。

夏目は椅子の背もたれに背中を預け、視線を修司にも晴臣にも向けずに、淡々と話した。

「初めて霊を視たってことも、そりゃ衝撃的だっただろうけど……それより何よりさ、もう二度と会えないと思ってた相手に会えたってことが。人生変わるような衝撃だったんじゃないかなぁ……先生、あんまり詳しくは話してくれなかったけどね」

霊感の強い人間のそばにいたり、心霊現象に日常的に触れていると、霊感が磨かれることがある、と馬渡が言っていた。それが、霊研を作った理由の一つだと。

霊感を磨き、霊と共存する能力を高めるための検定試験などを作ったのも、同じ目的のためだろう。

――もしかしたら、と、修司は思う。

馬渡が、強い霊感を手に入れて、視たいと思ったのは、不特定多数の霊ではなくて。

夏目は、修司の表情から、何を考えているかを大体予想したのだろう。少し笑って、

「今はね、心霊全般にハマっちゃって、ああいう感じだけど。きっかけは、彼女をちゃんと視て、話して、一緒にいたいってことだったのかも。……わかんないけどね」

床に向いていた視線をあげて修司を見、言った。

＋＋＋

筒井は、図書室の扉に手をかけた。
鍵はかかっていない。そろりと開けてのぞきこんだ。
カーテンが全開になっていて、室内は明るかった。生徒の姿はない。
準備室は図書室の真ん中、貸し出しカウンターの裏にあると夏目が言っていた。
しんとした図書室内を見回すと、筒井はとりあえず、カウンターへと歩き出す。

＋＋＋

こちらへ歩いてくる空に気づいて、晴臣が目をあげる。
それをきっかけにしたように夏目は立ち上がり、うんっ、と伸びをした。
空ちゃん戻ってきたしそろそろ行こっか、と、座ったままの晴臣を振り返る。
「……その子はどうなったん？」
立ち上がった晴臣は、空を促して先に歩き出した。
夏目は柔らかい表情のまま少しだけ目を伏せ、

「……いるよ。今も」

同じ場所に。

＋＋＋

カウンターは無人だった。

筒井は少したためらったが、カウンターの内側に入りこみ、半開きになった準備室のドアをノックする。返事はない。

失礼しますと声をかけてドアを開いた。

誰もいなかった。

＋＋＋

携帯電話で連絡をしてみようか、それともこの場でしばらく待つべきかと考えながら筒井が廊下へ出てみると、

「平均的な霊感の持ち主なら、視えるレベルのはずなんだけどなぁ」

廊下に、苦笑顔の夏目が立っていた。

藤本に加え、今日来るとは聞いていなかった伐たちまで、夏目の後ろに並んでいる。

しかし、自分を呼び出したはずの馬渡の姿は見えなかった。

「おまえな、図書室の場所くらい……」

「うん、ごめん。教えてなかったね。新館のほうと迷わなかった？　九条には、高校大学共用のおっきな図書館が敷地内にあってさ、こっちは高校の生徒専用の図書室なんだよね。筒井が図書館のほうで待ってたらどうしようかと思った」

「俺がこっちの図書室にたどりつけたのはただの偶然だぞ……」

「ごめんってば。あ、馬渡先生、今他の先生につかまっちゃってて。そのうち来ると思うから中で待ってようよ」

「どうりで誰もいないと……」

空は、二人の横をすり抜けて図書室へ入り、まっすぐに準備室へ向かう。伐がその後をゆっくりと、藤本が急ぎ足に追いかけた。

笛子ちゃん、と、空が呼ぶ。

カウンターの中にいた笛子が振り返り、静かに笑った。

戻ってきた馬渡から、夏目と筒井が話を聞いている間、修司は準備室の外にいた。特に読みたい本があるわけでもなかったが、目的もなく本棚を物色する。背表紙を目でなぞっても、文字が意味を持って頭に入ってくることはなかった。

思考がまとまらない。漠然と、頭というより胸のあたりに、わだかまるものがあった。

＋＋＋

息を吸い、吐いて、理由もなく手にとった本を棚へと戻す。

ここにいても、どうしようもないことで考えこむだけだ。考えても仕方ない、それどころか、何をどう考えればいいのかもわからないことだ。気分を切り替えなくては、この後馬渡にも笛子にも会えない。

少しの間頭を冷やそうと、図書室を出た。

誰ともすれ違わない廊下を、一人歩く。

足を動かしていれば、非建設的な思考は止まった。しかし、そこから建設的な思考が始まるわけでもない。

階段を降り、一番涼しい一階の廊下を一回りする。先ほど晴臣が本を読んでいたテラスにたどりつき、椅子を引いて座った。

足を止めると、静かな校内に、逆に胸の内がざわつく。

何に対してこんな気持ちになっているのか、自分でもわからなかった。

ただ、落ち着かない。


「あれ、藤本か？」

少し遠くからかけられた声に顔をあげると、通りかかったらしい教師が廊下の途中で立ち止まり、こちらを見ていた。担任だった。

「先生」

「おまえ部活やってたか？　忘れ物か？」

思わず立ち上がった。

九条の生徒なのだから、夏休み中とはいえ、ここにいることを咎められる謂れはない。ないはずなのに、何故か身構えてしまう。

「いえ、図書室に」

「あー、おまえ読書家だったっけな」

馬渡の手伝いをしていること（しかも有償で）は、可能な限り伏せておきたい。短く答えれば、勝手に納得してくれた。

「夏休み中の本の貸し出しって、どうなっとるんですか？」

「こっちの図書室はあんまり使われてないからなぁ。図書委員もいないし、……司書の先生は常駐してるわけじゃないしな……」

道楽司書の職務怠慢ぶりは、すでに広く知られるところとなっているようだ。

人のいい教師は、うーん、と少しの間考えこむように首をひねる。

「馬渡さんは、今日は来てるんだったかな。ちょっとわからないな……新館のほうの図書館に行ったらどうだ？　あそこならコンピュータ管理だし、貸し出し手続きもすぐだぞ」

「……そうですね」

俺はあの図書室、好きですけど。

と、呟いた声は小さすぎて、教師には聞き取れなかったらしい。え？　と聞き返されるのを、

「いえ。ありがとうございました」

頭をさげ、会話を終了させた。

歩き出し、来た道を戻る。

ざわざわするような胸の感触は、収まらなかった。

振り切るように、来たときより早く足を動かしても。

それから後は、図書室に着くまで誰にも会わなかった。

すっかり早足になっていた。

たどりついて、扉を開ける。

真正面に見える窓際の大テーブルについて、空が本を読んでいた。他には誰の姿もない。まだ話の途中なのか、準備室からは話し声が漏れていた。

情けないことに、少し息が乱れていた。

気のせいかもしれない、足を踏み入れると、何だか空気が違う気がした。扉の外と、内で。

空が、本から顔をあげて修司を見た。

おかえり、と言った。

ざわざわしていたものが、渦になって、回りだした気がした。

「……羽鳥、」

「うん」

ゆっくり、一歩一歩を踏みしめるように近づくと、空は本を閉じてテーブルに置き、こちらを向いてくれる。

「ごめん、何や、俺めちゃくちゃ言うとるかもしれんけど」

声は、終わりが情けなく掠れた。

空が立ち上がってくれたおかげで、少し、近くなる。

「触っても、……ええ、かな」

何故ともきかず、空はいいよと応えた。

手を伸ばし、耳の横の髪に触れる。頼りない柔らかな感触に、指が震えた。

そのまま、右手で頭を抱きこんで、左手で背中を抱いた。

修司の両腕が軽く余ってしまうほど小さかったが、消えてしまったりはしなかった。確かな質感に、安堵する。深く、息を吐いた。

「怖くなったの？」

されるがままになりながら、空が言った。

指摘されて初めて気がついて、目を閉じる。

そうか、

(怖かったんか、俺)

安心するということは、それまで不安だったということだ。

修司がうなずくと、空は腕をあげて、修司のシャツの背中に手をあてた。

「だいじょうぶ」

じんわりとぬくもりが伝わって、優しい声が沁みて、息をするだけで泣けそうだ。

ここにいる。

「おい」

地の底から響くような声に、現実に引き戻された。

今の今まで気づかなかったのが不思議なほど、不穏なオーラを背後から感じる。

腕の中に閉じ込めていた空を解放し、気を落ち着けながら振り向いてみると案の定。

薄い冊子を手にした晴臣が、口元に凄みのある笑みを浮かべて立っていた。

「調子に乗るなよ眼鏡……」

目が笑っていない。

（うっわ、怖……）

美形が睨むと迫力が違う。

しかしここで退きさがるわけにはいかなかった。

晴臣に勝つ必要はない。負けなければいい。そのために、ここは退けない。

「……コミュニケーションの邪魔せんで欲しいんやけど？」

「何がコミュニケーションだ、変態」

「自分はさんざん見せつけておいて、俺はこの程度で変態呼ばわりかい」

「手を伸ばさねえてめえが悪い」

「え？」

言った後で、晴臣はしまった、という顔をした。

修司はその言葉の意味を考える。

それは、……それはつまり、

「終わったよーお茶にしようよー」

準備室の入り口からひょいと顔だけのぞかせて、夏目が呼んだ。

思考が中断され、修司は気の抜けた返事を返す。

晴臣は、ゆるく頭を横に振った。

「俺はいい。……新館のほうに用事があるから、済ませてくる。空、後で迎えに来るから」

「うん。いってらっしゃい」

ふわ、と、小さな子供にするように空の頭を撫でて、晴臣は表情を和らげる。すぐにその手を離して、くるりと背を向けた。

歩き出してから修司を振り返り、

「物欲しそうな目で見てんじゃねえよ」

すっかりいつもの余裕を取り戻した不遜な態度と口調で、言った。

身長にはほとんど差がないのに、顎をあげて思い切り見下ろす視線。これは絶対にわざとだ。

「今に見とれよ……」

「百年早えよ」

ふん、と鼻で笑って晴臣は出て行った。

恐ろしく長い脚にぴんと伸びた背筋、後ろ姿にまで隙がないのが憎たらしい。

「行こ」

「あ……そやな」

晴臣の出て行ったドアから目を離し、空を振り返る。

空に手を引かれて、準備室へ向かった。最近は、自然に手をつないでくれるようになった。おそらく、わずかに残る修司の戸惑いや逡巡を感じ取って、手を引いてくれたのだろうと思う。彼女の敏感さに、居心地の悪さを感じたのは出会ったばかりの頃のこと。

今はただ、感嘆する。

そして、救われる。

準備室に行くと、笛子が人数分のコーヒーを配っているところだった。

「ありがとう」

二人分のカップを受け取って、夏目が笛子に笑顔を向ける。筒井も、「すみません」と笛子に向かって軽く会釈した。視えているのかどうかはわからない。夏目の視線をたどっただけかもしれない。

笛子は、並んで座った空と修司にも、カップを渡した。空のコーヒーにだけ、たっぷりミルクが入っている。

修司は、カップを受け取ったとき、笛子の手が触れなかったことに気づいた。今まで一度も、触れたことがないことにも、今さらながらに、気づく。

目が合うと、彼女はずいぶん年下の子供を見るような目で微笑んだ。

「……今何か、迷っているなら」

修司の横から手を伸ばして馬渡のカップを置くときに、そっと耳打ちされた。

「したいことをして、言いたいことを言っておいたほうがいいですよ。二度目のチャンスを与えられることなんて、滅多にないんですから」

少し低くした、静かな声で、修司だけに聞こえるようにと紡がれた言葉だった。

思わず笛子を見る。

それにね、と、彼女は少し笑って――大人びた雰囲気の彼女には珍しい表情だった――続けた。

「最初のチャンスを逃してしまうと、二度目を与えられても、なかなか言えないものなんです」

しっかり目が合っても、どちらからも逸らさないのはこれが初めてかもしれない。

初めて、笛子と向き合った気がした。

空を抱きしめたときの、温度を思い出す。

抱きしめることはできなくても、笛子は確かにここにいて。

「……お姉さんですね」

「お姉さんですから」

二人して笑った。

不思議そうに、空が修司と笛子を見比べている。

「お、なんだなんだ？　内緒話か？」

「藤本くんばっかりずるいぞー」

馬渡と夏目の茶々に、「ええやろ」と返した。

笛子はそ知らぬ顔で、テーブルの反対側へ回り、馬渡の追及を「プライベートなことですから」とさらっとかわす。

楽しそうだ。

表情のあまり変わらない彼女の、感情を感じ取れたことが少し嬉しい。

修司の表情も、知らず緩んでいたのかもしれない。空が、横でことんと首をかしげた。

「仲良し？」

「……そや。仲良しや」

修司の返事に、空は嬉しそうに笑った。

ふいに愛しくなる、彼女だけでなくこの時間そのものが。忘れられかけた図書室と、それをまだ忘れていない人たちが。

自分がここにいられて、しかも彼女を笑わせてあげられるなんてそれ自体が奇跡だ。

とてもとても幸運な。

「……だろ？」

馬渡が笛子に何かを囁(ささや)いて、笛子がくすくすと笑った。笑い声は珍しい。もしかしたら、馬渡と二人のときにはそうでもないのかもしれない。修司が知らないだけで。

馬渡は、自分が思っていたよりもすごい男なのかもしれない、と思った。

コーヒーを飲み終わって他愛もない話をして、ちょうど話題が一区切りついた頃。

「さーてと」、と勢いをつけて夏目が立ち上がる。

「筒井、まだ校内ちゃんと見たことないでしょ。今後のためにも案内しとくよー」

「今後って何だ、俺に何をさせる気だ。そしておまえはなんでそんなに他校の内部に詳しいんだ」

「おすすめはテニスコートかなー。この時間、女子テニス部が練習してるはずなんだよね」

「詳しすぎだろ……」

一回りしたら帰ってくるねと言い残して、夏目と筒井は出て行った。

空は笛子と話をしていたので、読みかけの本があると断って、修司も準備室を出た。

空がいつも座っている、窓際の大テーブルの席。空はこの席で、成仏できない少女の霊のために、ページをめくってやっていた。

椅子の背にそっと触れてみる。変態くさいな、と自覚して苦笑する。

今思えば、この図書室の空気は、最初からどこか特別だった。

そして空も、最初から。

苦手だと思ったのは、避けようとしたのは、きっと危険信号を感じたからだ。

逃げるなら今だと、本能が危険を知らせ、修司は空を苦手だと思った。

とらわれると、気づいていたのだ。

もう遅い。

しかも、後悔なんてする気もない。

十六年間生きてきて、好きな言葉は「平穏無事」だった。でも今は、彼女一人のために右往左往する日々が、嫌いではない。

笑ってもらったり優しくしてあげたり、時々手をつないだりできる距離は、思った以上に心地よくて、そこから先に、手を伸ばす勇気は湧かなかったけれど。

求めていないわけではないと、気づいていた。

気づいていたのは自分だけではなかったらしい、それがかなりかっこ悪いと思う。

思い切り見抜かれて指摘されたことは、かっこ悪いを通り越して一生の不覚だ。

しかし、過程はどうであれ、自覚した以上――

「本、読まないの？」

声をかけられた。

この図書室のしっとりした空気になじむ、柔らかい質感の、空の声。

読みかけの本を口実に席を立ったことを思い出した。

「うん、……考えごと、しとってん」

「ひとりのほうがいい？」

慌てて首を横に振った。

「全然よくない。……羽鳥が、おってくれたほうが、ずっとええ」

空は、了承した、というように神妙な顔つきでうなずく。

「じゃあ、いる」

あぁ、
天を仰ぐしかない。

かなうわけもない。

もう、全然だめだ。

どうしよう、もう、心地いいどころの話ではない。

とりあえず、何はなくとも、とにかく、――とにかく。

見ているだけなんてもうやめだ。

考えるより先に手が伸びて、空の両肩をつかんで、その後で自分のしたことに気づいて驚いたけれど、空は逃げなかった。

肩をつかまれたまま、修司を見ている。

「話が」

言いかけて、喉がからからに渇いていることに気づいた。一度息を吸って吐いた。

「話が、あるんやけど」

深呼吸をしたせいで、ほんの少し頭のどこかが冷えて、それで急に怖気（おじけ）づきそうになる。

「……聞いてくれるか？」

情けなくも、渇いた喉から発せられた声は掠れていた。

顔が熱い。自覚したとたんに耳鳴りが始まった。

空がこくりとうなずく。言葉を待ってくれている。

伝えたいことはたくさんあって、けれどその全てが、言葉にすべきものとは思えなくて、彼女と向かい合ったまま、ずいぶん長い間、何も言えずにいた。

自分のほしいものがわかっても、それで全てが解決するわけではない。

むしろそれは、始まりでしかない。

始まったばかりでしかない。

終わらせたくない。

もう一度深く息を吸った。止めて、溜めて、ゆっくり吐き出す。

声も指も震えなくなるまで、時間をかけて。

辛抱強く待ってくれている彼女に、その目をまっすぐ見返せるだけの覚悟だけ決めて向き直る。

こんな気持ちでいることは、まだ言えない。

でも、止まったままでいるつもりもない。

今は、まだ。
吸って、吐いて。
目を閉じて、開いた。
笑えるくらい小さな一歩でもいい。
「……名前で呼んでも、ええ？」
踏み出した。

この作品は講談社ＢＯＸより二〇一三年一月に刊行されたものを、
加筆修正しました。

|著者| 織守きょうや　1980年、英国ロンドン生まれ。2013年、本書『霊感検定』で第14回講談社BOX新人賞Powersを受賞しデビュー。弁護士として働く傍ら小説を執筆。2015年、『記憶屋』で第22回日本ホラー小説大賞読者賞を受賞。同年、『黒野葉月は鳥籠で眠らない』が、「このミステリーがすごい！ 2016年版」で第19位、「2016本格ミステリ・ベスト10」で第18位にランクイン。次代を担う気鋭ミステリ作家として頭角をあらわす。2016年『記憶屋』がベストセラーとなり累計25万部を突破。他の著書に、『霊感検定2』『SHELTER/CAGE（シェルター ケイジ）』『301号室の聖者』がある。

霊感検定（れいかんけんてい）

織守（おりがみ）きょうや

2016年8月10日第1刷発行
2016年9月7日第2刷発行

発行者――鈴木　哲

発行所――株式会社　講談社

東京都文京区音羽2-12-21　〒112-8001

電話　出版（03）5395-3510
　　　販売（03）5395-5817
　　　業務（03）5395-3615

Printed in Japan

講談社文庫

定価はカバーに表示してあります

デザイン―菊地信義

本文データ制作―講談社デジタル製作

印刷―――豊国印刷株式会社

製本―――株式会社国宝社

ISBN978-4-06-293445-9

講談社文庫刊行の辞

二十一世紀の到来を目睫に望みながら、われわれはいま、人類史上かつて例を見ない巨大な転換期をむかえようとしている。

世界も、日本も、激動の予兆に対する期待とおののきを内に蔵して、未知の時代に歩み入ろうとしている。このときにあたり、創業の人野間清治の「ナショナル・エデュケイター」への志を現代に甦らせようと意図して、われわれはここに古今の文芸作品はいうまでもなく、ひろく人文・社会・自然の諸科学から東西の名著を網羅する、新しい綜合文庫の発刊を決意した。

激動の転換期はまた断絶の時代である。われわれは戦後二十五年間の出版文化のありかたへの深い反省をこめて、この断絶の時代にあえて人間的な持続を求めようとする。いたずらに浮薄な商業主義のあだ花を追い求めることなく、長期にわたって良書に生命をあたえようとつとめるところにしか、今後の出版文化の真の繁栄はあり得ないと信じるからである。

同時にわれわれはこの綜合文庫の刊行を通じて、人文・社会・自然の諸科学が、結局人間の学にほかならないことを立証しようと願っている。かつて知識とは、「汝自身を知る」ことにつきていた。現代社会の瑣末な情報の氾濫のなかから、力強い知識の源泉を掘り起し、技術文明のただなかに、生きた人間の姿を復活させること。それこそわれわれの切なる希求である。

われわれは権威に盲従せず、俗流に媚びることなく、渾然一体となって日本の「草の根」をかたちづくる若く新しい世代の人々に、心をこめてこの新しい綜合文庫をおくり届けたい。それは知識の泉であるとともに感受性のふるさとであり、もっとも有機的に組織され、社会に開かれた万人のための大学をめざしている。大方の支援と協力を衷心より切望してやまない。

一九七一年七月

野間省一

講談社文庫 最新刊

松岡圭祐 万能鑑定士Qの最終巻〈ムンクの〈叫び〉〉
あの名画の盗難事件！ 超人気シリーズ「万能鑑定士Q」の完全最終巻が講談社文庫から。

堂場瞬一 二度泣いた少女〈警視庁犯罪被害者支援課3〉
義父の死体を発見した十五歳の那奈。容疑者か、被害者家族か？ 書下ろしシリーズ第三弾

重松清 赤ヘル1975
原爆投下から三十年、カープ結成から二十六年の広島に、〝よそモン〟のマナブは転校した。

香月日輪 大江戸妖怪かわら版⑥〈魔狼、月に吠える〉
大欧州からの珍しい渡来船にわく大江戸。秘かに犬族の間で、ある奇病が広がっていた。

内田康夫 歌わない笛
フルート奏者の服毒自殺を発端にした愛と金を巡る哀しき事件。浅見光彦、吉備路を駆ける！

下村敦史 闇に香る嘘
27年間兄だと信じていた男の正体は、何者なのか？ 深い疑惑渦巻く江戸川乱歩賞受賞作。

伊東潤 峠越え
家康はなぜ天下人になりえたのか。家康と三河衆最大の危機、伊賀越えを伊東潤が描く！

今野敏 蓬莱〈新装版〉
著者の数多の警察小説の原型がここにある。大沢在昌氏絶賛。不滅の傑作、新装版降臨。

柴田よしき ドント・ストップ・ザ・ダンス
園児のため、花咲は失踪した母親を探す。ドラマ原作、保育探偵・花咲シリーズ最高傑作！

中澤日菜子 お父さんと伊藤さん
上野樹里主演で今秋映画公開。笑いあり毒ありの家族小説。第8回小説現代長編新人賞受賞作。

川瀬七緒 水底の棘〈法医昆虫学捜査官〉
法医昆虫学者の赤堀涼子は、荒川河口で水死体を発見。昆虫学で腐乱死体の真相に迫る！

講談社文芸文庫

庄野潤三
星に願いを
解説=富岡幸一郎　年譜=助川徳是
ここには穏やかな生活がある。子供が成長し老夫婦の時間が、静かにしずかに息づいて進む。鳥はさえずり、ハーモニカがきこえる。読者待望の、晩年の庄野文学。
しA13
978-4-06-290319-6

鈴木大拙　訳
天界と地獄
スエデンボルグ著
解説=安藤礼二　年譜=編集部
「禅」を世界に広めた大拙は、米国での学究時代、神秘主義思想の巨人スエデンボルグに強い衝撃を受け、帰国後まず本書を出版した。大拙思想の源流を成す重要書。
すE1
978-4-06-290320-2

室生犀星
我が愛する詩人の伝記
解説=鹿島茂　年譜=星野晃一
藤村、光太郎、白秋、朔太郎、百田宗治、堀辰雄、津村信夫他、十一名の詩人の生身の姿と、その言葉に託した詩魂を読み解く評伝文学の傑作。毎日出版文化賞受賞。
むA9
978-4-06-290318-9

講談社文庫　目録

赤川次郎　三姉妹、呪いの道行〈三姉妹探偵団16〉
赤川次郎　三姉妹、初めてのおつかい〈三姉妹探偵団17〉
赤川次郎　恋の花咲く三姉妹〈三姉妹探偵団18〉
赤川次郎　月もおぼろに三姉妹〈三姉妹探偵団19〉
赤川次郎　三姉妹、ふしぎな旅日記〈三姉妹探偵団20〉
赤川次郎　三姉妹、清く貧しく美しく〈三姉妹探偵団21〉
赤川次郎　三姉妹と忘れじの面影〈三姉妹探偵団22〉
赤川次郎　沈める鐘の殺人
赤川次郎　静かな町の夕暮に
赤川次郎　ぼくが恋した吸血鬼
赤川次郎　秘書室に空席なし
赤川次郎　我が愛しのファウスト
赤川次郎　手首の問題
赤川次郎　おやすみ、夢なき子
赤川次郎　二重奏（デュオ）
赤川次郎　メリー・ウィドウ・ワルツ
赤川次郎ほか　二十四粒の宝石〈超短編小説傑作集〉
赤川次郎・横田順彌　二人だけの競奏曲
泡坂妻夫　奇術探偵曾我佳城全集〈全二巻〉

新井素子　グリーン・レクイエム
安土敏　小説スーパーマーケット(上)(下)
安土敏　償却済社員、頑張る
阿井景子　真田幸村の妻
浅野健一　新・犯罪報道の犯罪
安能務 訳　封神演義 全三冊
安能務　春秋戦国志 全三冊
安能務　三国演義 全六冊
阿部牧郎　艶女犬草紙（あでおんないぬぞうし）
阿部牧郎　回春屋直右衛門 秘薬絶頂丸（ひやくぜっちょうがん）
安部譲二　絶滅危惧種の遺言
綾辻行人　緋色の囁き
綾辻行人　暗闇の囁き
綾辻行人　黄昏の囁き
綾辻行人　どんどん橋、落ちた
綾辻行人　殺人方程式〈切断された死体の問題〉
綾辻行人　鳴風荘事件 殺人方程式II
綾辻行人　暗黒館の殺人 全四冊
綾辻行人　十角館の殺人〈新装改訂版〉

綾辻行人　水車館の殺人〈新装改訂版〉
綾辻行人　迷路館の殺人〈新装改訂版〉
綾辻行人　人形館の殺人〈新装改訂版〉
綾辻行人　時計館の殺人〈新装改訂版〉(上)(下)
綾辻行人　黒猫館の殺人〈新装改訂版〉
綾辻行人　びっくり館の殺人
綾辻行人　奇面館の殺人(上)(下)
阿井渉介　荒南風（あらはえ）
阿井渉介　うなぎ丸の航海
阿井渉介　生首岬の殺人〈警視庁捜査一課事件簿〉
阿井渉介・阿部牧郎他　息づかい〈好色時代小説集〉
阿井渉介・阿部牧郎他　薄灯り〈官能時代小説アンソロジー〉
阿井文瓶　伏龍〈海底の少年特攻兵〉
我孫子武丸　0の殺人
我孫子武丸　人形はこたつで推理する
我孫子武丸　人形は遠足で推理する
我孫子武丸　殺戮にいたる病
我孫子武丸　人形はライブハウスで推理する
我孫子武丸　新装版 8の殺人

講談社文庫　目録

我孫子武丸　眠り姫とバンパイア
我孫子武丸　狼と兎のゲーム
有栖川有栖　ロシア紅茶の謎
有栖川有栖　スウェーデン館の謎
有栖川有栖　ブラジル蝶の謎
有栖川有栖　英国庭園の謎
有栖川有栖　ペルシャ猫の謎
有栖川有栖　幻想運河
有栖川有栖　幽霊刑事(デカ)
有栖川有栖　マレー鉄道の謎
有栖川有栖　スイス時計の謎
有栖川有栖　モロッコ水晶の謎
有栖川有栖　新装版 マジックミラー
有栖川有栖　新装版 46番目の密室
有栖川有栖　虹果て村の秘密
有栖川有栖　闇の喇叭(らっぱ)
有栖川有栖　真夜中の探偵
有栖川有栖　論理爆弾
有栖川有栖／篠田真由美／二階堂黎人／法月綸太郎　「Y」の悲劇

有栖川有栖／恩田陸／加納朋子／貫井徳郎／法月綸太郎　「ABC」殺人事件
佐々木幹雄／明石散人　東洲斎写楽はもういない
明石散人　二人の天魔王〈信長〉の真実
明石散人　龍安寺石庭の謎〈スペース・ガーデン〉
明石散人　ジェームス・ディーンの向こうに日本が視える
明石散人　謎ジパング〈誰も知らない日本史〉
明石散人　アカシックファイル〈日本の「謎」を解く!〉
明石散人　真説 謎解き日本史
明石散人　視えずの魚(うお)
明石散人　鳥玄坊〈根源の謎〉
明石散人　鳥玄坊〈時間の裏側〉
明石散人　鳥玄坊〈ゼロから零へ〉
明石散人　大老猫(だいろうびょう)の外交術〈鄧小平秘録〉
明石散人　日本国大崩壊〈アカシックファイル〉
明石散人　七つの金印〈日本史アンダーワールド〉
明石散人　日本語千里眼
姉小路　祐　刑事長(デカチョウ)
姉小路　祐　刑事長(デカチョウ) 四の告発
姉小路　祐　刑事長(デカチョウ) 越権捜査

姉小路　祐　刑事長(デカチョウ) 殉職
姉小路　祐　東京地検特捜部
姉小路　祐　仮面官僚〈東京地検特捜部〉
姉小路　祐　汚職捜査〈警視庁サンズイ別動班〉
姉小路　祐　合併裏頭取〈警視庁サンズイ別動班〉
姉小路　祐　首相官邸占拠399分
姉小路　祐　化野(あだしの)学園の犯罪〈教育実習生 西郷大介の事件日誌〉
姉小路　祐　法廷戦術
姉小路　祐　司法改革
姉小路　祐　「本能寺」の真相
姉小路　祐　京都七不思議の真実
姉小路　祐　密命副検事
姉小路　祐　署長刑事(デカ)〈大阪中央署人情捜査録〉
姉小路　祐　署長刑事(デカ) 時効廃止
姉小路　祐　署長刑事(デカ) 指名手配
姉小路　祐　署長刑事(デカ) 徹底抗戦
姉小路　祐　監察特任刑事(デカ)
秋元　康　伝染歌
浅田次郎　日輪の遺産

2016年6月15日現在

講談社・織守きょうやの本

301号室の聖者

注目度急上昇の作家、感動を呼ぶ

書き下ろし長編リーガル・ミステリ

定価：本体1550円（税別）

ISBN978-4-06-219950-6

大好評発売中

『黒野葉月は鳥籠で眠らない』が、
2016年**『このミステリーがすごい！』**（宝島社）、
『本格ミステリ・ベスト10』（原書房）で
ベスト20ランクイン！
『記憶屋』で日本ホラー小説大賞読者賞受賞！

この病院には、
あの病室には、
何かがあるのではないか？